KB037131

재벌가의 결혼

재벌가의 결혼

초판 1쇄 찍은 날 | 2019년 2월 20일
초판 1쇄 펴낸 날 | 2019년 2월 28일

지은이 | 문희
펴낸이 | 예경원

편집 | 주승아

펴낸곳 | 예원북스
등록번호 | 제396-2012-000132호
등록일자 | 2012. 7. 25
YRN | 제1-0246호

주소 | 경기도 고양시 일산동구 호수로 646-24 위너스21-Ⅱ 206A호 (우) 10401
전화 | 031-819-9431 팩스 | 031-817-9432
http://cafe.naver.com/yewonromance
E-mail | yewonbooks@naver.com

ⓒ 문희, 2019

ISBN 979-11-6424-169-9 03810

YEWONBOOKS
ROMANCE
STORY

문희 장편 소설

재벌가의
결혼

Contents

프롤로그

벚꽃이 흐드러지게 핀 정원에 꽃잎이 눈처럼 날리고 커다란 연못에는 팔뚝만 한 오색의 잉어들이 한가로이 물가를 헤엄치고 있었다. 연못에 작은 돌이라도 던지면 잉어들이 팔딱이며 뛰어오를 것 같은 이곳은 세계적인 기업인 현진그룹의 본가였다.

이 저택의 또 하나의 자랑은 문화재 장인이 오랫동안 공들여 만든 팔각정이었다. 고고한 선비의 흐트러짐 없는 모습을 연상시키는 팔각정에 앉아 눈처럼 내리는 벚꽃을 보고 있으면 마치 신선이 된 것 같은 착각이 들 정도였다.

"참으로 아름답습니다. 마치 무릉도원에 와 있는 것 같습니다. 사무실에서 답답했는데 이렇게 현진그룹 본가에 오면 아주 마음이 차분해집니다."

"이렇게 칭찬을 해 주시니 제가 더 몸 둘 바를 모르겠습니다. 유인그룹 본가야말로 국보급이지요."

백발의 두 노(老)신사는 찻잔을 두고 마주 앉아 서로에게 호감을 드러내고 있었다. 40년 지기인 두 사람이지만 아직도 그들의 순수한 끌림은 계속되고 있었다. 같은 기업인으로서 두 사람은 서로가 서로의 본보기가 되어 주었다.

"차 맛이 아주 좋습니다."

오늘의 손님인 유인그룹 하 회장이 차를 마시며 감틴했다.

"안사람이 녹차를 아주 좋아합니다. 쌉쌀하면서도 담백한 맛이 우리 인생 같다고 하더군요."

"그런가요?"

"저도 이제는 평범한 사람이 되려고요. 이제는 젊은 사람들에게 양보할 때인 것 같기도 하고요."

"저도 동감입니다. 우리가 너무 오랜 시간 하긴 했지요."

두 노신사는 벚꽃이 흩날리는 정원을 보고 있었다. 아이들의 웃음소리가 기분 좋게 들려왔다.

"둘째 아들 녀석의 아이들이죠."

"쌍둥이던가요?"

"네, 이제 3살 된 애들이라서 집 안이 저희 놀이터인 줄 압니다."

"하하하, 그렇군요."

노신사의 시선이 아이들에게로 향해 있었다.

"큰 녀석이 먼저 장가를 가야 하는데 너무 일에 미쳐서 뭐가 우선인지를 모르고 있어 걱정입니다."

"저희도 둘째 녀석 때문에 걱정입니다. 안사람은 매일 한숨인데 녀석의 고집을 꺾을 수가 있어야죠. 그래서 더 회장님께 죄송한 마음입니다."

"죄송하기로 따지자면 우리 아들 녀석이 더 문제죠."

"그래서 말인데……. 올해는 절대로 넘기면 안 될 것 같아서 말입니다."

"저도 그 말씀에 전적으로 동감합니다만, 뜻대로 안 되니 속상합니다."

두 사람의 입에서 동시에 한숨이 터져 나왔다.

"수십만 명의 직원을 거느린 우리가 자식 하나 설득 못해서야 되겠습니까? 이번엔 제가 신경을 쓰겠습니다."

"저도 적극적으로 돕겠습니다."

두 노신사는 술잔이 아닌 찻잔으로 건배를 하며 의지를 불태웠다.

서울 무역센터에서 국제 경제인 포럼이 열렸다. 국내 대기업들의 총수들이 다 모인 자리기 때문에 기자들의 카메라 플래시가 여기저기서 정신없이 터지고 있었다. 특히나 오늘은 대통령의 축사가 있을 예정이라서 각 방송사 취재진이 발 디딜 틈 없이 꽉 차 있었다.

그중에서도 집중적으로 카메라 세례를 받는 재희는 거의 눈을 뜰 수가 없을 만큼 플래시 폭탄을 맞고 있었다.

"이재희 부회장님 여기 좀 봐 주세요!"

"부회장님!"

그와 눈 한 번 마주치기 위한 기자들의 노력은 실로 대단했다. 하지만 재희는 무심한 얼굴로 포토라인을 지나쳐 자신의 자리에 앉았다. 그는 이런 자리에 오는 걸 좋아하지 않았다. 시간 낭비라고 여길 뿐이었다. 할 일이 얼마나 많은데 남의 생각이나 듣고 앉아 있어야 하는지. 재희의 얼굴엔 싫은 기색이 역력했다.

"안녕하십니까?"

그의 옆자리에 차례차례 대기업 회장들이 와서 앉기 시작했다. 나이로 따지면 가장 막내인 그는 기업 순위와는 관계없이 먼저 인사를 건넸다.

"이번에 아버님이 회장 자리를 물려주신다고?"

"아직 결정된 건 없습니다."

"그래도 사람들은 자네가 아버님의 뒤를 잇는다고 생각하지."

경제인 연합회 회장인 태석그룹의 신 회장이 그에게 온화한 미소를 지으며 말했다. 모두 그가 우리나라 최고의 기업인 현진그룹의 회장이 되는 데 관심이 많은 모양이었다.

"마음 넓은 자네가 사람들의 지나친 관심을 좀 이해하게. 나라도 자네처럼 영화배우 같은 외모를 가진 사람이 우리나라 최고기업의 회장이 된다면 관심이 갈 테니까 말이야."

그는 씁쓸한 미소를 지으며 정면의 무대를 바라보았다. 이렇게 어수선할 때는 그냥 앞만 보고 있는 게 상책이었다.

"아이고 우리 공주님."

갑자기 신 회장이 반색을 하며 누군가에게 인사를 했다.

"아저씨, 너무 오랜만이에요."

옥구슬 같은 소리가 그의 등 뒤에서 났다. 그리고 기분 좋은 꽃향기가 그의 코를 자극했다. 여인의 향기가……

"우리 공주님은 날이 갈수록 예뻐져서 큰일이야."

"아니 아저씨야말로 점점 더 멋져지셔서 더 큰일이에요. 젊은 남자들 기를 너무 죽이시는 거 아니에요?"

"하하, 아버지 대신 온 거야?"

"네, 오늘은 오빠까지 바빠서 어쩔 수 없이 제가 대신해서 지루한 곳에 온 거예요. 이런 거 딱 질색인데……. 시간 낭비예요. 다른 사람의 생각을 들어 줄 만큼 저는 한가하지 않거든요."

그의 생각과 같은 생각을 하는 여자가 궁금해서 그는 살짝 고개를 돌렸다. 여자의 눈과 마주친 그의 얼굴이 순식간에 굳어졌다.

"안녕하세요?"

"……."

여자의 인사에 그는 말없이 고개만 끄덕였다. 하지만 그의 눈은 빠르게 여자를 스캔했다. 검은색 테일러드 재킷에 V넥 블라우스를 입은 여자는 고급스러우면서도 깔끔한 차림이었다. 하지만 웃고 있는 여자의 얼굴은 놀라울 정도로 아름다웠다.

깔끔하게 묶은 머리와 화장기가 거의 없는 얼굴은 화려하진 않지만 우아함이 가득했다. 자신감이 가득한 까만 눈동자는 아주 인상적이었다. 그때 바로 행사 시작을 알리는 사회장의 음성이 들렸고 그는 다시 앞만 바라보았다. 하지만 재희의 머릿속은 방금 본 여자로 가득했다.

"준……."

여자는 20년째 그의 정혼자인 하준이었다. 유인그룹의 사장인 그녀는 뛰어난 경영 실력으로 작년 여성 리더 1위의 자리에 오른 당찬 사람이었다. 그리고 결혼에는 하나도 관심 없는 그에 겐 목에 가시와도 같은 존재였다.

20년 전 꼬마였던 준은 날이 갈수록 매력적인 여인의 모습이 되어 갔다. 가끔 이렇게 행사장에서 준과 마주치게 되면 넋을 놓고 준을 보고 있는 자신을 발견하게 되어 깜짝깜짝 놀라곤 했 다.

어릴 땐 개구쟁이 선머슴 아이 같았는데, 크면서 점점 그의 시선을 사로잡는 여인으로 변해 갔다. 달갑지 않은 일이었다. 더구나 요즘 들어 아버지의 결혼 압박이 강도가 심해지자 더더 욱 그녀가 신경 쓰였다.

20년이면 그동안 그냥 다른 남자 만나 결혼했으면 좋으련만. 마치 그를 기다리는 것처럼 그녀 또한 결혼하지 않고 있어서 그 는 더 신경이 쓰였다. 행사 내내 재희의 얼굴은 펴질 줄 모르고 있었다.

행사가 끝이 나고 그는 주차장으로 향했다. 다른 때 같으면 바로 자신의 차에 올랐을 그인데 재희는 한참을 VIP주차장 입 구에 서 있었다. 오늘은 확실하게 그녀의 의사를 물어볼 생각이 었다.

또각. 또각. 또각.

경쾌한 구두 소리가 들림과 동시에 그의 미간이 구겨졌다. 매혹적인 검은색 정장을 입은 그녀가 그를 보고는 걸음을 멈추었다.

"오래간만이야."

"네, 오빠."

준도 그를 보고는 건조하게 답했다. 마치 귀찮은 것처럼 말하는 준을 보니 더욱 속이 뒤집히는 것 같았다. 세상에 그 어떤 여자도 그를 보고 이런 표정을 지을 순 없었다.

"설마, 절 기다리신 건 아니죠? 아니었으면 좋겠네요."

"아니, 불행하게도 널 기다리고 있었어."

"왜요?"

"아버지가 결혼을 서두르고 계셔."

"그래요?"

마치 남의 일인 것처럼 말하는 준이었다. 무미건조한 준의 반응에 재희는 속이 부글거리고 있었다.

"결혼할 시간이 없어. 하고 싶은 마음도 없고."

"듣던 중 반가운 소리네요. 저도 그럴 마음이 없어요."

준은 표정 하나 변하지 않고 그를 똑바로 보며 말했다.

"하 회장님 좀 설득해 봐."

"우리 아빠는 아무도 못 말려요. 그러니 열세 살에 결혼할 남자를 미리 정해 주셔서 딸을 이 모양으로 만드셨죠."

"다른 놈이랑 결혼해."

"할 때 되면 할 테니까 먼저 하세요. 지난번에 스캔들 난 배우 있잖아요. 이름이 뭐더라? 채린인지 채손지 하는 애."

"채림이야."

"아."

반응이 아주 흥미로웠다. 보통의 정혼자라면 화를 내야 마땅한데 준은 남의 일을 이야기하는 것 같았다.

"우리 아버진 설득 못해."

그의 아버지 이 회장은 고래 심줄을 삶아 먹은 노인네였다.

"우리 아빠도 힘들어요."

재희에게는 심각한 상황인데 준은 하나도 아닌 모양이었다. 화가 난 재희의 목소리가 저도 모르게 커지고 말았다.

"도대체 왜 그래?"

"제가 뭐……."

누군가 주차장 안으로 들어오는 소리가 나자 재희가 재빨리 준의 손을 잡고 사람들이 잘 안 보이는 코너로 그녀를 데리고 갔다.

"아파요."

그가 팔을 아프게 잡았는지 준이 그의 손을 밀어내며 말했다.

"지금부터 조용히 하는 게 좋을 거야."

"……."

탁!

그가 준을 벽과 자신의 사이에 가두었다.

"흡!"

재희는 저도 모르게 숨을 들이켰다. 준에게서 그를 자극하는 꽃향기가 났기 때문이었다. 이런 걸 원한 건 아니었는데 그가 상당히 좋아하는 향이었다. 미치겠는 건 그의 눈 아래 슈트 사이로 그녀의 가슴골이 훤히 보인다는 것이었다.

"오늘 왜 이래요? 그냥 평소처럼 서로 벽 보듯 히면 되는 기 아니었어요?"

그보다 머리 하나는 작은 준이 그를 올려다보며 따지고 있었다. 바빠서 준을 볼 시간이 없었다. 열여덟 살의 그가 본 열세 살의 준은 말괄량이 초등학생이었다. 항상 그의 머릿속에 준은 어린아이였는데 지금의 준은 확실하게 여자였다.

"맞아."

"……."

말은 이렇게 하면서도 그는 비켜 줄 의사가 없었다. 이유는 그도 잘 몰랐다. 화가 나서 들썩이는 풍만한 가슴 때문인지, 아니면 미친 듯이 풍겨오는 달콤한 꽃향기 때문인지, 아니면 여인의 욕망을 품은 섹시한 눈동자 때문인지. 그는 여전히 그녀를 그와 벽 사이에 가둔 채로 꼼짝 않고 있었다.

"여기 어디였는데……."

딱 듣기에도 기자 같은 목소리가 들렸다. 저도 모르게 재희는
준을 자신의 품에 안았다. 지금 이렇게 둘이 있는 걸 기자들에
게 들켜서 좋을 게 없었다.

"뭐 하는 거예요?"

"기자들이야."

"……."

기자란 말에 준도 더는 몸부림치지 않았다. 그의 품 안에 준
이 이렇게 꼭 맞게 안길 줄은 상상도 하지 못했었다. 그녀의 가
슴이 주는 부드러운 느낌이 그의 와이셔츠 안으로 그대로 전해
지자 기분이 아주 묘해졌다.

쿵. 쿵. 쿵.

심장이 미쳤는지 갑자기 거칠게 뛰기 시작했다. 웃기는 일이
었다. 여자 한 번 안았다고 심장이 두근거릴 만큼 그는 감수성
이 예민한 사람이 아니었다. 하지만 이제 심장은 쿵쿵거리는 정
도가 아니라 터질 것 같았다. 어이없게도 심근경색이라도 걸린
걸까? 이런 낯선 경험이 기분 좋지는 않은 재희였다.

"아직 안 갔어요?"

초조한 눈빛으로 그를 올려다보며 준이 물었다. 그녀의 아름

다운 눈동자 안에 있는 그가 보였다.

"그런 것 같아."

어제, 밤을 새워서 그런지 오늘 아주 피곤했다. 그래서일까? 그의 품 안에 있는 준이 아주 섹시하게 느껴졌다.

"미친놈."

"네?"

"아니야."

"욕도 할 줄 알아요? 상상도 못해 봤네."

준이 피식 웃었다. 살짝 내민 입술에 재희의 입술이 그의 눈에 들어왔다.

"미친 게 확실해."

"왜요? 으읍!"

순간적인 일이었다. 자신도 모르게 준의 얼굴을 양손으로 잡아 입을 맞추었다. 촉촉한 입술이 그의 입술에 닿자 미칠 것 같은 황홀함이 재희를 엄습했다. 뭘까? 왜 이러지? 다시 확인하고 싶은 마음에 그는 준의 입술을 더 강하게 빨아들였다.

"으흡!"

준의 호흡까지 삼켜 버릴 정도로 짜릿함이 가득한 키스였다. 입술만으론 부족한 재희는 혀를 그녀의 입안으로 밀어 넣었다. 의외로 준은 그의 혀를 쉽게 받아들여 주었다. 서로의 혀가 얽

히자 그의 온몸의 세포가 열리는 느낌이었다.

츄웁츄웁—

결코 부드러운 키스가 아니었다. 서로의 이가 부딪치고 입안에서 피 맛이 느껴질 정도의 거친 키스였다. 애송이도 아니고 사람들이 많이 오가는 주차장에서 이렇게 정신 줄을 놓고 키스를 하다니. 이건 정말 미친 게 맞았다.

더 기가 막힌 건 38년 그의 인생 중에 가장 으뜸인 키스를 20년을 알고 지낸 정혼자와 한 것이었다.

화들짝 놀란 그가 준을 밀어냈다.

"묻고 싶은 말이 있었어. 나중에 연락할게."

사람들이 오는 소리에 반사적으로 준을 끌어안은 재희는 놀란 준에게 말했다.

"먼저 차로 돌아가. 난 조금 있다가 갈 테니까."

"……."

놀란 눈의 준은 고개를 끄덕이더니 자신의 차가 있는 곳으로 빠르게 걸어갔다. 그녀의 뒷모습을 보며 재희는 자신의 입술을 저도 모르게 손가락으로 쓸었다.

"이건 미친 짓이야."

재희가 정신을 차리고 주변을 살피자 낯익은 기자의 얼굴이 보였다.

"흠!"

그는 큰기침하며 기자의 시선을 그에게로 향하게 했다.

"부회장님!"

기자의 시선을 돌리는 데 성공한 것 같았다. 그는 서둘러 자신의 차에 올랐다. 다행히 준은 기자들을 잘 피해 간 것 같았다.

"출발해."

기사가 차를 출발시키자 그는 자신의 입술에 손을 가져다 댔다. 판도라의 상사를 제 손으로 연 느낌이었다. 결혼은 생각이 없었지만 준과의 키스는 잊을 수 없었다. 꼬맹이가 이제는 여자로 보이기 시작했다.

1.
20년 정혼자

유인 자동차공장은 끝이 보이지 않을 만큼 넓은 곳이었다. 여의도 면적의 3배에 가까운 어마어마한 부지에서는 매일 수천 대의 자동차가 생산되고 있었다. 걸어서 회사 안을 다니는 게 불가능해 대부분의 직원은 자전거로 이동을 했다. 외부에서 견학을 오는 사람들은 주로 버스를 이용해서 투어를 할 정도의 아주 넓은 공장이었다. 이곳에 올 때마다 느끼는 것이지만 남자들의 향이 물씬 났다. 땀 냄새 말이다.

물론 근거리에 자리 잡은 중공업과 조선소는 더했지만 말이다. 이곳은 유인랜드라고 불릴 만큼 도시 전체가 유인그룹 사람들로 이루어진 곳이었다. 신입사원일 때 하늬의 눈엔 마치 작은 왕국 같았던 곳이었다.

하늬는 이 왕국의 왕자 같은 공주를 모시고 있었다. 공부를 잘했던 하늬는 중학교 때 서울로 유학을 갔었고 그때 준을 만나 고등학교는 물론 대학까지 같이 나온 단짝 중에 단짝이었다. 하늬의 아버지도 이곳 자동차공장에서 공장장으로 오랜 세월 근무하셨다. 청춘을 이곳에서 보내신 아버지는 지금은 정년퇴직하시고 자동차 정비공장을 운영 중이셨다. 그래서인지 하늬는 어릴 때부터 유인 자동차가 친숙했다. 아니, 누가 유인 자동차에 대해 험담을 하기라도 하면 싸우는 일도 마다하지 않았다.

그렇게 유인 자동차에 대한 애사심을 태어나면서부터 장착한 그녀였다. 그런 하늬가 유인 자동차에 애사심을 넘어 충성심을 갖게 된 건 그녀가 모시는 상사인 준 때문이었다. 여자라는 수식어를 깔끔하게 떼어내 버리고 남자들이 득실거리는 이곳에서, 평사원에서 사장까지 초고속 승진을 한 살아 있는 레전드인 준은 하늬의 자랑이었다.

"성 실장?"

"네?"

"정신을 어디다가 팔고 있는 거야? 내가 지금 몇 번이나 부른 줄 알아?"

"죄송합니다."

준이 그녀를 부른 모양이었다. 하늬는 얼른 준에게 들고 있던 서류파일을 건넸다.

"신차 출시일까지 얼마나 남았지?"

"미국에서 신차 발표를 하기까지는 한 달 남았습니다."

국제 모터쇼에서 이번에 미국 시장을 겨냥한 대형 SUV를 출시할 예정이었다. 그런데 마지막 점검 단계에서 미세한 결함이 발견되어 지금 비상사태였다. 그래서 급하게 울산까지 내려온 준이었다.

"계획엔 차질 없는 겁니까?"

"지금 연구실에서 최선을 다해 결함 부분을 잡고 있습니다."

"작은 결함이 나중에 후폭풍이 되어 돌아올 수 있습니다. 특히 엔진에 관한 건 아무리 작아도 결코 작다고 말할 수 없으니까, 빨리 해결하도록 하세요."

"네."

임직원들에게 둘러싸인 준은 어린 나이지만 당당한 카리스마를 가지고 자신보다 나이 많은 선배 임원들을 컨트롤하고 있었다.

이렇게 임원들이 준에게 꼼짝하지 못하는 이유는 말로만 하는 게 아닌 직접 뛰어드는 준의 경영 방식 때문이었다. 지난번 생산한 경차에서 문제가 터지자 준은 직접 차를 분해해서 조립

하는 열정을 보였다.

그리고 그 모습은 현장의 직원들에게 많은 감동을 주었다. 임원이라고 책상 앞에 앉아 자리만 지키는 게 아니라 준은 그들과 함께 힘이 든 작업을 마다하지 않았고, 노조도 그런 준의 모습에 감동하였다.

기름때를 묻혀 가며 일하는 그들의 노고도 이해한 준이었다.

"점심시간입니다. 구내식당으로 갈까요?"

"그러지."

준은 유인그룹의 막내딸이지민 힌 번도 공주처럼 행동한 적이 없는 사람이었다. 준은 소탈했고 그것이 직원들이 그녀를 따르는 또 하나의 이유였다.

"성 실장 오늘 바빠요?"

"안 바쁩니다."

"그럼, 술 한잔합시다."

"네."

요 며칠 준의 표정이 그렇게 좋지 않았다. 하지만 일할 때는 철저하게 상하관계였기 때문에 하늬는 따로 묻지 않았다. 준이 말할 때까지 기다려 주는 게 하늬가 할 수 있는 유일한 일이었고 오늘이 그날이었다.

어두운 바 안에 끈적이는 재즈 선율이 흐르고 있었다. 오랜만에 이렇게 친구와 함께 바에 오니 힘든 일상에서 벗어난 기분이었다.

"오늘 어쩐 일로 부른 거야?"

"……."

준은 대답 대신에 와인을 한 모금 마셨다. 지난번 국제포럼을 다녀온 이후에 준의 머리는 흐트러진 책상 서랍 같았다. 거기다가 정리가 쉽지 않을 만큼 서랍은 꽉 차 있었다.

"대답하기 싫으면 안 해도 괜찮아."

하늬는 한결같이 그녀의 곁을 지켜 준 친구였다. 그녀가 무슨 말을 해도 밖으로 새어 나갈 일도 없는 최고의 친구이자 부하 직원이었다. 하지만 오늘은 하늬에게도 자세하게 말할 수 없어 망설였다.

"재희 오빠 만났어."

답답한 마음에 망설이다가 툭 한마디 던졌다.

"이따금 만났잖아. 물론 멀리서 스치듯 보긴 했지만 말이야. 그런데 이번엔 옆자리에라도 앉은 거야?"

하늬는 재희와의 불편한 관계를 잘 알고 있었다.

"아니."

"그런데 왜? 와서 말이라도 걸어?"

"……."

분명히 재희가 먼저 말을 걸어왔기 때문에 준은 답을 하지 않았다.

"뭐라고 했는데?"

하늬의 목소리 톤이 올라갔다.

"뭐라고 한 건 아닌데……."

"아닌데 왜 그래? 오채림하고 스캔들 난 지 얼마나 됐다고 뻔뻔하게 너한테 말을 거니? 20년이나 정혼자로 있어서 다른 남자하고 연예도 결혼도 못하게 만들어 놓고는 무슨 엄치로 그러는 건데?"

하늬가 화를 내며 와인을 단번에 마셨다.

"이 회장님이 오빠를 달달 볶나 봐."

"왜? 너랑 결혼이라도 하라고?"

"응."

"진짜 다들 양심도 없다. 이쯤 되면 각자의 길을 가게 해야 하는 거 아니니?"

"나도 아빠가 결혼하라고 아주 난리야."

"회장님도 정말 너무하신다. 아무리 현진그룹이 우리나라 최고의 기업이라고 해도, 이재희는 아니지 않아? 막말로 네가 재벌집에 시집을 못 가서 안달이 난 것도 아니고. 너도 재벌인데……."

"결혼을 꼭 해야 하나?"

"나도 안 해 봐서 뭐라고 할 말은 없지만 인연이 있으면 하는 거고, 아니면 지금처럼 살면 되는 거지. 남들이 한다고 나도 해야 하는 건 좀 아니지 않아?"

준은 결혼에 큰 의미를 두지 않았다. 지금도 아주 바쁜데 가정까지 돌봐야 한다고 생각하면 자신이 없었다. 그리고 지금 일에 너무 만족했다. 결혼관은 친구인 하늬도 마찬가지였다. 이래서 둘이 잘 어울리는 것 같았다.

Rrrrrrr—

아버지의 전화였다.

"네, 회장님."

[회장님? 왜, 결혼하라고 해서 지금 반항하는 거야?]

"아닙니다. 회장님."

[하준!]

하 회장의 뚜껑이 열린 것 같았지만 준은 신경 쓰지 않았다. 준에게는 아버지까지 신경 쓸 여유가 없었다.

[이제 더는 울산에 내려가지 말고 집에 있어.]

"그럼, 일은 어떻게 합니까?"

[결혼하기 전까지 일할 생각은 하지도 마라.]

"회장님!"

[한 번만 더 회장님 소리하면 당장 해고야 알았어?]

"……네."

[이번 주말에 이 부회장이랑 약속 잡아 놨으니까 그렇게 알아.]

"이번 주말엔 신형 차 결함에 대한 회의가……. 아빠!"

일방적으로 전화를 끊은 아버지 때문에 준은 와인을 단숨에 마셨다.

"뭐라고 하서?"

"주말에 재희 오빠랑 약속 잡았다고."

"후……. 첩첩산중이네."

"이번엔 가서 확실하게 정리하려고."

"제발 그래라. 그게 뭐니? 20년째 정혼자가 말이 돼?"

준에게는 회사가 있었다. 그리고 회사에는 수만 명의 직원이 그녀를 바라보고 있었다. 몸이 열 개라도 부족한 판국에 결혼은 꿈같은 이야기였다.

"궁금한 게 있는데, 넌 이 부회장이 어때?"

"뭐가?"

"그 사람에 대한 감정이 있냐고."

"그냥 보기에 멋진 사람이지만 내 것은 아닌 사람이야."

"왜? 같은 재벌이라서 싫은 거야?"

"그런 게 아니라 나한텐 그냥 연예인 같은 사람이야. 사생활적인 면이 좀 그렇긴 하지만 경영인으로서의 이재희 부회장은 정말 레전드 중에 레전드니까. 아버지인 이현승 회장을 능가하는 사람이잖아."

"인정하지 않을 순 없지."

"그런 사람이랑 결혼한다면 그 사람 일에 나 자신이 가려질 것 같아서 싫어. 그리고 난 내 회사가 있고, 웅이 오빠와 같이 잘 지키고 싶어."

"걱정이다. 회장님이 한번 꽂히시면 끝장을 보는 성격이신데. 당분간은 좀 힘들겠네."

"그래서 오늘은 취해 보려고."

"그래, 마시자."

결국 하늬에겐 그날의 일을 말하지 못했다. 하늬와 잔을 부딪치며 와인을 마셔도 준의 생각은 정리되지 않았다. 아마도 그날의 키스가 그녀의 생각을 더욱더 복잡하게 만들고 있는 것 같았다. 혀로 입술을 축이며 준은 그날의 키스맛과 같다는 생각이 들었다.

"달콤하고 쌉싸름하고 위험한 맛."

"그게 와인 맛이지."

준의 귀에 하늬의 말이 더는 들리지 않았다.

썩은 만두를 먹어도 이보다는 잘 넘기지 않을까 싶었다. 넘기지 못한 입안의 음식물을 그대로 담고는 선우는 그대로 아버지와 형을 보고 있었다. 천성이 이래도 흥, 저래도 흥인 선우는 아버지와 형의 팽팽한 신경전이 있을 때면 숨고 싶어졌다.

그런데 이렇게 음식을 다 먹기 전엔 나갈 수 없는 상황이라면 더더욱 싫었다.

"이번에 결혼하지 않으면 회사는 선우에게 줄 생각이다."

"……."

아버지의 선포에 재희의 표정은 그대로 굳었고 선우는 밥이 목으로 넘어가지 않았다. 선우는 형처럼 워커홀릭이 되느니 차라리 전업주부가 되어서 집에 있고 싶은 사람이었다. 달라도 너무나 다른 성향의 형제였다.

"전 회장 자리 싫습니다."

선우가 밥을 겨우 넘기고 자기 뜻을 소신껏 말했다.

"이선우!"

"아버지 전 지금이 좋아요. 제가 회장이 되면 회사가 망하는 건 시간문제입니다."

"그게 할 소리야? 쌍둥이가 듣고 있는데?"

"아버지 쌍둥이도 알 거 다 압니다."

애들이 알아들으면 더 큰일 날 소리였다. 쌍둥이가 회사를 물려받는 건 더 싫었다. 쌍둥이는 자유로운 영혼으로 자랐으면 하는 게 그의 바람이었다.

"미쳤어?"

"미치지 않으려고 하는 말입니다."

"이선우!"

아버지가 숟가락을 그에게로 던질 기세였다.

"아버지 제 생각이 짧았습니다. 하시던 말씀 계속하세요."

이럴 땐 꼬리를 내리는 게 상책이었다. 선우는 평화주의자였다. Peace!

그의 말에 아버지의 화살이 다시 재희에게로 돌아갔다.

"이번 토요일에 약속 잡았으니까 엉뚱한 생각하지 말고 나가. 그리고 준이가 얼마나 예뻐. 얼굴도 그 정도면 됐고 집안도 훌륭하고 20년이나 기다릴 줄도 알고."

"아버지, 그건 아니죠. 준이도 형만큼이나 일에 빠진 애라고요. 아마 웅이 형보다 더 열심히 일할걸요?"

"넌 빠져."

선우의 동창이기도 한 준은 학창시절부터 공부도 잘하고 운동도 잘해서 친구들에게 인기가 많은 아이였다. 다만 준도 적당한 것이 없는 스타일이라서 회사에 들어가고부터는 일체의 교류 없이 일만 한다는 소문이었다.

선우도 가끔 준을 보지만 그건 어디까지나 일에 관련된 자리에서였다.

"일하는 며느리는 싫으시다면서요."

"내가 언제?"

"쌍둥이네 엄마도 그래서 배우 그만두고 집 안에 들어앉히신 거잖아요."

"넌 빠지라고 했다."

"네, 그렇지만 형에게도 자유란 게……."

상추가 선우의 얼굴로 날아들었다. 빠지라고 했을 때 빠졌어야 했다. 선우는 얼굴에 붙어 있는 상추를 떼어내며 뒤늦은 후회를 했다.

"아버지, 쌍둥이도 있는데……."

"둘 다 꼴도 보기 싫으니까 나가!"

아침상이 아주 엉망이었다. 언제나 아버진 할 말이 없으면 채소를 던지는 거로 마무리하셨다.

"다른 사람들 앞에서는 완전 신사신데 왜 우리 앞에선 저러시는지 모르겠어."

식당을 나오자마자 선우가 구시렁거리기 시작했다.

"우리가 잘못하고 있는 거지."

"준이 만날 거야?"

"만나야겠지."

"왜 갑자기? 조금 전까지는 안 본다고 해 놓고?"

"준이 보고 말하는 게 더 나을 것 같아."

"이참에 확 정리해 버리게? 준이 괜찮은 앤데 정리하기엔 좀 아까운 신붓감이야."

"나도 좀 생각을 정리할 필요도 있고……."

"여지를 두는 거야? 형의 표정으로 봐선 뭔가 있는데?"

"있긴 뭐가 있어."

형이 인상을 쓰자 선우는 바로 꼬리를 내렸다. 아버진 상추였지만 형은 주먹이었다. 이쯤에선 몸을 사려야 했다.

출근길에 형제는 정원을 같이 걸으며 말했다.

"내가 생각해도 준이는 괜찮은 신붓감이긴 해."

형의 말에 선우는 깜짝 놀랐다. 형의 입에서 신붓감이라는 말이 나온 적이 없기 때문이었다. 거기다가 준이를 칭찬까지 했다. 내일은 해가 서쪽에서 뜰 모양이었다.

"그래, 잘 생각했어. 준이야 일에 빠진 거 빼면 1등 신붓감이지. 형도 이제 가정을 꾸릴 때도 됐고."

"넌 행복하냐?"

"당근이지. 난 무슨 복이 그리 많은지 세상에서 가장 착한 마녀를 만났지."

"천사가 아니고?"

"응."

선우는 유일하게 재희와 웃을 수 있는 사이였다. 형은 절대로 사람들 앞에서 웃지 않았다. 어릴 때부터 황태자로 키워진 형은 언제나 근엄한 사람이었다. 그게 선우는 마음이 아팠다. 선우는 둘째라는 이유로 많은 자유를 누리고 살았기 때문이다.

지금은 그도 어쩔 수 없이 회사의 임원이 되어 다니고 있있지만, 개인적으로 즐길 건 다 즐긴 사람이었다. 여행, 연애, 술. 놀 줄 아는 사람이라면 하는 모든 걸 했고 그 가운데 쌍둥이 엄마도 만나게 된 선우였다.

하지만 형은 늘 회사와 일뿐이었다. 그런 형의 삶은 그가 감히 흉내조차 낼 수 없는 삶이었다.

"으으으."

선우는 몸을 부르르 떨었다. 형의 삶은 생각하는 것만으로도 싫었다.

"형이 아버지 좀 설득해. 난 형의 자리는 눈곱만큼도 관심 없으니까. 아니다. 이참에 결혼하는 건 어때? 생각보다 그렇게 나쁘진 않아."

재희는 그의 말을 무시한 채 자신의 검은색 벤츠에 몸을 실었다.

"난 형이 좋은 사람과 만났으면 좋겠어."

선우는 그의 성격과 같은 붉은색 페라리를 탔다.

"자, 가볼까? 나의 812 슈퍼페스트야."

오늘도 힘든 하루가 되겠지만 그에겐 또 피로를 잊게 해 줄 많은 것들이 있었다.

하루의 시작은 언제나 아버지의 잔소리였다. 이제 귀에 못이 박일 법도 한데 그게 그렇게 쉽지만은 않았다. 자신의 리무진에 오른 그는 출근하는 시간도 아까워 태블릿 PC를 손에서 놓지 않았다.

이제는 일하지 않으면 불안한 마음이었다. 자신도 워커홀릭 증상이 심하다는 건 알고 있었지만 쉽게 고쳐지지 않았고 고칠 생각도 없었다. 현진그룹의 수십만 명의 직원들이 그의 손에 달려 있었다.

과반수가 가정이 있는 사람들이었고 그들의 가족까지 생각한다면 그 인원은 어마어마했다. 그는 그들이 열심히 일할 수 있는 환경을 만들어 주고 싶었다. 그게 대기업을 이끌어 가는 총수의 일이라고 생각했다.

그건 그의 아버지인 이 회장의 뜻이기도 했다.

"도착했습니다."

재희가 차에서 내리기가 무섭게 그의 비서인 최 실장이 대기하고 있었다.

"안녕하십니까? 편안하게 주무셨습니까?"

"그래."

최 실장은 걸으면서 그의 하루 일정을 빠르게 브리핑했다. 재희의 빠른 발걸음을 따르며 말하는 통에 숨이 가쁜 모양이었다. 어느 날은 일부러 너 빨리 걷는 날도 있었다. 최 실장을 골리는 그만의 방법이었다.

"오늘은 오전에 긴급 사장단 회의가 있습니다. 이번에 인수한 대원전자에 관한 건입니다. 그리고 뒤를 이어서 산업통상부 장관님과 면담이 있고 바로 같이 점심을 드시기로 했습니다."

숨 가쁜 일정이었다. 사무실에 도착하자마자 그는 커피 한 잔의 여유도 없이 그의 사인을 기다리고 있는 서류를 검토하기 시작했다.

"회의 시간입니다."

"알았어."

그는 자리에서 일어나 회의실로 향했다. 수많은 눈이 부담스러울 정도로 그에게 향해 있었다. 재희는 늘 사람들의 시선에

중심에 있었다. 피곤한 일상이었다.

바쁜 하루를 보내다 보니 시간이 남들보다 빠르게 가는 느낌이었다.

"벌써 토요일이군."

"오늘 일정을 마치신 후에 서울호텔에서 유인그룹의 하준 사장님을 만나기로 되어 있습니다."

최 실장이 빠르게 그의 일정에 관해 말했다.

"결혼하니 좋은가?"

"네?"

얼마 전에 결혼을 한 최 실장이었다. 그의 바쁜 일정을 관리하는 최 실장은 그만큼 바쁜 사람이었다.

"네, 좋습니다."

"하긴 사내커플이니 좋긴 하겠어."

그의 여비서와 결혼을 한 최 실장이었다. 일정을 소화한 후에 그는 서울호텔로 향했다. 사람들이 많은 곳에 가는 걸 그렇게 좋아하지 않았지만, 이제는 그들의 시선을 무시할 줄 아는 그였다.

지나친 관심은 사절이었다. 호텔에 들어서는 순간 그는 깊은 한숨을 내쉬었다. 로비에서 하필이면 그와 스캔들이 났던 오채림과 마주하게 되었다. 그냥 몰래 지나쳐 가기엔 그는 너무 눈에 띄는 외모를 가진 사람이었다.

"오빠!"

열애기사가 난 후에 연락을 끊은 그였다. 그의 회사 광고 모델이었던 채림과는 우연히 잠자리를 한 게 다였다. 피곤하고 취한 상태에서 남자의 본능을 억제하지 못한 것이었다. 하긴 그날은 채림이 아니었어도 그런 상황이 되었을 것이다.

"오빠, 왜 전화는 안 받아요?"

촬영 중인지 로비에 스텝들이 가득한데도 아랑곳하지 않고 채림은 그의 잎에서 투정을 부리고 있었다.

"내가 얼마나 기다렸는지 알아요?"

"아니."

그는 차갑게 말했다. 채림도 여자치고는 작은 키가 아니었지만 190㎝에 가까운 장신의 재희를 고개를 들고 올려다보고 있었다.

"촬영하는 거 아니야?"

"맞아요, 하지만 그깟 게 대순가? 오빠가 더 중요하지."

이렇게 달라붙는 건 딱 질색이었다. 그의 표정이 더 차가워지기 시작했다.

"그런데 어쩌지 난 선약이 있는데?"

"언제 끝나요? 나 촬영 금방 끝나니까 오빠 볼일 보고 우리 잠깐 봐요."

끝을 모르는 여자였다.

"아니 볼일 없어."

"오빠, 우리가 어떤 사이인데 이러는 거예요?"

어이가 없었다. 언제나 한 번의 잠자리가 문제였다. 그는 그
것으로 끝이었고 여자들은 그것으로 시작이었다.

재희의 눈에 고급스러운 베이지색 정장을 입은 여자가 눈에
들어왔다. 배우인 채림의 눈에 띄는 외모에도 준은 전혀 밀리지
않았다. 오히려 아름다움에 고급스러운 품위까지 가져 채림이
더 밀리는 느낌이었다.

"저 여자 알아요? 혹시 저 여자 만나는 거예요?"

"저 여자라니 기가 막히는군. 뉴스는 안 보고 살아? 공부 좀
해야겠어. 난 여자든 남자든 백치미는 싫으니까."

"뭐, 뭐예요?"

씩씩거리는 채림을 뒤로하고 재희는 엘리베이터 앞에 서 있
는 준을 향해 걸어갔다.

"볼일은 다 보셨어요?"

그를 약간 비꼬는 투로 말하는 준이었다. 그날 주차장에서 키
스한 후에 처음으로 마주친 그들이었다.

"어, 내 볼일은 아니었지만."

"그런 것 같진 않던데요?"

"엘리베이터 왔어."

준과 재희 둘만 엘리베이터에 올랐다.

"잘 지냈어?"

"네, 오빠는요?"

"나도 덕분에 잘 지냈지."

생각해 보면 잘 지낸 건 아니었다. 아버지의 잔소리는 더 늘었고 그의 머리는 그녀로 인해 복잡해졌다.

"배고프지 않아?"

"조금요. 오늘 점심을 못 먹었거든요."

"왜?"

"너무 바빠서요."

어색하진 않았지만 그렇다고 화기애애한 분위기는 아니었다. 엘리베이터에서 내린 그들은 예약이 된 룸으로 들어갔다.

"일식을 좋아한다고?"

"전 뭐든 깔끔한 걸 좋아하죠."

그와 채림을 보고 불결하다고 말을 하는 것 같았다.

"때로는 순댓국이 더 깔끔할 수도 있어."

"전 순댓국도 좋아해요. 그건 아주 친한 사람하고만 먹어요."

"왜?"

"고춧가루가 끼어도 흉 안 보는 사람하고만 먹으니까요."

"하하하, 그런가?"

그는 호탕하게 웃었다. 그가 기억하기로는 자신은 다른 사람 앞에서 이렇게 웃은 적이 없었다.

"오늘 우리 밥 먹고 헤어지나요?"

"그럼 뭘 더 하고 싶어?"

"아뇨, 오늘 밥 먹고 헤어지고 다시는 안 봤으면 해서요."

여자에게 이렇게 싫다는 말을 노골적으로 들은 기억이 거의 없는 재희로서는 당황스럽지 않을 수 없었다.

"상당히 전투적이군."

"뭐, 그렇게 보셨어도 상관없고요."

"채림과는 아무런 관계 아니야."

"제가 알아야 하나요?"

차가운 답이었지만 재희의 입가에 미소가 걸렸다. 순하기만 한 여자보다는 까칠한 쪽에 더 매력을 느낀다는 걸 오늘 처음으로 알았다. 그에게 까칠한 여자는 한 명도 없었기 때문이었다.

"화났나 보군."

"제가요? 왜요?"

"내 정혼자니까."

직원이 음식을 가지고 들어오는 바람에 준은 반박을 못하고

41

입을 다물었다. 부드럽고 촉촉한 입술이 화가 나서 파르르 떨리고 있었다. 그녀의 입술에 자꾸 시선이 갔고 주차장에서의 짜릿했던 순간이 떠올랐다.

"화를 내더라도 먹고 내."

"……."

준은 말없이 애피타이저로 나온 전복죽을 한술 떴다. 그 후로 어느 정도 허기가 채워질 때까지 말없이 음식만 먹었다.

"20년의 종지부를 찍어야 할 것 같지 않아요?"

준이 침묵을 깼다.

"다른 남자라도 생겼어?"

재희는 무표정하게 준을 바라보며 물었다.

"그렇다고 말하고 싶지만 그런 재주는 없네요."

역시나 솔직한 준은 입을 삐쭉이며 담담하게 말했다.

"남자들에게 인기가 많을 것 같은데?"

"시간이 그렇게 한가하지 않아요. 나중에 한가해지면, 그땐 모르죠."

"내가 마음에 안 들어?"

"들고 안 들고의 문제가 아니에요."

"그럼?"

"결혼이란 게…… 솔직히 부담스러워요. 지금 회사 일로도 너무 벅찬데, 제겐 남편과 아이들까지 돌볼 여력이 없어요."

준은 솔직하게 말하고 있었다. 그도 이해가 안 가는 부분은 아닌데 괜히 마음이 좋지 않았다. 대놓고 차인 기분이 드는 재희였다. 저녁을 먹은 후에 그들은 호텔 주차장으로 향했다.

"우리 아빠가 좀 유치하시니까 이해해 주세요."

하 회장이 준의 차를 돌려보내고 그에게 준을 집까지 데려다주라고 했다.

"타지."

그의 차에 준이 오르자 그는 운전석과의 차단막을 올렸다.

"이런 거 불편해요."

"왜?"

"너무 둘만 있는 느낌은 싫어요. 내려 주세요."

차가 출발했지만, 그는 준의 바람대로 차단막을 내리지 않았다.

"오빠는 불편하지 않아요?"

"내가 왜 불편해야 하지?"

"뭐, 하긴 그러네요."

준은 그에게서 시선을 돌려 창밖을 보았다.

"여긴 집으로 가는 길이 아니에요."

"알아."

그는 차를 출발하기 전에 기사에게 한강 근처의 그의 집으로 가라고 말했었다. 물론 준은 모르게 말이다.

"어디로 가는 거죠?"

"조용히 진지한 대화를 나눌 수 있는 곳."

"우리에게 더 이상의 대화가 필요한가요?"

"이 시간 이후에 스케줄이 없는 거로 알고 있는데?"

"……."

준이 그를 노려보고 있었다. 처음엔 그도 식사를 마친 후에 헤어질 생각이었지만 막상 그녀를 만나고 보니 생각이 많아졌고, 그 생각을 정리할 필요를 느꼈다. 그들은 그의 별장과도 같은 집에 도착했다.

평소에는 잘 사용하지 않지만 쉬고 싶거나 생각이 필요할 때마다 오는 집이었다. 이 집에 누군가를 들인 적은 단 한 번도 없었다.

"여기 살아요?"

"아니."

"그럼 여긴 좀 비밀스러운 공간인가? 오채림도 왔어요?"

준이 집을 구경하면서 물었다.

"여기에 나 이외에 다른 사람이 들어온 건 처음이야."

"……."

"저기 소파에 앉아, 와인 한잔?"

"네."

그의 집엔 커다란 바가 있었다. 특히 와인을 즐기는 그는 고급 와인이 가득한 대형 와인 냉장고가 있는 바를 만들어 놓았다.

"여기가 더 좋은 자린 것 같네요."

준이 소파 대신에 바에 앉았다.

"어울려."

"그런가요?"

와인을 마시는 그녀는 상당히 고혹적이었다. 그런 생각이 들자 재희는 피식 웃음이 나왔다.

"왜 자꾸 웃어요?"

"꼬맹이가 언제 이렇게 컸나 해서."

이제는 솔직히 준이 꼬맹이라는 생각이 전혀 들지 않았다. 어느새 자라서 밤마다 그의 꿈속을 야릇하게 만드는 여인이 되어 있었다.

"서른세 살이면 이젠 어린 건 아니죠. 아 참, 선우는 잘 있어요?"

"쌍둥이 아빠는 잘 있지. 내가 본 사람 중에 가장 마음이 편한 녀석이니까."

"오빠랑 선우랑은 너무 달라요."

"나도 그렇게 생각해."

와인잔을 부딪치며 그들은 소소한 이야기를 나누었다. 이렇게 집안 이야기까지 편하게 하는 사람은 그의 주변엔 아무도 없었다.

"이상해."

"뭐가요?"

"꼬맹이하고 이런 어른들의 이야기를 하게 될 줄은 몰랐어."

준이 술기운이 오르는지 풀린 눈으로 그를 보았다.

"내일 뭐 해?"

"원래 오늘 울산에 내려가 봐야 하는데 오빠 만나는 것 때문에 아빠가 못 내려가게 했어요. 그래서 내일은 강제적으로 쉬는 날이죠."

"그래?"

"한 잔만 더 줄래요? 그냥 다 잊고 오늘은 집에 가서 푹 자게요."

그가 그녀의 바람대로 한 잔을 더 주었다.

"도대체 할 말이 뭐예요?"

"결혼."

"20년을 정혼자로 지냈는데…… 그게 그렇게 싫었어요?"

술기운이 오른 모양이었다.

"난 말이에요. 일에 매달리느라 남자가 없었던 게 아니에요. 아예 관심이 없으니까 없었던 거예요. 왜냐면 어릴 때부터 난 이미 결혼할 사람이 있었고 그냥 그게 내 운명이라고 생각했어요."

얼굴이 빨개진 준은 할 말이 많아 보였다.

"그런데 20년이 지나고 정혼을 없었던 거로 하자는 말을 그렇게 쉽게 하다니……. 웃기지 않아요? 양심도 없어."

확실하게 술기운이 오른 준은 거침없이 말을 이어갔다. 재희는 미안한 마음보다 그녀의 입술을 삼키면 그날의 그 느낌이 느껴질 것인지가 더 궁금했다.

"뭐 싫다는 사람 붙잡고 싶은 마음은 없지만, 약이 오르는 건 어쩔 수가 없네요. 그래서 내가 먼저 말하기로 했어요. 이 정혼 없던 거로 해요."

그녀의 말을 가만히 듣고만 있는 재희였다. 그녀의 진심을 들을수록 생각이 너무 많아졌다.

"술도 마셨고 할 말도 했으니 이제 가 볼게요."

그녀가 일어나다가 휘청거렸다.

"택시 좀 불러 줄래요?"

"기다려."

재희가 비틀거리는 준의 허리를 잡았다. 준에게선 술 냄새가 아닌 꽃향기가 났다.

"무슨 향수를 쓰지?"

"향수 안 쓰는데……."

준이 그를 올려다보았다. 둘의 눈이 허공에서 부딪쳤다. 보내야 하는데, 그게 맞는데, 자꾸 그의 생각이 흐트러지고 있었다. 어느새 그의 손이 그녀의 얼굴을 잡았고 생각할 틈도 없이 준의 입술을 삼켜 버렸다.

그녀의 입안에서 알싸한 와인 맛이 났다. 제정신이 아닌 줄 알고 있지만 놓고 싶지 않은 마음이 컸다. 그를 밀어낼 줄 알았는데, 술에 취한 건지 싫지 않은 건지 준은 그의 키스를 받아들이고 있었다.

제어가 안 되는 혀가 그녀의 입안을 휘젓고 있었다. 혀끝에 닿는 느낌이 너무 좋아 그는 미칠 것만 같았다. 이렇게 이성을 잃고 키스를 하는 건 지난번 준과의 주차장에서의 키스 이후에 처음이었다.

한 번도 섹스에 대해 생각해 본 적이 없는 준에게서 그는 미칠 것 같은 성적인 욕망을 느끼고 있었다. 그녀의 풍만한 가슴이 어느새 그의 손안에 들어와 있었다.

"으으음……."

준의 입에서 신음이 터져 나왔다. 농익은 여자의 몸이 남자를 얼마나 자극할 수 있는지 재희는 지금 뼈저리게 느끼고 있었다. 그만 멈춰야 하는데 그는 지금 멈출 수가 없었다. 처음으로 이성이 무너지는 순간이었다.

츄읍츄읍─

미친 듯이 준의 입술을 빨아들이는 재희는 자신이 지금 준을 갖지 않으면 죽을 것 같다는 생각이 들었다. 그를 미치게 만드는 몸이었다. 그의 페니스는 이미 단단해져서 그녀의 안으로 들어가길 바라고 있었다.

"으으윽, 안 돼."

더는 안 된다는 생각이 들었다. 이성과 욕망의 싸움이었다. 하지만 이미 답은 정해져 있었다. 그녀가 그의 목에 팔을 감아 오자 재희의 이성은 사라져 버렸다.

"으읍!"

그녀의 입술을 삼켜 버린 재희는 그녀를 안아 들었다. 준이 너무 가벼워 놀랐고 그의 팔에 닿은 그녀의 가슴이 너무 풍만해서 또 한 번 놀란 재희였다.

"준……."

저도 모르게 준의 이름을 부르며 그는 자신의 침실로 향했다. 술에 취한 여자를 안고 자신의 침실로 들어간 적은 처음이었다.

순간 그는 걸음을 멈추었다.

"안 돼."

자신에게 하는 마지막 경고였다. 그런데…….

"멈추지 마요."

믿기지 않게 준이 그의 귀에 대고 속삭였다. 멈추었던 그의 발이 마치 그녀에 의해 조종이라도 되는 것처럼 다시 움직이기 시작했다.

툭!

준을 그의 침대 위에 내려놓은 그는 망설임 없이 그녀의 위로 자신의 몸을 겹쳤다. 준의 입술을 삼키고 그녀의 가슴과 허리선을 정신없이 만지며 재희는 점점 더 준의 몸에 취해 가고 있었다.

파바밧!

그녀의 블라우스 단추가 사방으로 흩어지고 손으로만 느꼈던 그녀의 가슴이 그의 눈앞에 드러났다. 숨이 막히게 아름다운 가슴이었다. 브래지어를 풀 여유조차 없는 재희는 그녀의 브래지어를 가슴 위로 올리고는 정신없이 그녀의 핑크빛 유두를 빨기 시작했다.

"아아앙……."

준의 가슴은 부드러우면서도 자극적이었다. 그의 혀가 스칠 때마다 준은 몸을 움직였다. 아름다운 몸짓이었다. 더 자극하고 싶고 더 만지고 싶었다. 왜 이런 갈증을 느끼는지 재희는 스스로도 이해할 수 없었다.

분명 그의 안에서 뭔가 특별한 일이 일어나고 있었다. 아직 그게 뭔지 모르지만, 지극히 위험한 일임에 틀림이 없었다. 재희의 손이 그녀의 가슴에서 점점 더 아래로 향하고 있었다. 그는 순간적으로 준의 얼굴을 살폈다.

재희 자신도 놀란 일이었다. 그는 섹스할 때 여자를 배려하는 사람이 아니었다. 이런 애무도 없었다. 그저 욕구를 해소하는 게 그의 섹스였다. 하지만 오늘은 달랐다. 그녀가 그의 입술에 반응해 주길 원했고 즐기길 바라는 마음이었다.

그의 손이 납작한 배를 지나 검은 숲에 다다르자 준이 그의 손을 잡았다. 하지만 이제 멈출 수 있는 상황이 아니었다.

"아앗!"

재희가 여성을 감싸자 준이 화들짝 놀라 몸을 굳혔다. 왜 이렇게 당황해하는지 알 수 없었지만, 그는 굴하지 않고 그녀의 여성을 어루만졌다.

"아아앙……."

그의 손가락이 그녀의 촉촉하게 젖은 여성을 가르자 준이 몸을 활처럼 휘었다. 재희는 준의 이런 반응이 좋았다. 마치 그녀의 첫경험을 그와 보내는 기분이었다. 단 한 번도 그런 경험은 없었지만 말이다.

손가락에서 느껴지는 질척이는 느낌이 너무 좋았다. 그만큼이나 준도 흥분해 있는 것 같았다. 준의 바지와 속옷을 한꺼번에 벗긴 재희는 자신의 옷도 단숨에 벗어 버렸다.

"오빠⋯⋯."

그의 모습을 침대에 누워 올려다본 준의 눈이 커다래졌다. 그리고 시선이 그의 커다란 페니스에 고정되어 버렸다. 성이 난 그의 페니스는 그가 보기에도 상당히 커 보였다. 오늘따라 더 흥분했기 때문이었다.

재희는 준의 다리를 벌리고 그 안에 숨은 여성을 내려다보았다. 그를 맞이하기 위해 촉촉하게 젖은 질은 아주 미칠 것 같았다.

"오빠 난⋯⋯."

재희는 제정신이 아니었다. 준의 여성에 자신의 페니스를 문지르기 시작했다.

"아, 읏⋯⋯."

준이 몸을 비틀기 시작하자 재희는 마음이 조급해졌다. 빨리 그녀의 안으로 들어가고 싶었기 때문이었다.

"윽!"

"악!"

너무 **빡빡**한 나머지 그녀 안으로 들어가는 게 힘이 들었다. 이런 경험은 처음이었다. 왜 그의 페니스가 이렇게 힘들게 들어가는지 재희는 알 수 없었다.

"으윽!"

이번엔 있는 힘을 다해서 그녀의 질 안으로 자신의 페니스를 밀어 넣은 재희의 얼굴이 굳어졌다.

"아악!"

준의 비명과 함께 그는 그녀가 처음이란 걸 알았다. 너무 놀라 심장이 쿵 소리를 내며 떨어지는 것 같았다.

"준?"

"아, 아파……."

이를 악물고 고통스러워하는 준을 위해 그는 멈춰야 했지만, 재희는 멈출 수가 없었다. 이런 느낌은 처음이었다. 너무 강한 쾌감에 그는 미칠 것만 같았다. 가장 큰 문제는 준의 질이 그의 페니스를 꽉 물고 놓지 않고 있다는 것이었다.

"으으윽, 준……."

"그만……."

준이 그만하라고 했지만 그럴 수 있는 상황이 아니었다. 그의 이마에서 많은 땀이 흘러내리고 있었다. 여자와의 섹스에 땀이라니……. 상상조차 할 수 없는 일이 벌어지고 있었다. 하지만 그는 지금 이성보다는 본능이 이 순간을 지배하고 있었다.

그의 페니스가 그녀의 질 안으로 더 깊숙이 파고들어 갔다. 준의 손톱이 재희의 등을 파고들고 있었지만 아프지 않았다. 페니스에서 전해지는 쾌감이 그의 모든 걸 마비시키고 있었다. 이런 느낌은 처음이었다.

질척이는 소리가 방 안을 울리고 그의 허리의 움직임은 더욱더 격렬해지고 있었다. 잠시도 가만히 있을 수 없을 만큼 준의 안은 니무나 자극적이었다.

"아아아앙……."

아프다고 소리 지르던 준의 입에서 드디어 신음이 터져 나오기 시작했다. 준도 섹스의 쾌감을 알아가고 있는 것 같았다. 그건 직접 말하지 않아도 몸이 말해 주었다.

재희는 자신의 몸 아래서 뜨겁게 반응하는 준을 내려다보았다. 창밖의 조명으로 인해 불을 켜지 않았지만, 그녀의 몸이 훤히 보였다. 그녀의 풍만한 가슴이 그의 움직임으로 인해 출렁이고 있었다.

"헉헉헉……."

그의 움직임이 더욱 거세지고 거친 숨소리만이 침실을 울리고 있었다. 처음인 그녀를 위해 멈추어야 했지만 그는 도저히 멈출 수가 없었다. 속에 있는 악마가 멈추지 말라고 말하는 것 같았다. 그녀에게 묻지도 않았다. 멈추라고 할까 봐 두려웠기 때문이었다.

하지만 준은 멈추라는 말을 더 이상 하지 않았다. 그의 등을 파고들 것 같았던 손톱도 이제는 세우지 않고 있었다.

거짓말같이 들리겠지만 지금 준은 그와 리듬을 같이 타고 있었다. 이렇게 환상적인 섹스를 할 수 있다는 게 놀라웠다.

"으으윽, 더는……."

그에게 한계가 찾아왔다. 더는 버티기 힘이 들었다. 온몸의 피가 아래로 몰리는 기분이었다.

"아아아앙."

그의 거칠고 빠른 몸놀림에 준이 신음했다. 그를 밀어내는 대신에 그의 어깨에 매달리는 준과 함께 마지막을 뜨겁게 불태운 재희였다.

"헉헉헉……."

"……."

거친 숨소리와 함께 그의 분신들이 준의 안으로 쏟아져 내렸다.

"으윽!"

"……."

준은 말이 없었다. 그 대신에 그와 함께 뜨거운 숨을 몰아쉬고 있었다.

"왜, 말하지 않았지?"

"난…… 말했어요. 하아, 바빠서 남자가 없었다고."

"……."

그러고 보니 그녀는 분명히 그에게 말하긴 했었다. 준이 갑자기 몸을 일으켰다.

"가만히 있어."

"아니, 가야 해요."

준이 일어나겠다며 고집을 피웠다.

"지금 그렇게 가면 내일 못 일어나. 데려다줄게."

"아니, 괜찮아요."

그녀가 몸을 일으키기 전에 그가 빠르게 일어나 준을 안았다.

"이렇게 안 해도 돼요."

"……."

그녀의 만류에도 그는 기어이 그녀를 욕실로 데리고 들어가 샤워를 시켰다. 샤워하는 내내 준은 말이 없었다.

"우린 결혼할 거야."

재희는 선언하듯 말했다.

"아뇨, 이렇게 한 번 잤다고 울고불고 매달리진 않을 테니까 걱정하지 말아요."

생각보다 준의 반응은 차가웠다.

"원래 이렇게 차가운가?"

"아니라고 할 순 없지만, 지금처럼 바보가 된 기분일 땐 더 그렇죠."

"바보?"

"내가 왜 이러고 있는지 모르겠어요."

그녀가 그를 차갑게 올려다보고 있었다. 하지만 준이 그를 어떻게 보든 상관없이 재희는 또 한 번 그녀를 원했다. 이건 정말 있을 수 없는 일이었다. 물줄기가 그녀의 몸을 타고 흘러내리는 게 눈에 들어왔고 재희는 그런 물줄기조차 부러울 정도였다.

그녀의 몸에서 다시 한 번 흘러내리고 싶은 마음이 굴뚝같았다.

"그런 눈빛으로 보지 말아요. 안 어울려요."

그의 눈빛을 읽어 낸 준이었다.

"내 눈빛이 어떤데?"

"날 원하는 것 같은 눈빛?"

"맞아."

"오빠……? 읍!"

재희는 준의 얼굴을 양손으로 감싸고는 차가운 말만 내뱉으며 그를 자극하고 있는 입술을 삼켜 버렸다. 이 밤이 새도록 그는 준을 차지할 것이다. 처녀인 준이 힘들 줄은 알지만, 그는 준의 도발에 엄청난 자극을 받았다. 준은 그를 자극하지 말았어야 했다.

2. 어딘가에
숨겨 두었던
욕망

망치로 두들겨 맞아도 이보다는 덜 아플 것 같았다. 격렬한 운동을 하고 난 후의 다음날 같았다. 준은 죽을 것같이 아픈데 그녀의 옆에서 자는 재희는 너무나 편안해 보였다. 이건 미친 짓이었다.

섹스가 이렇게 중노동이라는 걸 알았다면 시작조차 하지 않았을 것이다. 어제는 왜 그랬을까? 이건 다 술 때문이었다. 만약 정말 싫었다면 거부했을 텐데 그렇진 않았다. 그의 키스는 준의 생각을 흐트러뜨렸다.

나이 서른이 넘어서 진한 키스에 흔들린다고 하면 웃을 사람들이 많겠지만 사실 그의 짐승 같은 키스는 준의 취향을 저격했다. 준도 이번에 안 일이지만 그녀는 부드러움보다는 거친 스타일을 좋아하는 것 같았다.

하지만 키스보다 더 좋았던 건 섹스였다. 너무 좋았지만, 그만큼 힘이 들었다. 체력 하나는 자신 있었는데 운동의 필요성을 절실하게 느낀 준이었다. 좋았지만 기력이 달리는 건 사실이었다.

"후……."

하지만 재희는 너무나 편안하게 잠이 들어 있었다. 잠들어 있는 그의 얼굴을 보니 참 이상하다는 생각이 들었다. 20년 동안 정혼자로 지냈을 땐 남 같았는데 어젯밤을 같이 보내고 나니 오늘은 좀 다른 느낌이었다.

인정하긴 싫었지만 재희는 빼어나게 잘생긴 얼굴이었다. 거기다가 그의 섹스는 최고였다. 물론 비교 대상이 없지만, 그녀가 만족하고 있으니 최고라고 해 줄 만했다.

준은 이렇게 무방비한 상태로 잠들어 있는 남자의 얼굴은 처음 보았다. 눈을 뜨고 있을 땐 무섭다는 생각이 드는 사람인데 잠든 모습은 편안해 보였다. 독기가 가득한 눈을 감고 있기 때문인지도 몰랐다.

"다 감상했어?"

"……."

얄밉게도 그는 깨어 있었다.

"언제 일어났어요?"

"준이 깨어나기 조금 전에."

그가 나른하게 눈을 뜨고는 그녀를 바라보았다. 그의 눈동자 색은 아주 짙은 블랙이고 동공이 커다랗다는 걸 처음으로 알게 되었다.

"아직도 궁금한 게 있어?"

재희의 목소리가 위험하게 잠겨 있었다.

"아뇨, 이제 일어나 봐야 할 것 같아요."

"조금 더 자."

"저도 집에 가 봐야죠. 괜한 오해를 불러일으키는 것도 싫고, 지금은 좀 쉬고 싶기도 하고."

"여기서 쉬면 되지."

"글쎄요. 그게 될까요?"

"아니."

그는 솔직하게 말하더니 그녀를 자신의 품 안에 끌어안았다.

"이런 거 부담스러워요."

"더한 것도 했는데 뭐."

"이것과는 다르죠."

"뭐가 다른데?"

"어젯밤의 섹스는 정신이 나갔을 때 했고, 지금은 너무 멀쩡한 정신이거든요."

그가 그녀를 안고 웃기 시작했다. 그가 웃자 그녀의 몸에까지 진동이 느껴지고 있었다.

"그거 알아? 내가 1년 동안 웃을 웃음을 어제오늘 다 웃은 것 같아."

그는 정말 호탕하게 웃을 줄 아는 사람이었다.

"일어나야 해요."

"조금만 더."

"아뇨."

그녀가 몸을 일으켰다. 시간을 보니 8시였다. 이대로 집에 들어간다면 괜한 오해를 받을 것 같았다. 그녀는 핸드폰을 찾기 위해 침대를 더듬었다.

"이거?"

재희가 침대 밑에 떨어진 바지에서 핸드폰을 꺼내 주었다.

"고마워요."

"별말씀을."

준은 곧바로 하늬에게 전화를 걸었다.

"하늬야, 지금 울산에 내려가야 할 것 같아."

[왜?]

"이유는 묻지 말고 차 끌고 이리로 와. 주소 보내 줄게."

[알았어.]

통화는 아주 간결했다.

"주소 좀 찍어 줄래요?"

준은 황당한 표정의 재희에게 핸드폰을 넘기고 침대에서 나왔다. 굳이 몸을 가리고 싶은 마음은 없었다. 어차피 다 본 사이니 가릴 생각조차 들지 않았다.

"욕실 좀 쓸게요. 그리고 우리 부모님, 아니 특히 아빠에게 쓸데없는 말은 하지 말아요. 난 다 아니라고 할 거니까."

샤워를 마치고 나오자 그녀의 옷이 침대 위에 걸쳐져 있었다. 주름이 접히긴 했지만 입을 만했다. 머리를 말리고 옷을 입고 침실을 나올 때까지 그는 보이지 않았다.

"밥 먹고 가."

"네?"

"여긴 원래 잘 안 오는 곳이라서 먹을 게 다 인스턴트뿐이긴 하지만."

"난 괜찮은데……."

하지만 그녀의 배꼽시계는 배고픔을 말하고 있었다.

"차려 놨으니까 먹고 가. 울산까지 가려면 힘들잖아."

그녀는 못 이기는 척 식탁에 앉아서 그가 차려 놓은 라면을 먹었다.

"해장엔 라면이지."

"라면 먹어본 지가 언젠지 모르겠어요."

요리사가 있는 그녀의 집에서 라면은 상상도 할 수 없었다. 라면을 처음 먹은 건 학교 구내식당이 처음이었다. 그마저도 학교를 졸업하고 나니 먹을 기회가 없었다. 라면은 신이 내린 음식이었다. 재벌인 그녀도 입맛은 다른 사람들과 같았다.

"정말 맛있어요. 그런데 이런 건 어떻게 할 줄 알아요?"

"가끔 여기서 혼자 있을 때 먹으니까."

"대단한데요?"

"난 자동차 조립 같은 건 안 하니까. 이런 거라도 해야 하지 않을까?"

그녀가 차를 분해하고 조립할 수 있는 걸 아는 모양이었다. 그녀에 대해 알고 있을 줄은 몰랐다.

"저에 대해 알고 계실 줄을 몰랐어요."

"준은 아주 유명한 사람인데 내가 모를 리가."

"유명하다고요? 개인적으로 관심이 있었던 건 아닌가 보네요."

가볍게 말은 했지만 솔직하게 서운했다.

"관심이 있을 수도 있지."

"……."

그는 묘하게 말하는 걸 즐기는 사람 같았다. 하지만 준은 뭐든 확실한 게 좋은 사람이었다.

"저는 공대 출신이라서 그런지 확실한 게 좋아요."

"난 경영학과 출신이라서 그런지 어느 정도 여지를 남겨 두는 걸 좋아하지."

"아, 우리가 다르다는 걸 깜빡했네요."

하룻밤을 보내고 그가 아침에 친절했다고 해서 연인의 관계는 아니었다. 그의 말 한마디에 일일이 반응하는 자신을 이해할 수가 없었다.

"우리의 결혼에 대해 정말 생각이 없는 거야?"

"네."

"……알았어. 나도 더는 말하지 않을게."

"감사해요."

갑자기 라면 맛이 싹 가시는 느낌이었다.

"나도 이제 나이가 들었고 더는 결혼을 미룰 수가 없게 됐어. 난 준과 결혼했으면 좋겠는데, 준이 이렇게 완강하게 나오니 나도 다른 사람을 찾아보도록 해야 할 것 같아."

"바람직한 생각이에요."

그는 정말 다시는 이야기를 꺼내지 않았다. 그렇게 맛있던 라면의 맛이 이제는 느껴지지 않고 있었다. 준은 갑작스러운 상황 변화에 조금은 당황스러웠고 많이 서운했다. 그렇다고 그와 결혼을 하겠다는 건 아니어서, 자신이 이렇게 이기적일 수 있다는 걸 처음 알았다. 하지만 지금은 그녀가 결혼을 생각할 상황이 아니었다.

그의 집을 나오자 성 실장이 차를 대기시켜 놓고 있었다.

"왜 여기서 나와?"

이른 아침에 처음 보는 집에서 나오는 준을 하늬가 의아한 눈으로 보이야 했지만 하늬는 마치 이 집이 누구의 집인 줄 아는 것처럼 말했다. 너무 예민하게 생각하는 것일까? 준은 지금 불안정한 상태였다.

"······."

"준아."

그녀가 답이 없자 하늬가 그녀를 불렀다.

"성 실장, 울산으로 출발해."

"네, 사장님."

준은 불리할 때면 하늬를 성 실장이라고 불렀다. 그래야 하늬가 질문을 하지 않기 때문이었다. 그녀의 핸드폰은 아빠의 전화로 불이 나고 있었지만 준은 전화를 받지 않고 있었다. 아니 받을 수 없었다.

"우리는 지금 울산이다."

준은 하늬에게 당부했다.

"회장님이 다 알고 계십니다."

뜻밖의 말에 준은 심장이 튀어나올 것만 같았다.

"뭘?"

"사장님께서 현진그룹 아드님과 하루를 보내신 거요."

"뭐? 어떻게?"

모든 게 한순간에 정지된 느낌이었다.

"사람 붙여 놓으셨어요. 그것도 모르시고 어떻게 그런 큰일을 저지르십니까?"

"큰일 아니야."

"야! 이 부회장한테 처음을 홀라당 준 게 큰일이 아니고 뭐야? 어? 내가 잔소리를 안 하려고 해도 속이 터져서 미치겠다. 정신이 있는 거야 없는 거야?"

"성 실장!"

"성 실장 같은 소리 하고 있네. 지금 이 상황에서 성 실장이 나와?"

하늬가 단단히 화가 난 모양이었다. 이렇게 화를 내는 하늬는 처음이었다.

"내가 아주 속이 터져 죽을 것 같아. 나이 서른셋까지 연애한 번 안 해 본 주제에 이렇게 통 큰 사고를 치고 일하러 가자는 게 말이 돼? 빨리 집에 들어가서 회장님한테 이 부회장하고 결혼한다고 해."

"왜?"

"뭐? 왜? 지금 이 상황에서 그런 말이 나와? 누가 정혼자 얼굴 보라고 했지, 첫날밤 보내라고 했어?"

"우리 하늬가 은근히 보수적이네."

농담으로 상황을 얼버무려 보려 했지만 준의 머리도 복잡했다.

"농담이 나와? 이 부회장은 너랑 결혼하겠데? 나이가 많으면 뭐 해? 바람둥인데."

"내가 안 한다고 했어."

"……."

끼이익!

"준아, 너 미친 거 아니야? 20년 동안이나 기다려 놓고 인제 와서 틀어?"

"난 기다린 적 없어."

"없어?"

"응, 그동안 바빴을 뿐이야."

"내가 말을 말자. 그냥 결혼해. 결혼도 하고 일도 하겠다고 해."

"그렇게는 안 될 거야."

준은 정말 아직 결혼은 하고 싶지 않았다. 그건 재희와 섹스를 하고 안 하고의 문제가 아니었다.

"왜?"

"재벌가 며느리들은 사회활동을 하는 데 제약이 많아."

"후……."

"출발해."

그녀의 말에 하늬는 더는 아무 말도 하지 않았다. 화가 많이 난 것 같았다. 아무래도 그녀를 걱정하다 보니 더 그럴 것이다. 아빠부터 진정시키는 게 우선이지만 지금은 그냥 아무 생각도 하고 싶지 않았다.

밤새 한 섹스 덕분에 몸도 힘이 들었고 지금은 마음도 복잡했다. 그냥 모두가 그녀를 내버려 두었으면 싶었다.

울산의 대왕암은 경치가 좋기로 유명한 곳이었다. 자동차공장과 가까이 있었지만 준과는 한 번도 와 보지 못했었다. 보통 그녀들이 울산에 오면 가는 곳은 공장, 집, 그리고 술집이 다였다.

그런데 오늘 뜻밖에 이곳에서 가장 경치가 좋은 일식집에서 점심을 먹게 되었다. 울산에서 소문난 맛집인 이곳은 비싸서 함부로 올 수 있는 곳이 아니었다. 다 좋은데, 한 가지 걸리는 것이 같이 밥을 먹는 사람이었다.

"내가 밥을 제대로 먹을 수 있을까?"

그때였다. 방문이 열리며 하 회장이 방 안으로 들어왔다. 하늬는 빠르게 자리에서 일어났다.

"앉아."

"네."

"준이는 모르지?"

"네, 집안일 때문에 나간다고 말씀드렸습니다."

나올 때 아빠에게 가 봐야 한다고 하고 3시까진 돌아가겠다고 말하고 나왔다. 물론 준은 의심하지 않았고 오늘은 회의보다는 시찰 위주여서 공장장에게 준을 부탁하고 나왔다.

"이 부회장하고는 연락하는 것 같아?"

"하지 않는 거로 알고 있습니다."

딸이 남자와 밤을 보내고 아무 소리도 안 하고 있는데 속이 타는 건 어쩔 수 없는 아빠의 마음일 것이다.

"준은 이 부회장을 어떻게 생각하는 것 같아?"

"좋아는 합니다."

"확실해?"

"어릴 때부터 좋아했지만 남자로 좋아한다기보다는 롤모델 같은 존재인 것 같습니다."

"성 실장, 너는 롤모델이랑 잘 수 있어?"

"네?"

갑작스러운 질문에 당황한 하늬였다.

"좋아하는 거야. 좋아하지도 않는데 남자랑 같이 잘 리가 없잖아?"

"……."

"그래서 말인데……."

뭔가 낚이는 기분이었다.

"저대로 딸자식 하나 있는 거 홀로 늙게 만들 순 없으니까. 네가 도와줘."

"제가요?"

"친구 아니야?"

"맞습니다."

"친구가 엉뚱한 길로 가면 잡아 줘야 하는 게 도리 아닌가? 특히 친구가 제정신이 아닐 경우는 더 그래야지."

뭐라 답을 해야 할지 모르는 상황이었다. 오랫동안 하 회장은 그녀에게 아낌없는 지원을 해 주었다. 그 모든 건 다 준을 위해서였다. 진정한 친구가 되어 주라는 부탁 이외에는 그 무엇도 요구한 적이 없는 하 회장이었다.

"난 이 결혼을 성사시켜야 해. 네가 좀 도와줘."

"회장님……."

"이건 회장이 아니라 친구 아빠로서의 부탁이다."

"……."

하 회장은 올바른 생각을 하는 몇 안 되는 재벌이었다. 그래서 하늬도 하 회장을 친구 아버지 이전에 기업인으로서 존경했다.

"세희도 도와줄 거야."

"작은 사모님도요?"

"일단은 머리 좋은 너희들이 잘해 봐. 그러면 내가 뒤에서 도와줄 테니까."

"그래도 사장님은 결혼할 마음이……."

"그러니까 부탁하잖아."

"……네."

"오늘 여기에 온 건 비밀이다. 너도 힘이 들 텐데, 먹자."

젓가락을 들긴 했지만, 음식이 입으로 들어가는 건지 코로 들어가는 건지 알 수 없었다. 준은 결혼에 대한 생각이 확고한데 어떻게 마음을 돌려야 하는지 아무런 생각이 들지 않았다.

"성 실장, 네 능력을 기대해 보겠어."

서울로 돌아가는 하 회장이 하늬에게 마지막으로 남긴 말이었다. 하늬는 머리가 터져 버릴 것 같았다.

울산으로 내려간 지 일주일이 지났고 아빠는 노발대발 아주 난리도 이런 난리가 없었다. 급기야 울산에서 서울로 강제소집 까지 했다. 하긴 오늘은 창립기념일이라서 어쩔 수 없이 올라가 야 하긴 했지만 말이다.

"분위기는?"

요즘 이상하게 까칠한 하늬에게 서울의 분위기에 관해 물었 다.

"묻지 말아 주세요."

역시나 까칠하게 구는 하늬였다.

"왜?"

"몰라서 물으십니까? 그나저나 오늘 창립기념 파티에 현진그 룹 회장님과 부회장님도 오신다고 했으니 마음의 준비나 하십 시오."

"마음의 준비씩이나."

"어쩜 그렇게 마음이 편하십니까?"

"불편해."

"그럼 불편한 티라도 좀 내세요."

"알았어."

하늬의 잔소리에 귀에서 피가 나올 지경이었지만 저지른 일이 있으니 준은 토달지 않고 입을 다물었다.

"오늘 드레스와 메이크업을 예약해 두었으니 지난번처럼 그냥 아무것도 안 하고 평상시 입는 옷으로 행사장에 들어가시면, 정말 이제는 그만두겠습니다."

"알았다고."

거추장스러운 걸 싫어하는 준은 치마를 입는 게 세상에서 가장 싫었다. 그런데 드레스라니. 매년 행사가 있는 겨울이면 하늬와 그녀는 옷 때문에 매일같이 싸웠지만, 끝은 언제나 준의 승리였다.

하지만 오늘은 분위기가 달랐다. 왠지 시키는 대로 해야 무사히 넘어갈 것 같다는 생각이 들었다.

"사방이 적인데, 하늬 너까지 이래야겠어?"

"네."

"······알았다."

오늘은 하늬의 말을 듣지 않으면 안 될 것 같았다. 아빠 문제도 그렇고 한 템포 쉬어 갈 때인 것 같았다. 울산에서 올라오자마자 그녀가 간 곳은 회사가 아닌 유명 헤어숍이었다.

"꼭 이래야 해?"

"네."

"이런 건 불필요한 일이야. 남들에게 내 능력만 보여 주면 되는 거지. 꼭 이렇게 여성스러움을 강조해야 해?"

"네."

하늬는 지금 말이 통하는 상태가 아니었다. 준비에 들어간 준은 시작 전부터 머리가 지끈거리며 아파지기 시작했다.

"이건 시간 낭비야."

"이런 시간 낭비는 괜찮아요. 준이 씨."

원장이 그녀의 긴 머리를 만지며 말했다.

"펌 한 지도 꽤 오래됐나 봐요?"

"머리는 묶는 게 시간 절약에 아주 좋으니까요. 그러니 굳이……."

"호호호, 우리는 굶어 죽으라는 말씀이시네요. 머리는 아름답게 보이라고 기르는 거죠. 공작의 깃털처럼요."

"그럼 남자들이 길러야 하는 겁니다. 공작의 아름다움을 뽐내는 건 수컷이니까요."

"호호호, 농담도 잘하시네."

원장은 이런저런 농담을 하며 준을 정신없게 만들고 있었다. 머리를 하고 화장을 진하게 하는 건 준에겐 고역이었다.

하늬도 오랜만에 한껏 멋을 부리고 연회장에 나섰다. 오늘 이렇게 신경을 쓴 건 다 이유가 있어서였다. 그녀의 대학 선배이자, 하웅 부회장의 비서실장인 김명호 실장 때문이었다. 어찌나 그녀를 촌스럽다고 놀리는지 정말 짜증이 나서 견딜 수가 없었다.

그녀가 멋을 못 부리는 게 아니라 준이 멋을 부리지 않기 때문에 하늬도 준에 맞추고 있던 거라 더 짜증이 났다. 그래도 명호의 말에 토를 달수 없는 건 그가 회사에서도 제일가는 패셔니스타였기 때문이었다.

오늘은 준을 핑계 삼아 그녀도 숍에서 메이크업과 헤어를 했다. 어색하기는 했지만 그래도 다들 잘 어울린다고 칭찬해 주었다.

영화배우들이 시상식에서나 입을 만한 드레스를 오랜만에 하늬도 입어 보았다. 블랙드레스에 업스타일로 세련되면서도 깔끔한 인상을 주었다.

준은 이미 자리에 앉아 있었고 회장님도 도착한 상황인데 부회장이 아직 도착 전이었다. 일본 출장에서 바로 이 자리에 참석하는 바람에 시간이 조금 늦어지는 것 같았다.

그때였다. 하웅 부회장이 부인과 함께 행사장 안으로 들어왔다. 그리고 얄미운 명호의 모습도 보였다.

부회장이 자리에 앉고 행사가 시작되자 명호가 그녀의 옆으로 다가섰다.

"야, 오늘 웬일로 저렇게 예쁘냐? 난 연예인 줄 알고 처음엔 못 알아봤어."

"뭐, 오늘은 신경 좀 썼죠."

"보통 쓴 게 아니던데? 완전 섹시 그 자체더라고. 그러고 보면 평소에 너무 신경을 안 쓰고 다닌 거 아냐?"

"제가 뭘 또 그렇게 신경을 안 쓰고 다녔다고……."

"너 말고 하 사장님. 혹시 오늘 무지하게 예쁘다고 말하는 게 널 두고 한 말인 줄 안 거야?"

"……."

"우리 성 실장이 사람 웃길 줄도 아네."

아주 몹쓸 인간이었다. 하늬의 얼굴이 홍당무보다 붉게 물들었다. 이걸 한 대 쳐야 하나 말아야 하나 내적 갈등에 시달리고 있었다.

"그러고 보니 성 실장도 오늘 신경 좀 썼는데?"

"……."

속에서 천불이 나고 있었다.

"얼굴 풀어 농담 좀 한 거 가지고 뭘 그래? 성하늬답지 않게."

농담이라고 하기엔 상처가 남았다.

"꼭 그렇게 말을 얄밉게……."

"저기 현진그룹 회장님하고 부회장님 오셨다. 역시 남자가 봐도 섹시한 남자야."

여자가 봐도 섹시하긴 했다. 하지만 준과 그 일이 있고 난 뒤에 하늬가 알기로 그는 한 번도 준에게 연락을 하지 않았다.

"쪼잔하긴."

"어?"

"아니에요."

준이가 그랬다고 연락끼지 안 하다니 아주 밴댕이 소갈딱지였다. 하 회장의 부탁만 아니었어도 오늘 그렇게까지 신경 쓰진 않았을 것이다. 오늘 준이 예쁘게 치장을 한 건 다 이 부회장의 눈에 들기 위함이었다.

"잘 돼야 하는데……."

옆에 명호가 있다는 것도 잊은 채 하늬는 중얼거렸다.

"여성스럽게 입고 나온 적이 없는 우리 사장님이 왜 그랬는지 이제 알겠네. 정혼자가 왔으니 잘 보이고 싶은 마음이겠지. 그런데 두 분은 결혼 안 해?"

"묻지 마요. 열통 터지니까."

"성 실장."

그녀는 명호가 부르는데도 뒤도 돌아보지 않고 자리를 떴다.

아주 짜증나는 인간이었다. 그녀도 멋을 낼 줄 안다는 걸 보여주려고 했는데 열만 받은 하늬였다.

"귀신은 뭐 하나 몰라 저 인간 안 잡아가고."

구시렁거리면서도 하늬의 눈엔 준만 보였다. 오늘따라 눈에 띄게 예쁜 준이었다. 그동안은 일하느라 꾸미지 않아서 그렇지 준의 미모는 상당했다. 서구적으로 생긴 하늬와는 다르게 준은 굉장히 고전적인 미인이었다.

작은 얼굴에 쌍꺼풀이 없는 맑은 눈은 차분하면서도 세련된 이미지였다. 거기에 타고난 고급스러움까지 더해져서 준은 어딜 가나 빛이 났다. 그보다 압권은 준의 몸매였다. 완전 글래머인 준은 하늬가 봐도 부러운 몸매였다.

같이 사우나에 가면 저도 모르게 기가 죽었다. 얼굴은 동양적이고 몸은 완전히 서구적인 몸매로 준은 어디를 가나 남자들의 시선을 한 몸에 받았다.

하늬 입장에서 속이 터지는 건 정작 준은 자신의 매력을 모른다는 것이었다. 하늬는 눈에 불을 켜고 이 부회장을 보았다.

"도대체 준이 어디가 어때서?"

이 부회장의 눈은 준에게 향해 있지 않았다. 그는 앞만 보고 있을 뿐 봄의 여신 같은 준에게 눈길조차 주지 않고 있었다. 속이 터지는 순간이었다. 울산에서 하 회장에게 명을 받고부터 하

닉의 머리는 복잡했다. 그래서 세희에게 도움까지 받아서 작전을 세운 하늬였다.

정말 온갖 협박을 다해 준을 꾸며서 데리고 왔는데 그의 반응이 시원치 않았다.

"잘났으면 얼마나 잘났기에 내 친구를?"

화가 머리끝까지 난 하늬였다.

가만히 있어도 온몸이 불편함으로 가득했다. 헤어숍에서 붙여 준 속눈썹은 자꾸 눈앞에서 아른거렸고 어깨까지 길게 늘어트린 머리 때문에 등을 긁고 싶은 심정이었다. 이런 허례허식은 별로 좋아하지 않은 준이었다.

어릴 때부터 준은 실용적으로 입고 다닐 수 있는 바지를 좋아했고 때가 되면 하는 파티에는 전혀 참석하지 않았다. 준은 활동적인 일을 하는 게 좋지 우아하게 앉아 있는 건 별로 좋아하지 않았다.

엄마는 외동딸을 예쁘게 키우고 싶으셨겠지만, 그녀는 엄마에게 그런 즐거움을 주진 않았다.

"이 아름다운 아가씨는 누구십니까?"

"오빠."

그녀의 친오빠인 웅이 얼굴에 미소를 가득 품고는 그녀의 옆에 앉았다.

"아가씨, 너무 아름다우세요. 여기 남자들이 다 아가씨만 보네요."

"새언니!"

웅의 부인인 세희도 입을 모아 그녀에게 아름답다고 말했다. 세희는 그녀와 대학 동기였다. 학교에 다닐 때 그렇게 친하진 않았었고 오빠와 결혼을 한 후에 더 친해진 사이였다. 대학생 때 세희는 하늬와 더 친했다.

꾸미기 좋아하고 놀기 좋아하는 세희와 공붓벌레인 그녀는 조금은 거리감이 있었다. 하지만 놀기도 좋아하고 공부도 잘한 하늬는 동기들과 사이가 좋았다. 하늬 덕분에 오빠와 세희가 만났다고 해도 과언이 아니었다.

"머리를 뜯어내고 싶은 심정이라고요."

그녀의 편인 세희에게 불편함을 호소하는 준이었다.

"아름다운 아가씨 입에서 나오기엔 좀 거친 말투네요."

이제는 재벌가 며느리의 포스가 느껴지는 세희는 말투도 고상했다.

"새언니, 저 놀리는 거예요?"

"아뇨, 오늘 진심으로 예쁘세요."

"후……."

한숨이 절로 나왔다. 들어올 때부터 사람들의 시선은 그녀에게 꽂혀 있었다. 이렇게 모두의 시선을 한 몸에 받는 건 그리 좋지 않았다.

"아가씨, 현진그룹 회장님하고 부회장님 들어오시네요."

"……."

심장이 터져 버릴 것 같았다. 그날 이후로 연락 한 번 없었지만 그전에는 더 남 같았으니 그건 상관이 없고, 어찌 되었건 이렇게 마주치니 기분이 이상했다.

"안녕하십니끼? 하 회장님, 창립기념일을 축하드립니다. 이렇게 초대해 주셔서 감사합니다."

"제가 오히려 영광입니다. 우리 이 부회장도 왔구만."

아빠는 재희를 보자마자 입이 귀에 걸려 있었다. 딸과 하루를 보낸 남자에게 하는 행동으로 이해가 되지 않았다. 주먹을 날려야 정상인데 말이다.

"안녕하십니까?"

"그래, 우선 앉지."

행사 중이라서 인사를 간단히 한 그들은 자리에 앉았다. 불편하게도 그가 준의 옆에 앉았다. 그는 그녀에게 눈인사만 하고는 아무런 반응조차 보이지 않았다. 물론 무슨 반응을 기대했던 건 아니다.

하지만 이렇게 무시당하는 기분은 그리 좋지 않았다. 행사하는 내내 그들은 앞만 보고 있었다. 1부 행사가 끝이 나고 2부 행사로 넘어가는 시간에 그녀는 하늬에게 끌려 나와 메이크업 수정을 받았다.

"오늘은 제발 좀 가장 눈부신 여자가 돼라."

파우더를 연신 찍어 발라 주며 하늬가 그녀에게 말했다.

"왜?"

"이 부회장의 코를 납작하게 만들어 주라고."

"왜 그래야 하는데?"

"오다가 보니까 아주 여자들에 둘러싸여 있더라. 2부에 초대 가수들까지 다 이 부회장과 눈도장을 찍으려고 난리고, 그전 행사 때는 오지도 않던 다른 기업 딸들도 아버지들 따라왔어. 우리 하웅 부회장님은 벌써 남의 거 됐고, 설마 너 보러 왔겠어?"

하늬가 침을 튀겨 가며 열변을 토하고 있었다. 오늘 하늬는 왠지 불안해 보이기까지 했다.

"너, 왜 그래?"

준이 하늬를 보며 물었다.

"속 터져서 그런다. 사안의 중요성을 아직 모르나 본데?"

"무슨 중요성?"

그녀의 말에 하늬의 표정이 굳어졌다. 뭔가 들킨 느낌이랄까?

"말해, 뭔가 있지?"

하늬의 눈빛이 흔들리는 게 보였다. 하늬는 거짓말을 잘 못하는 친구였다.

"차더라도 네가 차야지. 안 그래?"

"관심 없어."

"웃기시네. 내가 절대로 용납 못해. 내 친구가 차이는 건."

"차일 것도 없거든."

아무리 말해도 하늬의 귀에는 들리지 않는 것 같았다. 그래서 하늬가 뭘 하든지 그냥 내버려 두었다. 그녀들이 파우더 룸에서 나가자 2부 행사로 행사장이 들썩거리고 있었다. 조명까지 정신없어서 이게 클럽인지 기업 행사장인지 알 수 없었다.

"와, 죽인다. 그치?"

"넌 즐겨라."

하늬는 이런 분위기를 좋아했지만 준은 좀 달랐다. 어수선한 건 딱 질색이었다. 사람들을 헤쳐 가며 앞으로 나가는 하늬를 두고 준은 다시 파우더 룸 쪽으로 향했다. 그곳이 가장 조용한 것 같았다.

"아!"

코너를 막 도는데 누군가 그녀의 손을 잡았다. 놀라서 앞을 보니 재희였다.

"오빠?"

"……."

재희는 말없이 그녀의 손을 잡고 이끌더니 어딘가로 그녀를 끌고 들어갔다.

"뭐예요……. 읍!"

갑작스러운 그의 키스에 준은 너무나 당황스러웠다. 그녀를 좋아하지도 않으면서 이 남자는 왜 이렇게 키스를 하는 것일까? 그가 빨아들이는 입술이 얼얼했다. 그의 혀가 입술 안으로 들어와 꽉 다문 입술 문을 열라고 재촉하고 있었다.

준은 처음으로 그의 가슴을 치며 거부 의사를 보였지만 이미 흥분한 그를 말릴 수가 없었다. 그리고 사실 그의 키스는 그녀의 심장을 터져 버릴 것처럼 뛰게 만들었다.

"으읍!"

그의 혀가 거칠게 그녀의 입술 안으로 밀고 들어왔다. 그의 강인한 혀로 인해 준은 미칠 것 같았다. 입안을 휘젓는 그는 그 누구도 준에게 하지 못한 복종을 명하고 있었다. 준은 유인그룹의 딸로 태어나 공주 같은 대접을 받으며 귀하게 자랐다. 그런 그녀를 다른 사람들도 감히 함부로 여기지 못했다.

그녀는 어디서나 어려운 사람이었고 그건 남자들이 접근하지 못한 첫 번째 이유였다. 그런 그녀를 유일하게 막 대하는 남자가 이재희였다. 우리나라에서 가장 서열이 높은 기업인이 그녀의 입안을 차지하고 있었다.

재희의 혀가 거칠게 들어오고 있었고 그의 손이 그녀의 가슴을 만지고 있었다. 문제는 그의 손길이 싫지 않다는 것이었다. 그녀 안의 욕망이 자꾸만 꿈틀댔다. 자신도 이런 마음을 가지고 있다는 게 당황스러울 정도였다.

혀가 목젖까지 거침없이 밀고 들어왔다. 다급함이 가득했다. 마치 그녀를 너무나 원하고 있다고 말하는 것 같았다. 물론 그렇진 않을 테지만 말이다.

재희의 손이 드레스 자락을 올리고 그녀의 허벅지를 쓰다듬었다. 미칠 것 같은 쾌락에 그녀의 얇은 레이스 팬티가 젖어 들고 있었다. 그녀의 몸이 그날의 섹스를 기억하고 반응하는 것 같았다.

"으으음……."

준의 입에서 절로 신음이 터져 나오고 있었다. 어딘지도 모르는 곳에서 준은 재희와 섹스를 하고 있었다. 싫다고 말하라고, 거부하라고 이성은 소리치고 있었지만 그녀는 저도 모르게 그의 목에 팔을 감았다.

그녀는 더한 것을 원했다. 힘든 회사 일의 피로가 모두 날아가는 것 같았다. 그의 손길에 준은 타는 듯한 쾌감을 느끼고 있었다. 그의 손가락이 그녀의 팬티 안으로 들어와 질 안으로 들어갔다.

"아아앙……."

"헉헉헉, 너무 젖었어."

그는 부끄러운 말을 아무렇지 않게 하고 있었다. 그리고 손가락을 더 깊숙이 넣어 그녀를 정신 못 차리게 했다.

"허억, 처음 보는 순간부터 미칠 것 같았어. 가슴이 다 보이는 살구색 드레스는 누구의 아이디어지?"

"아아앙……."

그가 그녀의 귀를 빨고 귓구멍으로 혀를 밀어 넣었다.

"나를 시험하는 거야?"

"아…… 흐……."

"헉헉, 그렇다면 성공이야. 널 이 창고 안에서 먹어 치울 거니까."

창고라는 말에 정신이 번쩍 들었다. 문만 열면 누구든지 들어올 수 있는 공간이었다.

"아, 안 돼요."

"왜?"

"사람들이……."

"걱정하지 마."

쫘악!

그가 레이스 팬티를 단숨에 찢어 버렸다. 그리고 드레스 자락을 그녀의 허리까지 올리곤 자신의 페니스를 빼더니 그녀의 질 안으로 밀어 넣기 시작했다.

"아악……. 읍!"

그가 입술로 그녀의 비명을 막았다. 처음의 고통보다는 나았지만 지금도 너무나 아팠다. 그가 참지 못하고 허리를 움직이기 시작했다. 그들에게 허락된 시간은 아주 짧았다. 지체할 시간이 없다는 걸 그도 그녀도 알았다. 준은 재희의 복에 매달려 그의 리듬에 몸을 실었다. 밑에서 전해지는 전율은 미칠 것 같은 쾌감을 주었다.

"으윽!"

그의 분신들이 그녀의 안에 들어오는 느낌이 들었다.

"헉헉헉……."

그의 거친 호흡이 작은 창고 안을 울리고 있었다. 다행히 창고 안에 화장지가 비축되어 있어 난감한 상황은 면할 수 있었다. 신음은 걱정할 필요가 없었다. 밖의 음악 소리가 창고 안까지 요란하게 들리고 있었기 때문이다.

"오늘 너무 아름다워."

그가 준의 얼굴을 양손으로 감싸며 말했다. 준은 솔직히 재희

를 알 수 없었다. 그는 왜 이렇게 그녀를 보는 것일까? 그의 눈
빛은 마치 사랑하는 여자를 보는 것 같은 눈빛이었다. 있을 수
없는 일이었다.

"어색해요."

"매일 이렇게 입히고 싶군."

"이 옷은 다시는 입어선 안 될 것 같아요. 멀쩡한 사람도 짐
승으로 만들 수 있으니까."

"하하하, 맞아."

그가 아주 호탕하게 웃었다. 하지만 손은 여전히 그녀의 얼굴
을 감싸고 있었다.

"가 봐야 해요."

"아쉽지만."

재희가 준의 얼굴을 놓아 주었다. 그리고 그가 그녀의 레이스
팬티를 집는 게 보였다.

"그거 줄래요?"

"안 돼."

그가 그녀의 팬티를 자신의 주머니 안에 넣었다.

"뭐 하는 거예요?"

"이건 기념품이라고 해 두지. 그리고 언제 또 할지 모르니."

"뭐라고요?"

재희는 이런 남자가 아니었다. 하지만 지금 보니 그는 상당히 밝히는 남자였다.

"원래 여자들을 이렇게 밝혀요?"

"아니, 나도 시간이 없어서 말이야."

"거짓말."

"가십들을 너무 믿지 마. 다 사실은 아니니까."

"그래도 일부는 사실이군요."

"……아니라고는 못해."

순은 고개를 들어 그의 얼굴을 보았다. 확실하게 잘생긴 남자였다. 섹시하기도 하고. 하지만 그녀가 감당할 수 있는 남자는 아니었다.

"뭘 그렇게 보지?"

"당신은 감당이 안 될 것 같아서요."

그가 피식 웃었다. 그렇게 무심하게 웃을 때 그는 너무 섹시해 보였다.

"내 제안은 유효해."

"포기한 줄 알았어요."

"아니, 기다리는 중이지. 언제까지 기다릴진 모르지만……."

"그냥 포기해요. 결혼할 마음은 없어요."

그녀가 드레스를 살피고는 손잡이를 잡았다.

"다음번엔 이러지 말아요. 여러모로 곤란하니까."

그리고는 문을 열고 빠르게 창고를 빠져나와 파우더 룸으로 향했다. 다행히 룸 안에 사람들이 없어서 그녀는 흐트러진 모습을 정돈할 수 있었다.

"사장님."

"어?"

화가 잔뜩 난 하늬가 파우더 룸 안으로 들어왔다.

"한참 찾았어요."

"왜? 가수 구경 잘만 하더니."

"회장님께서 찾으세요."

"아빠가?"

"네."

그녀는 하늬를 쫓아 아빠가 머물고 있는 룸으로 향했다. 룸 안에는 창립기념일을 축하해 주러 오신 많은 손님들이 계셨다.

"앉아."

"네."

"어딜 그렇게 돌아다녀?"

"머리가 아파서 파우더 룸에 있었어요."

그녀의 시선이 태연하게 앉아 있는 재희에게로 향했다. 그는 옆에 앉아 있는 여자와 대화 중이었다.

"재희는 만난 거야?"

"아뇨."

"너 이러다가 재희를 뺏길 수도 있겠어."

"……."

아빠는 수많은 여자에 둘러싸여 있는 재희를 보며 말했다. 기가 막혔다. 그녀와 그런 시간을 보낸 지 얼마나 됐다고 다른 여자들과 저러고 있는지 준은 화가 났다. 그리고 눈치껏 자리를 피해 나왔다.

"가자."

"어디 아파?"

"좀 피곤해."

"……알았어."

하늬가 차를 빼 와서 그녀는 먼저 집으로 향했다.

"난 이런 파티가 너무 싫어."

"난 좋은데. 이런 파티를 즐기지 못하는 준이 네가 더 싫다."

투덜거리는 하늬의 목소리가 준에겐 제대로 들리지 않았다. 창밖을 보며 준은 오늘 파티장에서 벌인 엄청난 일을 생각했다.

"도대체 뭐지?"

재희의 행동이 도통 이해가 가지 않았다. 더불어 그와의 섹스에 약한 자신도 미워졌다.

"미쳤어……."

운전하는 하늬에게 들리지 않게 그녀는 작은 소리로 중얼거렸다. 생각해 보면 준은 아주 충격적인 일들을 아무렇지 않게 하고 있었다. 그에게 처음을 허락한 것도, 오늘 창고 안에서의 섹스도…….

집으로 돌아온 준은 방에 누워 핸드폰을 멍하게 바라보고 있었다. 보통 이런 일들이 있고 난 후에 남자들은 연락이란 걸 하는데, 재희에게 잘 들어갔냐는 문자 한 통도 없었다.

"뭘 기대한 거야."

준은 그대로 누워 오지 않는 잠을 청했다.

3. 남의 떡이 커 보인다

일에 온 신경을 집중하다 보니 다른 것엔 크게 관심이 없는 준이었다. 먹는 것, 입는 것, 패션까지. 그녀를 위한 사람들이 항상 대기 중이었기 때문에 준은 일 이외에 신경 쓸 일이 별로 없었다.

그런데 요즘 준이 신경 쓰는 게 하나 더 생겼다. 그건 다름 아닌 재희였다. 우리나라에서 여자들에게 가장 인기가 많은 기업인인 재희는 하루가 멀다 하고 인터넷 검색어를 장식하는 남자였다.

오늘도 이동하는 차 안에서 그에 관한 기사를 검색하고 있는 준이었다.

"오전에 미국 바이어와 미팅이 잡혀 있습니다. 지난번 결함이 이번에 중요 쟁점이 될 것 같습니다."

"……."

"사장님?"

하늬의 부름에 준은 깜짝 놀라 하늬를 보았다.

"어? 말해."

"방금 말했는데 못 들으셨습니까?"

"미안, 다시 말해 주겠어?"

하늬가 그녀의 태블릿을 힐끗 보며 말했다.

"관심이 없으시다더니?"

"그냥 있길래 본 거야."

그녀는 얼른 다른 검색창을 닫으며 말했다.

"이번 스캔들 사진은 보셨습니까?"

"어?"

무슨 기사인지 보려다가 하늬 때문에 보지 못한 준이었다.

"영성그룹 딸하고 호텔에서……."

준은 저도 모르게 검색을 했다. 정말 영성그룹의 딸과 호텔에서 함께 나오는 장면이 찍혀 있었다.

"둘이 선보고 나오는 거 파파라치가 찍었다네요. 정혼자가 멀쩡히 있는데 그게 뭐 하는 짓인지……."

"내가 결혼하지 말자고 했어."

"준아!"

하늬가 놀랐는지 운전사가 있는데도 그녀의 이름을 불렀다.

"뭐, 우리의 인연은 여기까진가 봐. 난 일도 해야 하고."

말을 내뱉고 보았지만, 괜히 기분이 이상해졌다.

"일도 하고 결혼도 하면 되지."

"그럴 능력은 안 되는 것 같아. 난 그냥 내가 좋아하는 거 하면서 살래."

"준아⋯⋯."

그녀는 아무렇지 않은 척 다시 업무에 몰두했다. 자투리 시간이 너무나 아까운 준이었다.

Rrrrrrr—

세희의 전화였다. 일할 때는 전화를 잘 안 하는데 오늘은 이상했다.

"네, 새언니."

[아가씨, 바쁘죠?]

"뭐, 항상 그렇죠."

[오늘 점심에 약속 없으면 우리 잠깐 만나서 점심 먹을까요?]

"무슨 일 있어요?"

[그건 아니고⋯⋯ 할 말이 있어서요.]

"점심엔 특별한 약속은 없어요. 대신 바로 회의에 들어가야
해서 새언니가 회사 근처로 오실래요?"

[당연히 그렇게 해야죠. 바쁜 사람 만나는 건데…….]

"죄송해요. 너무 바쁜 척해서."

[아니에요. 점심때 회사 앞 레스토랑에서 만나요.]

"네."

갑작스럽게 전화를 할 사람이 아닌데 이상하긴 했다.

"오늘 점심 새언니하고 먹기로 했어."

"네, 알겠습니다."

바쁜 오전 일정을 보내고 준은 세희와의 약속 장소로 향했다.
울산에 있는 집에 있을 때를 제외하고 매일 보는 세희인데 이렇
게 밖에서 보자고 하니 이상했다.

새언니가 예약을 한 레스토랑은 본사에서 조금 떨어진 곳이
었다. 차로 가면 약 5분 정도의 거리라서 그리 먼 곳은 아니었
다. 차에서 내린 준은 레스토랑 안으로 들어가려다가 그 자리에
멈추었다.

멀리서도 한눈에 알아볼 수 있는 비주얼의 남자가 처음 보는
여자와 같이 레스토랑 안으로 들어가고 있었다.

"난감하네."

하지만 준이 굳이 피할 필요는 없겠다 싶어서 그녀는 그들의

뒤를 따라 식당 안으로 들어갔다. 식당 안에 들어가자 카운터에 그들이 서 있었다.

"안녕하세요?"

그의 곁에 팔짱을 끼고 있는 여자가 그녀를 보며 한껏 미소 지었다. 마치 승리의 미소를 짓는 느낌이었다.

"네."

"저 모르시겠어요?"

"제가 요즘 건망증이 심해서."

빨리 들어갔으면 싶은데 여자가 말을 계속 걸어왔다.

"저 영성그룹 조은빈이에요."

"아, 그래요? 저는 선약이 있어서 이만."

"약속 있어?"

이번엔 재희가 그녀에게 말을 걸었다. 너무나 태연한 그의 태도에 준은 짜증이 났지만 속으로 참고 또 참았다.

"손님, 이쪽으로."

다행히 직원이 그들을 먼저 안으로 안내했다.

"자기야, 어제 에너지를 너무 썼더니 힘들어."

"……."

에너지를 어떻게 소진시켰는지 안 봐도 뻔했다. 듣고 싶지 않고 보고 싶지 않았지만 자꾸만 시선이 가는 바람에 준은 절로 인상이 써지고 있었다.

"우리 밥 먹고 또 가는 건가요?"

"……오늘은 시간 괜찮아."

"고마워요."

온몸에 소름이 돋았다. 애교는 먹는 건가요? 라고 할 정도로 준은 애교와는 담을 쌓고 사는데 여자는 그렇지 않은 것 같았다.

"손님?"

"네?"

"이쪽으로 오시겠습니까?"

몸은 직원을 따라갔지만, 눈은 계속해서 재희를 따라가고 있었다. 뭐 하는 건지 이해할 수가 없는 준이었다.

"아가씨."

"새언니."

새언니가 웃으며 그녀를 반겼다.

"혹시 무슨 일 있어요?"

"……밥부터 먹고요."

"네."

웃고는 있었지만 표정이 그리 좋지 않은 걸 보니 안 좋은 일인 것 같았다. 평일에 회사까지 올 정도면 큰일일 텐데 밥부터 먹자니 좀 이상했다.

"뭔데요?"

궁금한 마음에 준이 세희에게 물었다.

"다른 게 아니라 자동차 때문에⋯⋯."

"자동차요?"

"영성그룹의 계열사인 YS 자동차가 이번에 현진그룹에서 내놓을 예정인 현진 자동차를 인수 합병한다는 말이 있어서요⋯⋯. 그렇다면 업계 1위인 우리 유인 자동차가 업계 3위인 YS 자동차에 밀리는 거죠."

처음 듣는 말이었다. 영성 자동차는 업계 3위라고 해도 유인 자동차와는 그 차이가 현저하게 났다. 그런데 현진 자동차를 인수한다면 상황은 크게 달라진다. 현진을 인수하게 되는 건 영성이 아닌 유인이 되어야 한다.

"그래서 영성그룹의 딸이 이 부회장에게 찰싹 붙어서 그를 유혹한다는 말이 있어요. 영성그룹 딸이 예쁜 거로 유명하잖아요."

성형미인으로 유명했다. 조금 전에 보니 수술은 아주 성공적인 것 같았다.

"어떻게 알았어요?"

"친구가 영성그룹 임원의 부인인데 신랑이 하는 얘기를 들은 걸 말해 줬고, 또 다른 루트로도 알아봤죠. 확실해요."

"……."

사실이라면 큰일이었다. 가뜩이나 경기 둔화로 골치인데 내수시장에서도 밀린다면 유인 자동차의 자존심에 금이 갈 만한 일이었다.

"아가씨하고 이 부회장의 결혼은 물 건너간 거예요?"

"……."

"만약에 그렇게만 된다면 유인 자동차에게 넘길 가능성이 커질 텐데……."

세희의 말이 맞았다. 현진그룹이 매각하고 싶은 자동차를 유인 자동차가 매입하면 그 시너지 효과가 배가 될 것이다. 자동차 위주인 유인과는 달리 현진 자동차는 화물차와 중장비 차가 주된 업종이었다.

거기에 군용차들까지 포함한다면 유인 자동차는 업계 1순위뿐만 아니라 글로벌한 기업으로 도약할 수 있었다. 탐이 나는 일이었다.

"아가씨?"

"물 건너간 일이에요."

하지만 결혼은 생각이 없었다. 그녀는 일하고 싶지 1위 자리때문에 팔려 가듯 시집을 가고 싶진 않았다.

"이 부회장에게 말했어요. 결혼하고 싶지 않다고."

"왜요? 이 부회장님 정도면 환상적인 신랑감 아니에요?"

"맞아요."

인정하지 않을 수 없었다. 그는 환상적인 신랑감이었다. 하지만 이제 그 문제는 끝이 난 일이었다.

"하지만 전 일을 하고 싶지 결혼을 하고 싶진 않아요."

"전 20년 동안 아가씨가 이 부회장님을 기다린 줄 알았어요."

"어쩌다 보니 그렇게 된 거지 기다린 긴 아니에요."

솔직히 세희와 이런 이야기까지 하고 싶진 않았다.

"오늘 신경 써 주신 거 고마워요. 오빠에게 말해도 됐을 텐데."

"그랬으면 아마 아가씨에게 더 난리였겠죠. 그냥 이 문젠 아가씨가 처리하는 게 맞다고 생각했어요. 아가씨가 유인 자동차의 오너니까요."

세희의 말이 맞았다. 그녀가 오너였다. 수만 명의 사람들의 밥줄을 책임지는 오너 말이다. 기업을 운영하는 게 때로는 기술이나 영업이 아닌 상호 간의 이익이 포함된 거래가 될 수도 있었다.

"그 일은 제가 조금 더 알아본 후에 방법을 모색해 볼게요.

합병이 이루어지게 그냥 두고 보진 않을 거예요."

"현진그룹은 너무 거대한 기업이라 자동차 하나 정도 처분하는 건 아무것도 아니지만, 자동차가 주인 유인그룹은 상황이 달라요."

"알아요."

"아가씨라면 잘 판단하실 거라 믿어요."

"······고마워요."

세희가 이렇게까지 신경을 써 주는지는 몰랐다. 오빠의 든든한 반려자이자 두 아이의 엄마인 세희는 전형적인 재벌가의 며느리였다.

"새언니는 결혼한 거 후회 안 해요?"

"시누이가 할 질문은 아닌데요?"

"그냥······ 궁금해서요."

"안 해도 후회하고 해도 후회하는 게 결혼 아닌가요?"

"맞네요."

"난 오빠를 사랑했고 그게 재벌가에선 흔한 일은 아니죠. 사랑하는 사람과 결혼하는 건 행운인 것 같아요."

"제가 보기에도 오빠와 언니는 서로를 많이 사랑하는 것 같아요."

"아가씨도 그런 사람을 만날 거예요. 어쩌면 곁에 있는데도 모를 수도 있죠. 저도 오빠의 끈질긴 구애가 아니었다면 깨닫지 못했을 수도 있었어요."

식사를 제대로 하지 못한 준이었다. 밥이 입으로 들어가는지 코로 들어가는지 알 수 없었다. 세희와 식사를 마친 준은 나오는 길에 또다시 재희와 영성그룹의 딸인 은빈을 만났다.

"안녕하세요? 세희 언니."

"어, 안녕? 어쩐 일이야?"

"밥 먹으러 왔어요. 언니는 어쩐 일이세요?"

"나도 밥 먹으러."

세희와 은빈이 아는 눈치였지만 그리 사이가 좋아 보이지 않았다.

"식사는 맛있게 했어?"

재희가 그녀에게 물었다.

"네."

"그래? 그럼 잘 가."

섹스하지 않는 이상 그는 남이었다. 식당을 나온 준은 세희와 헤어지고 회사로 돌아가는 길에 다시 한 번 재희를 보았다. 어디서나 눈에 띄는 남자였다. 길가 여자들의 시선이 모두 그에게로 향해 있었다.

"뭐가 옳은 걸까?"

사무실의 문을 열자마자 준의 표정이 굳어졌다. 아버지와 오빠가 그녀의 사무실에 앉아 있었다.

"그렇게 멀뚱히 서 있지 말고 앉아."

폭풍 잔소리의 시작이었다.

"네가 이 부회장의 청혼을 거절했다고?"

"……."

"왜 말이 없어?"

"전 결혼보다는 일이 더 중요합니다."

그녀의 말에 아버지 하 회장이 목덜미를 잡았다.

"준아, 이러다가 아버지 쓰러지신다."

"아버지도 아시잖아요. 제가 얼마나 회사 일에 몰두하고 있고, 이전엔 없었던 성과를 내고 있다는 걸요."

"일은 결혼하고도 얼마든지 할 수 있어."

"엄마와 새언니도 유능한 사람들이지만 집안일만 하잖아요? 그게 재벌가 며느리들의 현실이라고요."

"그래서 결혼을 안 하겠다? 20년 동안이나 이날만을 기다려 온 아버지는 생각도 안 해?"

"결혼은 제가 하는 겁니다."

"잘났다. 잘났어. 재벌가의 결혼은 사랑해서만 하는 건 아니야."

"……."

아버지의 말이 핵심이었다. 재벌가의 결혼은 굳이 사랑이 필요하지 않았다.

"아버지, 전 일이 더 중요해요."

"그렇다면 일하지 마."

"네?"

"어차피 영성자동차에서 인수합병을 성공시키면 우린 앉아서 막대한 영업 손실을 보겠지. 그렇다면 그 책임은 어차피 너에게 돌아갈 기고 그럼 자리에서 물러나야 하겠지. 그럴 바엔 그냥 지금 물러나."

"아버지, 그건 너무 비약하신 겁니다. 영성이 자동차를 인수합병한다고 해도 저희가 업계 1위인 거 모르십니까?"

"지나친 자만이야!"

준은 아무런 말도 할 수 없었다. 세희가 말한 게 사실인 것 같았다. 아버지도 아는 일을 그녀만 모르고 있었다.

"인수합병 건은 제가 알아서 하겠습니다. 저희가 인수하면 되는 것 아니겠습니까?"

"맞아."

"결혼은 결혼이고 일은 일입니다."

"하! 그래?"

아버지가 그녀의 말을 비웃었다.

"그렇다면 해결해 봐. 남의 떡이 될지 우리 것이 될지는 모르지만, 일단은 이 부회장이 너의 정혼자일 때와는 아주 다를 거다."

"재희 오빠도 사업을 하는 사람입니다. 이득이 가는 쪽을 택할 겁니다."

"재희도 남자라는 걸 알아야지. 남자란 동물은 자신을 택하지 않은 암컷에겐 먹이를 나누어 주지 않아. 그것이 무리의 우두머리라면 더더욱 상처를 받겠지."

"......"

아버지는 이렇게 말을 하고는 자리에서 일어났다. 아버지를 따라 오빠도 자리에서 일어났다.

"오빠는 준이의 선택을 이해하지만, 이번 선택은 네가 좀 경솔한 것 같아."

"오빠, 오빠는 좀 이해해 주면 안 돼?"

"힘겨운 싸움이 될 거야. 그렇게 재희가 싫은 거야?"

"......싫은 건 아니야."

"그럼, 다시 한 번 생각해 봐."

웅이 오빠는 언제나 그녀의 편이었지만 이번은 좀 다른 것 같았다. 오빠도 회사를 위해 그녀가 희생해 주길 바라는 것일까?

준에게는 생각할 시간이 필요했다.

"성 실장!"

"네."

분위기가 심상치 않음을 느낀 하늬가 빠르게 뛰어왔다.

"오늘 일정 취소해."

"네?"

"오늘은 아무도 만나고 싶지 않아."

"네."

눈치 빠른 하늬가 아무것도 묻지 않고 그녀의 일정을 조율하고 있었다. 준은 소파에 그대로 누워 천장을 보고 있었다.

"술이 필요해."

술을 좋아하진 않았지만, 갑자기 술 생각이 절실했다.

"무슨 일이야?"

소파에 누워 있는 그녀를 보고 놀란 하늬가 물었다. 평소에 그녀는 이러고 있지 않기 때문이었다.

"오늘 술이나 한잔하자."

"그건 알겠는데 무슨 일이냐고."

"좀 복잡한 일이 있어서 그래. 이따가 말해 줄게."

"알았어."

퇴근을 할 때까지 준은 멍하게 천장만 보고 있었다. 회사에서 처음으로 일을 하지 않고 멍하게 시간을 보냈다. 매 순간이 바쁘고 소중했는데……. 그녀가 아니면 회사가 안 돌아갈 줄 알았는데……. 그녀가 가만히 있어도 회사는 정상적으로 돌아가고 있었다.

"서운한데……."

서운한 마음이 들었다. 그녀가 열심히 일한 걸 알아달라고 하는 건 아니었지만 목숨 걸고 일을 한 것치고는 서운한 현실이었다. 퇴근하고 준은 하늬와 함께 요즘 가장 핫하다는 바에 갔다.

"사람들 많은 거 싫어하지 않아?"

"싫어."

"그런데 왜 여기 오자고 했어?"

"나도 한번 남들처럼 놀아 보려고."

"평범한 사람들이 오기엔 무지하게 비싼 곳이다. 나도 재벌 친구 덕분에 여기 오는 거지. 술값이 내 월급과 맞먹는 곳은 부담스럽다."

"그래도 여기가 제일 핫하다며?"

"응."

바에 들어서면서 주위를 둘러보니 왜 핫한 곳이라고 하는지 알 것 같았다. 그녀도 아는 얼굴들이 곳곳에 있었다.

"재벌들이 많이 오는 곳이구나?"

"연예인들도 많아."

"그래?"

"응, 여기서 예쁘다고 생각되는 애들은 다 연예인이라고 보면 돼."

바쁘게 살아서 연예인들의 얼굴을 잘 모르는 준은 봐도 잘 모르겠다는 생각이 들었지만 예쁜 여자들은 정말 많았다.

"다른 건 모르겠고 오늘의 목적이나 달성하러 가자."

하늬와 함께 테이블에 앉은 준은 사람들을 구경하며 알싸한 기운이 솟아오르는 멕켈란 18년산 한 병을 비우고 있었다.

"너무 빨리 마시는 거 아니야?"

"아니."

"그리고 이건 와인이 아니고 위스키라 금방 취한단 말이야. 아무리 내일이 주말이라고 해도 이건 위험해."

"이거 마시고 푹 자려고. 아무리 생각해도 답이 안 나와."

"뭐가?"

답답하게도 답이 나오지 않았다. 사업 때문에 하는 결혼은 정말 싫었다. 그냥 차라리 그녀에게 일하는 걸 잔소리하지 않을 일반인과 결혼한다면 정략결혼도 할 수 있었지만, 모든 걸 포기하고 살림만 해야 하는 재벌가로는 시집가는 게 싫었다.

"어? 저기 이재희 부회장 아니야?"

"……."

오늘 두 번이나 우연히 마주쳤다. 20년 동안 얼굴 보기가 그렇게 힘이 들었는데 이상하게 요즘 자주 만나게 되는 그들이었다.

"저기 저 여자는 누구야?"

"성창기업 딸, 이름은 기억나지 않아."

이번엔 성창기업의 딸이었다. 매일 여자를 갈아 치울 모양이었다. 결혼을 안 한다고 버티더니, 일단 하겠다고 말을 하고 나니까 아주 대놓고 여자들을 만나는 것 같았다.

아니 결혼을 위해서가 아니라 타고난 바람둥이일 수도 있었다.

"어쩜 저렇게 착 붙어 있을 수 있을까?"

"……."

"아무리 봐도 바람둥인 것 같아. 그래, 잘했다. 저런 바람둥이 만날 필요 없어."

"그런가?"

"……그래도 멋지긴 하다. 놓치면 아까울 것 같아."

하늬가 갑자기 말을 바꾸었다.

"그래? 그런 것 같기도 하고."

"맞아, 좀 놓치긴 아까운 것 같아. 진짜 잘생기기도 했고."

준이 또다시 위스키를 따랐다.

"남의 떡이 더 커 보인다는 소리가 있잖아? 내가 보기에 지금 딱 재희 오빠가 그래."

"준아, 뭔 소리야?"

"결혼을 안 한다고 했는데 저 사람이 손에 쥐고 있는 게 너무 커. 그걸 난 뻥 차 버린 거고."

"준아."

"결혼은 하기 싫은데 저놈의 인간은 가지고 싶어. 웃기지?"

"……."

하늬는 알 수 없는 눈으로 그녀를 보고 있었다.

"그런데 결혼을 조건으로 회사를 인수하고 싶진 않아. 난 내가 좋은 조건에 합의할 거야. 난 할 수 있어."

"그래, 넌 할 수 있어."

하늬의 응원에도 준은 힘이 나지 않았다. 그녀는 위스키 잔을 들어 재희를 잔 안에 담았다.

"난 스스로 해낼 거야."

취기가 올라오고 있었다. 그녀의 눈은 재희가 있는 테이블에 고정되어 있었다. 하지만 다가가서 말을 걸지는 않았다. 그녀 쪽은 쳐다도 보지 않는 남자는 그녀도 필요하지 않았다.

"우리 한 병 더 마실까?"

준이 빈 병을 들어 보이며 물었다. 오늘은 술이 줄어드는 게 아쉬웠다.

"아니."

"그럼?"

"가자, 너 많이 취했어."

"알았다."

평상시 준은 술을 많이 마시지 않았지만 취한다고 해도 술주정은 없었다. 오늘은 조금 취했는지 준은 비틀거리며 자리에서 일어났다.

"오늘은 최악의 날이지만 그래도 내 옆에 우리 하늬가 있어서 행복하다."

"고맙습니다. 친구님."

"헤헤."

준은 하늬를 보며 웃었다.

"아!"

바에서 나오는 길에 어떤 남자와 어깨를 부딪친 준이었다. 누가 잘못했는지는 모르지만 준이 먼저 사과했다.

"죄송합니다."

"죄송? 사람을 죽여 놓고 죄송?"

남자는 괜한 시비를 걸었다.

"뭐 하시는 거예요?"

하늬가 항의를 했지만 남자는 하늬를 밀치고 그녀에게 와서 멱살을 잡았다.

"여기 물관리를 어떻게 하는 거야? 아무나 막 들여보내고?"

"손님, 죄송합니다."

종업원이 나와서 남자를 말렸다.

"내가 누군 줄 알아? 이 집 매상 반은 내가 올려 주는데. 이렇게 아무나 막 들여보내도 되는 거야?"

"죄송합니다."

"죄송?"

탁!

남자가 종업원의 머리를 손으로 세게 쳤다.

"야!"

도저히 눈 뜨고 봐 줄 수 없는 상황이었다.

"너 뭐 하는 놈이야?"

"뭐? 놈?"

"그래, 너 어느 집 새끼냐고?"

술이 확 깨는 기분이었다.

"준아……!"

하늬가 말렸지만 이미 준의 꼭지가 돌아 버린 상황이었다.

"나? 국제건설의 아들이다. 국제건설 들어 봤지?"

"하! 별것도 아닌 새끼가."

국제건설은 기업 순위 50위 안의 기업이긴 했지만, 기업 순위 5위 안에 드는 유인그룹과는 비교가 되지 않는 기업이었다.

"뭐?"

짝!

순간적으로 일어난 일이었다. 그녀의 얼굴에서 화상을 입은 것처럼 불이 번쩍 났다. 태어나서 처음으로 남에게 맞은 준은 충격에 휩싸였다.

"야! 이게 어디서 우리 준을……."

하늬가 달려들려는 순간 남자는 그대로 바닥으로 나가떨어졌다. 하늬보다 먼저 재희가 주먹으로 남자의 얼굴을 쳐 버렸다.

"일어나!"

재희의 얼굴에 살기가 가득했다. 그리고 쓰러져 있던 남자의 멱살을 잡아 몇 번이고 남자의 얼굴을 쳤다. 남자의 얼굴은 금세 피투성이가 되어 있었다.

종업원들조차 그가 누군지 알기 때문에 말릴 엄두조차 내지 못하고 있었다.

"헉헉, 국제건설?"

"……."

"이제부터 넌 너희 회사가 어떻게 산산조각이 나는지 보게 될 거야? 지금 네 주머니에 있는 카드가 정지당하고 돈 한 푼 없을 때 네 곁에 누가 남아 있을까?"

재희는 이를 악물며 남자의 영혼까지 죽일 듯이 말했다.

"죄, 죄송합니다."

"나한테 죄송할 거야 없지. 저기 있는 유인그룹 따님에게 죄송해야지."

"모, 몰랐습니다. 죄송합니다……!"

그녀에게 구십 도로 허리를 숙여 사죄하는 남자를 준은 어이없는 눈으로 보았다.

"꺼져! 다시는 여기에 안 나타나는 게 좋을 거야."

재희의 말에 남자는 뒤도 돌아보지 않고 도망치듯이 바를 나갔다.

"감사합니다."

하늬가 그녀 대신 감사 인사를 했다.

"무슨 일이에요?"

재희 옆으로 성창기업 딸이 얼굴을 내밀었다.

"오빠, 무슨 일이에요?"

성창기업 딸이 묻는데도 재희의 눈은 그녀의 얼굴을 향해 있었다. 아마 맞아서 부은 뺨을 보고 있는 것 같았다.

"오빠, 가요."

준은 당황스러워서 얼른 맞은 뺨을 손으로 가리고는 바를 빠져나왔다.

"하늬야, 빨리 가자."

"응."

하늬가 차를 빼러 간 사이에 재희가 그녀에게로 다가왔다.

"감사했어요."

"왜 술을 마신 거야?"

"그냥요. 오늘 감사했어요. 어?"

그의 주먹에서 피가 흐르고 있었다. 남자의 얼굴을 때리면서 그의 살도 쓸린 것 같았다.

"병원에 가야 하는 거 아니에요?"

"아니야."

그가 손을 뒤로 감추었다.

"아니긴 뭐가 아니에요."

준은 재희의 손을 잡아 자신의 손수건으로 묶었다.

"같이 가요. 이대로 두면……."

그가 갑자기 양손으로 그녀의 얼굴을 잡더니 살피기 시작했다.

"······녀석을 죽여 버렸어야 했어."

사람들이 오가는 길거리에서 그는 아무렇지 않게 그녀의 얼굴을 감싸고 있었다.

"······."

그들의 시선이 공중에서 부딪쳤다.

빵!

눈치 없이 하늬가 경적을 울리고 있었다.

"오빠!"

눈치가 없는 건 싱창기업의 딸도 마찬가지였다.

"오늘 고마웠어요. 갈게요."

그가 아쉽다는 듯 준의 얼굴에서 손을 내렸다. 준은 서둘러 차에 올랐다. 운전기사가 옆에 있어서 하늬는 궁금한 말을 삼키고 있었다.

"사장님 괜찮으세요?"

"어."

"궁금한 건 내일 물어보겠습니다."

"전화하지 마. 잘 거야."

"······네."

하늬는 더는 묻지 않았다. 둘만 있게 되면 반드시 오늘 있었던 일을 물을 텐데, 걱정이었다. 하지만 그보다 더 그녀를 도와

준 재희의 예기치 못한 행동 때문에 준의 머리가 더없이 복잡했다. 왜 도와준 건지, 그리고 그녀의 뺨은 왜 만진 건지 준은 궁금했다. 그리고 왜 이렇게 심장이 두근거리는지도…….

4.
끈질긴 노력

월요일은 한 주의 시작이자 새로운 소식이 쏟아지는 날이었다. 준은 출근하면서 어김없이 자신의 태블릿으로 검색을 하기 시작했다. 보통 다른 날은 이렇게 검색에 열을 올리지 않는데 월요일 아침은 검색으로 시작했다.

"오늘은 특별한 일이 없나?"

"아주 특별한 일이 가득하실 겁니다."

주말에 전화를 받지 않았다고 뚱해 있는 하늬가 말했다.

"뭔데?"

"아주 버라이어티해서 말하기가 어렵습니다."

하늬가 조수석에 앉아 있어서 뒤통수만 보고 말을 하니 그녀의 표정을 볼 수가 없었다.

"도대체 뭔 기사가 났길래……."

국제건설의 양아치 같은 새끼가 완전히 사실을 왜곡해서 마치 재희가 자신을 일방적으로 폭행한 걸로 경찰에 신고를 한 모양이었다.

"재벌가의 횡포라……."

재벌가의 횡포긴 했다. 물론 횡포를 부린 인물이 다르긴 했지만 말이다. 내용을 보아하니 맞은 남자는 국제건설의 아들도 아니었다. 재벌을 사칭한 돈 많은 양아치였다. 이렇게 되면 재희가 몹시 어려운 상황에 몰리는 것이었다.

그리고 그 기사보다 검색어 순위가 높은 건 재희와 그녀의 사진이었다. 스캔들 기사가 터진 것이다. 그런데 웃긴 게 그녀의 이름은 언급되지 않고 의문의 여성이라고만 되어 있었다. 재희가 그녀의 얼굴을 감싸고 있는 사진이었다.

"인지도가 약하신 모양입니다."

"……."

하늬가 비꼬는 투로 말했다. 하지만 할 말이 없었다. 거기다가 또 하나의 기사가 그녀의 속을 긁었다. 그녀를 마치 영성그룹의 딸인 은빈과 재희 사이를 훼방하는 아주 이상한 여자로 만들어 놓고 있었다.

"언론에 많이 노출되셔야 할 것 같습니다."

"그만해."

"네."

하늬가 입을 다물었지만 준은 속에서 천불이 나기 시작했다. 유인그룹의 외동딸이자 유인 자동차의 사장인 그녀가 이렇게 인지도가 약할 줄은 몰랐었다. 하긴 언론에 노출되는 걸 극도로 꺼린 그녀였다.

"어떻게 처리하실 겁니까?"

"일단 내가 재희 오빠에게 전화할게. 오해가 없도록 해야지. 도와준 걸 원수로 갚을 순 없잖아."

막상 전화하자니 이상했다. 하지만 자신을 도와주다가 생긴 일인데 발을 뺄 순 없었다.

"여보세요?"

[어.]

다행히 전화를 받은 재희였다.

"통화 가능해요?"

[짧게.]

"기사 봤어요. 양아치한테 제대로 걸린 것 같네요."

[뭐, 그렇게 됐어.]

"절 도와주다가 생긴 일인데 제가 도울 일은 없을까요?"

[아니, 됐어.]

"그래도……."

[신경 쓰지 마, 그 쓰레기는 우리 법무팀에서 알아서 할 거니까. 그리고 회의 들어가 봐야 해.]

"아, 네. 알았어요. 혹시라도 도움이 필요하면 말해요."

[그럴 리는 없을 거야.]

그는 이렇게 말을 하고는 전화를 끊었다.

"뭐라고 하세요?"

"……."

괜히 전화한 느낌이었다. 이럴 줄 알았으면 그냥 무시하고 넘어갈 걸 괜한 오지랖을 떤 것 같았다.

"사장님?"

"우리가 신경 쓰지 않아도 돼."

준이 차갑게 말하고 다시 일에 집중하기 위해 태블릿에 시선을 고정했다. 하지만 일에 집중할 수 없었다. 자존심이 상해서 일이 손에 잡히지 않았다.

"도대체 왜 그러는 거야?"

속이 부글부글 끓었다. 일에만 몰두하기에도 바쁜데 왜 자꾸만 이렇게 신경이 쓰이는지 준은 도무지 알 수 없었다. 회사에 도착한 후에야 정신을 차린 준은 현진 자동차에 관한 자료를 살피기 시작했다.

유인 자동차의 입장에선 인수만 할 수 있다면 완전 초대박인 상황이었다. 전자제품이 주업인 현진이 10년 전 자동차에 뛰어들 때부터 예견된 일이었다. 하지만 생각보다 현진 자동차의 실적은 좋았고 현진이 자동차를 포기할 거라고 사람들이 생각하지 않을 상황이었는데 무슨 이유에선지 그들은 자동차를 매각할 생각이었다.

"우리가 기필코 인수해야 해."

준의 머리가 복잡해졌다.

"사장님."

점심시간이 지나고 하늬가 약간은 당황한 얼굴로 사무실에 들어왔다.

"무슨 일이야?"

"갑자기 파티 초대장이 와서요."

파티라면 준이 세상에서 가장 싫어하는 일중의 하나였다.

"안 가."

"가셔야 합니다."

"왜?"

"오늘 영성그룹에서 주최하는 선상 파티에 이재희 부회장님도 오신답니다."

"……."

순간 준은 멍해졌다. 어떻게 해야 할지 고민이 되었다.

"결혼이 아니더라도 담판을 지으셔야 하는 거 아닙니까?"

"무슨 담판?"

"자동차요."

"아……."

"아니 무슨 반응이 그러십니까? 지금 발등에 불이 떨어진 건 우리란 말입니다."

정신이 번쩍 든 준이었다.

"어떻게 하지?"

"어쩌긴요. 일단 무기를 장착하고 가셔야죠."

"무기?"

"얼굴에 화장을 하고 드레스도 입고, 오늘은 그 어느 때보다도 파격적이어야 합니다."

하늬의 말이 맞는 것 같았다. 준은 이번 기회를 놓칠 수가 없었다.

헤어숍을 제 발로 찾아오다니. 준의 인생에서 이런 일이 일어날 거라 생각하지 않았는데 웃기는 일이었다. 지난번 창립기념일에 끌려왔던 이곳을 오늘은 제 발로 걸어 들어온 준이었다.

오늘은 그녀의 인생에서 가장 예쁘게 보여야 하는 날이었다.

사업을 하다 보니 별 웃기는 일도 다 있었다.

"호호호, 지난번 스타일이 마음에 드셨던 모양이네요."

그녀를 보고 한걸음에 달려온 원장이 인사했다.

"네, 아주 만족했어요."

"호호호, 감사합니다."

원장의 입에서 웃음이 떠나질 않았다.

"오늘도 그런 느낌으로 해 드릴까요?"

"아뇨, 오늘은 좀 더 섹시하게 해 주세요."

옆에서 하늬가 끼어들었다.

"성 실장."

"오늘은 정말 섹시하게 해 주셨으면 좋겠어요. 오늘 우리 사장님의 콘셉트는 섹시예요. 아셨죠?"

"네."

하늬와 원장이 어찌나 죽이 잘 맞는지 준은 그대로 눈을 감아 버렸다. 헤어숍을 나가서 어떻게 할지를 생각하니 벌써부터 머리가 복잡했다. 며칠 전에 바에서 본 후, 그들은 아무런 연락이 없었다.

그런데 오늘 갑자기 그가 영성그룹에서 주최하는 선상 파티에 참석한다는 소식을 듣고 그녀도 부리나케 참석 의사를 밝혔다. 이런 종류의 파티에는 처음 참석하는 준이었다.

"오늘 의상도 화끈한 걸로 골랐습니다."

하늬가 의미심장하게 말했다.

"왜?"

"오늘 사장님은 섹시한 여신이 될 거니까요."

"적당히 해."

"'적당히'란 말 모릅니다. 이왕 하는 거 화끈하게 하는 겁니다."

"후……."

한숨이 절로 나왔다. 그녀의 속도 모르고 하늬는 그녀가 뜻대로 해 주니 아주 신이 난 것 같았다.

"처음이자 마지막이야."

"아뇨, 이제부터 시작입니다. 한 번 하는 게 어려워서 그렇지 두 번, 세 번은 쉽습니다."

"성하늬!"

점점 거울 속에 다른 여자가 나타나고 있었다. 오늘은 평소에 붙이지도 않는 속눈썹까지 붙여서 눈을 뜨기도 어려운 상황이었다. 짙은 스모키 화장도 태어나서 처음 해 본 준이었다. 눈을 뜨기가 불편해서 그렇지 거울 속의 여자는 완벽하게 섹시했다.

"마지막으로 포인트."

원장이 그녀의 입술 옆에 마릴린 먼로의 점을 찍어 주었다.

"이건 매력점이에요. 정말 너무 매력적이다. 여자가 봐도 반하겠어요."

머리는 긴 웨이브를 자연스럽게 하나로 묶어 여성스러움을 강조했다. 그리고 그녀의 눈에 들어온 건 입을 딱 벌리게 만드는 의상이었다.

"성 실장, 저 천 조각은 도대체……."

"저 천 조각은 크리스티앙 디오르가 만든 튜브 톱 미니 드레스죠."

"그냥 벗고 가라고 해."

"아주 좋은 생각이긴 한데 뒷감당이 안 될 것 같습니다."

"성하늬!"

오늘 하늬가 작정을 하고 그녀에게 덤비고 있었다.

"남들은 몸매가 안 돼서 못 입는 옷이죠. 물론 비싸기도 하고요. 제 연봉과 어깨를 나란히 하는 드레스입니다."

"후……."

더는 말을 말아야 할 것 같았다. 준비가 다 끝이 나고 블랙의 초미니 드레스를 입은 준은 레드톤의 킬 힐에 같은 레드 컬러의 클러치를 들었다.

"영화배우 같아요. 요즘 가장 핫한 오채림보다 더 섹시한데요."

원장이 모처럼 마음에 드는 소리를 했다. 물론 오채림이 더 예뻤지만, 말이라도 기분이 좋았다.

"잠깐."

준은 도저히 걸을 수가 없었다. 이건 마치 외줄 타기를 하는 느낌이었다. 다른 사람들은 이런 구두를 어떻게 신고 다니는지 이해가 되지 않았다. 몇 번을 비틀거리다가 겨우 중심을 잡은 준은 하늬를 매서운 눈으로 보았다.

"하마터면 발목 나갈 뻔했잖아."

"그럴 리가요."

"야! 일단은 오늘만 넘기고 보자."

"내일 전 보너스를 받을 것 같습니다."

아주 끝까지 한마디도 안 지는 하늬였다. 역시 인간은 놀라운 동물이었다. 준은 의외로 힐을 신고 잘 걸었다.

"아주 자연스러워요."

한강에 도착하자 하늬가 또 한 번 그녀를 놀렸다. 그러나 심장이 너무 두근거려서 하늬의 말은 신경조차 쓰이지 않았다.

영성그룹의 파티는 한강의 유람선에서 진행이 되었다. 생전 유람선은 타 본 적이 없는 준은 여러모로 어색했다. 그리고 오늘 파티의 손님들은 다 재벌가의 자제들이었다. 영성그룹의 조은빈이 이런 파티를 주최하는 게 아니라 은빈의 어머니이자 영성그룹의 안주인이 여는 파티였다.

일종의 사교모임인데 준은 계속 초대는 받았지만 참석하는 건 처음이었다.

"오늘 잘하십시오. 꼭 이 부회장의 마음을 돌리는 것도 잊지 마시고요. 괜히 사업상 갔는데 지난번처럼……."

"알았어."

그녀가 재희와 하루를 보낸 걸 하늬가 알고 있었기 때문에 나온 말이었다.

"화이팅!"

의미심장하게 준은 유람선 안으로 향했다. 하늬와 같이 가고 싶었지만, 초대장은 하나뿐이었다. 그녀가 유람선에 오르자 사람들의 시선이 그녀 쪽으로 향했다. 튜브 톱으로는 다 가리지 못하는 그녀의 가슴과 시원하게 드러난 다리에 킬 힐 덕분인지 키도 더 커 보여서 눈에 확 띄었다.

"부담스러운데……."

삼삼오오 몰려 있는 것이 다 아는 사람들인 것 같았다. 특별히 친한 사람이 없는 준은 샴페인 한 잔을 들고 배의 난간에 기대서 한강의 모습을 바라보았다. 아직 배는 출발 전이었고 그도 아직 오지 않은 상태였다.

"안녕?"

낯선 남자의 목소리가 그녀의 귓가를 울렸다. 뒤를 돌아보니 너무나 가까운 위치에 한 남자가 그녀를 보고 있었다.

"누구신지?"

"나 몰라?"

"……."

기억에 없었다. 여자에게 부리는 수작치고는 아주 고전적이었다. 준은 다시 고개를 돌려 남자를 무시한 채 한강을 바라보았다.

"하준 아니야?"

이름을 아는 거 보니 남자는 거짓말을 하는 것 같지는 않았다.

"누구?"

정말 기억에는 없는 인물이었다.

"와, 우리 준이가 이렇게 섹시하게 변할 줄은 몰랐네. 학교 다닐 때도 예쁘긴 했지만 넌 보이시한 쪽이었는데 말이야."

준이 머리를 갸우뚱거리자 남자가 피식 웃었다.

"나, 인우야. 조인우."

처음엔 기억이 나지 않았지만, 얼굴을 보니 어릴 때의 모습이 조금 남아 있었다.

"아! 그 조인우?"

인우와 그녀는 초등학교 동창이었다. 초등학교 졸업 후에 인우는 미국으로 유학을 갔고 둘은 그때 연락이 끊겼었다. 아주 친한 관계는 아니었는데 인우가 그녀를 기억하다니 좀 놀라웠다.

"잘 지냈어?"

"응, 너는 한국에 언제 온 거야?"

"대학 졸업하고 군대 때문에 귀국해서 지금까지 쭉 잘 지냈지."

"어쨌든 반갑다. 너도 초대받아시 온 거야?"

"내 소개가 늦었네. 난 영성그룹의 본부장이자 후계자지."

"그럼 조은빈이……."

"내 동생이야."

인우가 영성그룹의 후계자란 건 오늘 처음으로 알았다.

"내가 정보력이 너무 없다. 영성그룹의 후계자라면 알고 있어야 했는데 난 이런 모임에 처음 나오거든."

"알아, 네가 일에 흠뻑 빠져 있다는 거."

"나에 대해서 많이 아네."

"관심이 있으니까."

"오빠!"

멀리서도 눈에 띄는 한 쌍이 보였다. 은빈과 재희는 마치 연인처럼 팔짱을 끼고 등장했다.

"어, 은빈아."

인우가 은빈을 향해 손을 흔들었다. 그녀와 오빠처럼 다정해 보이는 남매였다.

"잘 어울리지? 아버지의 큰 그림이기도 해."

인우가 은빈과 재희를 보며 말했다.

"어?"

"두 사람의 결혼 말이야. 그런데 소문이 맞아?"

"뭐가?"

"준이 너하고 현진그룹 이재희 부회장하고 정혼자라는 거 말이야."

"……."

"아니지?"

그때 은빈과 재희가 그들 가까이 다가오는 바람에 인우에게 설명하지 못한 준이었다.

"오빠, 능력이 좋은데? 오랜 첫사랑을 이렇게 곁에 두고 말이야."

은빈과는 안면이 있었다. 열정을 다해서 일하는 준과는 다르게 은빈은 마치 화초처럼 아버지 조 회장의 옆을 지켰다. 부인이 없는 조 회장은 항상 딸을 대동하고 다녔기에 준처럼 재벌가

자제들과 어울리지 않는 사람이라도 알 수 있었다.

그런데 인우의 경우는 달랐다. 공식적인 행사에서 그를 본 기억이 없었다. 거기다가 준이 그의 첫사랑이라니 이건 완전 자다가 봉창을 두드리는 소리였다.

준은 은빈의 옆에 서 있는 재희의 얼굴을 보았다. 재희는 무표정하게 그녀를 바라보고 있었다. 그의 눈빛만으론 그의 감정을 읽을 수가 없었다.

"우리 오빠가 언니를 초등학교 때부터 좋아했어요. 아세요?"

"아이고, 우리 은빈이가 많이 입된 모양이네. 이게 다 이 부회장님 때문인 것 같습니다."

"……."

재희는 인우의 말을 완전히 무시하고는 자리를 피해 버렸다. 이런 걸 예상한 게 아니었다. 준은 저도 모르게 재희를 따라가려다가 인우에게 손목을 잡혔다.

"어디 가려고?"

"안에 샴페인 말고 다른 게 있나 해서……."

"와인 마실래?"

"어? 어……."

준의 시선은 재희에게 가 있었고 몸은 인우에게 붙들려 있었다. 은빈은 연신 재희를 바라보며 웃고 있었다. 여자가 봐도 예쁜데 재희가 볼 땐 얼마나 예쁘고 사랑스러울까?

"준아, 안녕?"

이번엔 얼굴은 익숙하지만 이름이 기억나지 않는 여자가 그녀를 아는 체했다.

"네가 여긴 어쩐 일이야? 아주 일에만 파묻혀 산다는 소식이 자자하던데."

"지현이 기억 안 나?"

인우가 슬쩍 그녀를 도와주었다.

"내가 그렇게 좀 재미없게 살았지."

"그래도 여전히 예쁘네. 학교 다닐 때 너 좋아하는 남자들 많았어. 인우도 그렇고."

"그래?"

정말 처음 듣는 소리였다. 누군가 그녀를 좋아한다고 생각한 적은 한 번도 없었다. 아무리 어렸을 적 풋사랑이라 하더라도 지금 와서 이런 중요하지도 않은 이야기나 하는 게 준은 너무 싫었다. 준의 관심의 초점은 오로지 재희였다.

"자주 나와. 이렇게 나오니까 좋잖아."

"알았어. 잠깐만."

그녀는 친구들을 피해 화장실로 도망을 갔다. 솔직한 마음은 지난번처럼 재희가 쫓아오지 않을까 하는 마음에서였다. 하지만 오늘은 그런 일은 일어나지 않았다. 정말 은빈과 결혼이라도 하는 게 아닌지 걱정이었다.

"일단 물어나 보자."

그녀가 나가려는데 은빈의 목소리가 들렸다.

"정말 이재희 잡은 거야?"

이재희란 말에 준은 나가려다가 멈추었다.

"응."

"너, 정말 재주 좋다."

"같이 잠이라도 잤어?"

"당연한 거 아니야?"

"역시 조은빈이야. 이제 결혼하는 일만 남은 거네."

"어, 조만간에 결혼 발표가 있을 거야."

"축하해."

준의 머릿속에 두 단어가 맴돌았다. 섹스와 결혼⋯⋯.

"그런데 이재희 부회장은 스캔들이 너무 많아서 말이야. 좀 걱정되지 않아?"

"재희 오빠 정도면 스캔들을 몰고 다니지 않겠어? 어떤 여자가 마다하겠어. 다 갖춘 남자를 말이야. 만약에 재희 오빠의 청혼을 거절한다면 그건 미친 거 아니야?"

"호호호, 맞네."

그 미친 사람이 화장실 안에 있었다. 정말 일을 택한 게 잘못된 일일까? 재희는 그만한 가치가 있는 남자이긴 했지만, 그녀의 삶도 중요했다. 그에게 일과 결혼을 동시에 원하는 여자가 필요할까?

준은 생각이 더 복잡해졌다.

덜컹!

"어머, 언니!"

그녀가 문을 열고 나오자 은빈이 놀란 얼굴로 그녀를 보았다. 이 배 안에서 그녀를 무시할 수 있는 사람은 재희 빼고는 아무도 없었다. 이 배 안에서는 현진그룹 다음으로 유인그룹이었기 때문이었다.

재벌들은 나름의 서열이 있었다. 그게 바로 기업 순위였다.

"이재희 부회장과 결혼해?"

"……."

그녀의 물음에 은빈이 선뜻 답하지 못했다.

"확실하게 말해."

"할 거예요."

"알았어."

"근데 그걸 왜 언니가 그렇게 무서운 얼굴로 물어요?"

"몰라서 묻는 거야?"

그녀의 차가운 대답에 은빈은 아무 소리도 하지 못했다. 그녀는 화장실에서 나와 재희를 찾았다. 사람들에 둘러싸여 있는 재희가 눈에 들어왔다. 어디서든 눈에 띄는 남자였다. 그가 재벌이라서가 아니라 그의 외모와 분위기 자체가 그랬다.

한 마리의 잘생긴 짐승 같은 그는 뭘 해도 사람들의 이목을 사로잡았을 것 같았다.

"재희 오빠!"

"……."

한 박자 놓치고 말았다. 이 남자와 말을 하기가 이렇게 힘이 들 줄은 몰랐었다. 한동안 번호표를 뽑고 자신의 차례가 오기만을 기다리는 사람처럼 재희의 곁에 있던 준은 속이 부글부글 끓었다. 이건 전혀 그녀답지 않았다.

유람선 안의 모든 여자가 재희와 말을 하고 싶어서 안달이었다. 이대로는 안 되겠다 싶은 생각이 들었다.

"재희 오빠."

얼굴에 미소를 가득 머금은 준은 재희 앞으로 가서 그의 팔을 잡았다.

"우리 잠깐 얘기 좀 해요."

"지금?"

"네, 지금."

그녀의 말에 재희가 사람들의 틈을 벗어나 그녀와 같이 유람
선의 난간 쪽으로 향했다.

"좋은 시간을 보내고 있는데 미안해요."

"아니야, 말해."

"지난번 일 감사했어요. 오빠가 아니었으면 정말 큰일 날 뻔
했어요."

"신경 쓰지 마."

차가운 반응이었다.

"법무팀까지 움직이게 됐는데 괜찮긴 뭐가 괜찮아요?"

"그런가? 하지만 신경 쓰지 않아도 돼."

"그래요?"

"응, 그 일로 부른 거야?"

그가 몸을 돌리려 했다.

"아뇨, 궁금한 게 있어서요."

"뭔데?"

"현진 자동차 매각 건이요."

재희의 인상이 겉으로 드러날 정도로 굳어져 있었다.

"……."

"확실한 건가요?"

"내가 말해야 하나?"

"그렇다면 YS 자동차에 매각한다는 말이 사실인가요?"

"하준!"

"오빠가 싫어한다는 건 알지만 꼭 알아야 해요. 그리고 만약에 그렇다면 현진 자동차는 우리가 인수하고 싶어요. 어떤 조건도 다 수용할 생각이에요. 그러니까 생각해 줘요."

"이 말을 하려고 그런 옷차림으로 온 건가?"

"……."

재희가 그녀의 앞으로 한 발짝 다가왔다. 그리고는 허리를 숙여 그녀의 얼굴 앞에 자신의 얼굴을 가져다 댔다.

"유혹하는 건가?"

"유혹은 아니지만, 최소한 오빠 눈에는 띄어야 했기에……."

"그렇다면 성공이군."

"네? 성공이라뇨?"

"확실하게, 이 유람선에서 가장 아름답긴 해."

재희의 말에 준은 얼굴이 붉게 달아올랐다. 왜 이런 말을 하는지 모르겠지만 그의 말 한마디에 준은 흔들리고 있었다.

"나도 궁금한 게 있어."

"말해요."

"인우와는 무슨 관계지?"

"초등학교 동창이요. 그 후로 여기서 처음 본 거예요. 왜요?"

"인우가 그러더군. 좀 도와 달라고."

"뭘요?"

"자신하고 준하고 잘되게 해 달라고."

"미쳤어."

언제 봤다고 그런 소릴 재희에게 했는지 인우가 이해가 되지 않았다. 지금같이 민감할 때 이런 식의 말이 재희에게 들어가는 걸 원치 않았다.

"오늘 준을 잡아먹을 것같이 보는 녀석들이 한둘이 아니야. 이렇게 벗고 있는데 싫어할 놈은 없지."

"뭐라고요?"

유람선엔 그녀보다 헐벗은 차림의 여자들이 많았다. 다들 부유했고 예뻤다.

"나도 정신 못 차릴 정돈데 다른 사람들은 오죽하겠어."

"재희 오빠."

"내가 만약에 웅이였다면 당장 집으로 돌려보냈을 거야."

그의 손가락이 준의 얼굴선을 따라 움직였다.

"천사인 줄 알았는데 사악한 마녀였어. 남자들의 심장을 갉아 먹는 못된 마녀."

"……."

심장이 튀어나올 것같이 거칠게 뛰었다. 재희의 손가락이 그녀의 목선을 타고 내려와 가슴골을 향해 내려오기 시작했다. 다른 사람들은 보이지 않는 위치에 있었지만 언제 사람들이 지나갈지 모르는 곳이었다.

"흡!"

그의 손가락이 그녀의 가슴골에서 멈추었다.

"넌 내 심장을 갉아 먹고 있어."

"……."

그건 그도 마찬가지였다. 그녀의 심장을 그가 가지고 있었다. 이건 사랑이 아닌데 자꾸만 그를 보면 흔들리는 준이었다. 정신을 차려야 했다.

"대답 안 했어요."

그녀의 목소리가 갈라졌다.

"뭘?"

"현진 자동차. 그리고 은빈이……."

"은빈이?"

"결혼할 거예요? 그래서 현진 자동차를 영성그룹에게 줄 거예요?"

"그거였나?"

"다시 한 번 생각해 줘요."

그녀는 절박했다. 매각하는 데 뭔가 요구 조건이 있으면 그걸

이행하면 되는데 지금은 아무런 요구 조건이 없었다. 현진그룹이 돈 때문에 자동차 회사를 매각하는 게 아니라서 높은 금액을 말한다고 되는 문제가 아니었다.

현진그룹은 자동차에서 생각보다 이익을 못 내니까 주업인 전자에 몰두하기 위해 자동차를 적정 금액에 매각하는 것이었다.

"발톱을 드러내는 건가?"

"아뇨, 서로 간에 이익을 보자는 거죠."

"그래?"

"영성그룹으로 마음을 정한 거예요?"

"아니, 아직 결정된 건 없어."

그렇다면 그녀에게도 기회가 있는 것이었다.

"그럼, 기회를 줘요. 공정하게."

"이미 공정하지 않아."

"네?"

"……가 봐야겠군."

그는 아리송한 말만을 남기고 그를 기다리는 사람들에게로 향했다.

"어쩌지?"

그 후로 계속해서 재희는 여자들에게 둘러싸여 있었고 준은 인우에게 잡혀 있었다. 인우는 그녀를 다른 사람들에게 소개해 주느라 바빴다. 그가 얼마나 그녀를 좋아하는지 느낄 수 있었지만 준의 마음은 이미 다른 곳을 향해 있었다. 그래서인지 인우의 과한 친절이 불편했다.

"전화해도 돼?"

"아니."

"왜?"

너무 상처받은 표정의 인우에게 차갑게 말하기 힘이 든 준이었다.

"일 때문에 너무 바빠."

"그럼 한가할 때 네가 전화해."

"알았어……."

그녀가 애매한 대답을 끝냈을 때 유람선이 다시 선착장에 도착했고 파티가 끝이 났다. 뭔가 성과가 있다면 현진 자동차와 YS 자동차의 인수 합병은 아직 기정사실이 아니라는 것이었다.

그녀는 핸드폰으로 하늬에게 전화를 걸었다. 하지만 이상하게 하늬가 전화를 받지 않았다.

"뭐지?"

집에 가야 하는데 하늬하고 연락이 닿지 않는 것이었다.

"하늬야……."

이런 차림으로 택시를 타고 싶진 않았다.

"야, 전화 좀 받아."

그녀 앞으로 유람선에서 내린 사람들의 차들이 지나가고 있었다. 다급한 마음에 전화를 수십 통 걸었지만 하늬와는 통화가 되지 않았다.

"정말…… 가만히 두지 않을 거야."

준은 발을 동동 굴렀다. 힐을 오래 신어서 그런지 발도 너무 아팠다. 할 수 없이 그녀는 웅이 오빠에게 전화를 걸었다.

"오빠!"

[준아, 왜?]

"나 차 좀 보내 주면 안 돼요?"

[뭐? 근데 어쩌지? 여기 부산인데.]

오늘 출장을 간 모양이었다.

[어딘데?]

"한강."

[한강?]

"그럴 일이 있었어."

[진짜 어떻게 하지? 택시 타고 갈 순 없어?]

"그럴 의상이 아니라고."

[아, 영성그룹 파티에 갔구나?]

"몰라, 일단 알았으니까 끊어."

하늬에 대한 원망이 치솟았다.

"준!"

그때였다. 블랙 벤츠 리무진이 그녀 앞에 섰다.

"재희 오빠?"

"차가 없어?"

"비서하고 연락이 안 되네요."

"일단 타."

뒤에 차들이 빵빵거리고 난리가 아니었다. 준은 일난 그의 차에 올랐다. 그의 향이 그녀를 괴롭히고 있었다.

"고마워요."

"뭘. 웅이한테 연락이 와서 온 거야."

웅과 재희는 어릴 때부터 친구였다. 오빠가 고양이에게 생선을 던져 준 것이었다.

"그래도 오빠 아니었으면 힘들었을 거예요. 발이 너무 아파서……."

"힐 벗어."

"네."

좀 이상했지만, 발이 아픈 게 우선순위라서 준은 부끄러움을 잠시 접고 힐을 벗었다. 새끼발가락에 물집이 잡혀 있었다.

"어머!"

그가 갑자기 그녀의 발을 잡아 자신의 무릎에 올려놓더니 주무르기 시작했다.

"이렇게 안 해 줘도 돼요."

"……."

그의 손이 발에서 다리 위로 서서히 올라오고 있었다.

"처음 하는 게 많아."

가끔 재희는 그녀가 알 수 없는 이상한 말들을 했다.

"네?"

"다른 사람의 다리를 안마하는 건 처음이야."

"……저도 남자가 내 다리를 주무르는 건 처음이에요."

"영광이야."

그의 목소리가 위험스럽게 잠겨 있었다. 그리고 점점 그의 손이 그녀의 다리를 타고 위로 올라오고 있었다.

"왜 오늘 이렇게 입고 온 거지?"

궁금했던 모양이었다.

"눈에 한 번 띄어 보려고요."

"남자들에게?"

"뭐 틀린 말은 아니지만, 복수가 아니고 단수죠."

그의 손이 그녀의 허벅지 위를 배회하고 있었다.

"그게 나야?"

"……."

"현진 자동차가 그렇게 가지고 싶었어?"

"……아니라곤 못해요."

그녀는 솔직하게 말했다.

"하지만 정당한 방법으로 입찰을 보고 싶었어요. 내 손으로 이 건에 대해 성사를 시키고 싶었거든요. 난 오빠에게 그걸 달라는 게 아니라 정당하게 입찰을 할 수 있게 해 달라고 말하려고 갔던 거예요."

"정당하게?"

"네."

"우리가 지금 차 안에서 이러고 있는데, 정당하다?"

그들의 시선이 뜨겁게 부딪치고 있었다. 그의 손은 이미 그녀의 팬티라인까지 와 있었다. 온몸이 뜨거워졌다. 왜 이렇게 재희에게만 맥을 못 추는지 준은 알 수 없었다.

"나의 제안을 거절한 거 너야."

"결혼이 다는 아니잖아요."

"하긴 결혼하지 않고도 이런 건 얼마든지 할 수 있지."

"읍!"

그가 준을 자신의 무릎 위로 안아 들더니 곧바로 입술을 삼켜 버렸다. 그는 무섭게 키스하기 시작했다. 그녀의 입술을 먹어 버릴 것처럼 강하게 빨아들이기 시작했다. 정신을 차릴 틈도 없이 그의 사나운 혀가 그녀의 입안을 쓸어내리고 있었다.

"으으읍!"

숨조차 쉴 수 없게 그는 거칠게 그녀의 입술을 삼켜 버렸다. 준은 자신도 모르게 그의 목을 끌어안고는 그의 키스에 적극적으로 답하고 있었다. 차단막이 가려지긴 했지만 달리는 차 안에서 그들의 행위가 신경 쓰이는 건 사실이었다.

"기사님이 보면……."

"못 봐."

"그래도……."

그가 그녀의 가슴골에 입을 맞추었다.

"이러고 다닐 거야?"

"네?"

"다시는 이런 옷 입지 마. 배 위에서 널 갖고 싶어서 미치는 줄 알았으니까."

"오빠……."

그가 단숨에 그녀의 드레스를 머리 위로 벗겨 버렸다. 지금 준이 입고 있는 건 얇은 레이스 팬티가 전부였다. 그녀의 허리를 손으로 쓸어 올리며 그는 거칠게 숨을 몰아쉬었다.

"어떻게 그때가 처음일 수 있었지?"

"남자보다는 일이 더 좋았으니까요."

"고맙다고 해야 하나?"

"글쎄요."

그들의 입술이 다시 한 번 강하게 부딪치고 있었다.

"너무 아름다워……."

그는 그녀의 가슴을 보며 이렇게 말했다. 그리고는 그녀의 핑크빛 유두를 강하게 빨아들였다.

"아아앙……."

절로 신음이 나왔다. 유두 끝에선 찌릿함이 느껴졌고 그녀의 여성은 빠르게 젖어 들었다.

"오빠……. 하아……."

준은 재희의 목을 잡고 매달렸다. 재희는 준의 가슴에 얼굴을 묻고는 준을 쾌락의 끝으로 몰고 가고 있었다.

쫘악!

레이스 팬티가 힘없이 찢어졌다. 이제 준은 완전한 알몸이 되어 있었다. 그의 손이 준의 여성을 어루만졌다.

"넌 마녀야."

"아아앙……."

그가 준의 귀를 이로 살짝 물며 속삭였다. 그리고는 손가락을 그녀의 질에 넣었다.

"아…… 흐…….."

"더 이상은 힘들어."

그는 이렇게 말하며 자신이 바지를 내려 성이 난 페니스를 손에 쥐었다. 그녀의 여성에 그의 페니스가 닿자 준의 흥분 상태는 배가 되었다.

"오빠……."

그는 단번의 동작으로 그녀의 질에 페니스를 넣었다. 준은 그의 무릎에 앉은 채로 그를 받아들이고 있었다.

"아아악!"

"으윽!"

그의 페니스가 너무 커서 그녀의 몸을 둘로 갈라 놓을 것만 같았다. 고통과 쾌락이 동시에 몰려들었다.

질척거리는 소리가 리무진 안을 가득 채우고 있었다. 이래도 되나 싶을 정도로 크게 울린 소리에 준이 동작을 멈추었다.

"들릴 것, 같아요……."

"헉헉, 폭탄이 터져도 안 들려."

재희가 그녀의 엉덩이를 양손으로 잡아 위아래로 움직였다.

"아아앙……."

야한 소리가 자꾸만 입에서 나왔다. 그녀의 가슴은 출렁이고 있었고 재희도 연신 신음을 내뱉었다.

"으으윽!"

그들의 쾌락의 시간은 끝을 모르고 이어지고 있었다.

"아아앙……."

"으윽!"

준과 재희는 땀으로 온몸이 범벅되어 있었다. 서로 부딪치는 살이 미끈거리기까지 했다.

"헉!"

갑자기 재희가 그녀를 눕혔다. 그리고는 준의 나리를 벌리고는 가운데 자리를 잡았다. 마지막을 향한 몸짓인 것 같았다.

"넌 내 심장을 갉아 먹는 마녀야."

"아흐……."

그는 이렇게 말하며 그녀의 질 안에 거대한 페니스를 넣었다. 그가 너무 큰 탓인지 몸을 구부렸음에도 차의 천장에 머리가 닿았다.

퍽퍽퍽!

그가 빠르게 그녀의 안을 점령하더니 쾌락의 끝으로 그녀를 몰고 갔다.

"아아앙……."

그의 엄청난 힘 때문에 준의 몸이 거칠게 흔들렸다. 재희는 짐승이었다. 지금 그 짐승이 준을 강하게 탐하고 있었다.

"아악!"

"윽!"

그가 몸을 부르르 떨며 마지막을 알리고 있었다. 그리고 그녀의 몸 위로 부서져 내렸다.

"헉헉."

그의 거친 숨과 그리고 몸의 무게가 기분 좋게 느껴지고 있었다. 그들은 그렇게 한참을 누워 있었다.

"차 안에서 이렇게 흥분한 건 처음이야."

그가 준의 젖은 머리카락을 얼굴에서 떼어 주며 말했다.

"전 다 처음이에요."

"알아."

그가 몸을 일으켰다. 그리고는 준의 옷을 주었다. 서로 말없이 옷을 입었다.

"기분이 이상해요."

정적을 깬 건 준이었다.

"뭐가?"

"자꾸 이렇게 되는 거요."

"싫어?"

"싫은 건 아니지만 별로 바람직한 일은 아니죠."

솔직하게 싫은 건 아니지만 본질을 흐리게 만드는 일이었다.

"왜?"

"우리는 애인도 아니고 결혼할 사이도 아닌데……."

그녀의 말에 그는 아무런 대꾸도 하지 않았다.

"실례되는 말인 거 아는데, 궁금해서요. 나 말고 이런 관계인 사람이 많은가요?"

"없어."

"……정말요? 지난번에 은빈이하고……."

"클럽에서 논 거야. 나도 오랜만에 스트레스 푼 서고."

"아아……."

재희의 말에 믿음이 가지 않았다.

"왜 그래? 내가 거짓말하는 것 같아?"

"너무 왕성한 스테미너를 가지고 있는 사람이라서 믿음이 안 가요."

"믿지 않아도 상관없지만 준 이후에는 내 침대 파트너는 없었어."

"거짓말, 오빠는 모든 여자가 갖고 싶은 남자예요."

"그럼 준이 가지면 되잖아. 아무도 갖지 못하게."

"……."

그가 무슨 말을 하는지 알고 있었다.

"난 일을 해야 하는 사람이에요. 집에만 갇혀 지내는 여자는 못 돼요."

"알아."

"알지만 우리에겐 현실이란 게 있잖아요. 난 새장에 갇히면 죽을지도 몰라요."

"지금이 새장 같은데?"

그는 이렇게 말을 하며 그녀의 정수리에 입을 맞추었다.

"재벌가의 며느리는 집안에서 할 일이 많다는 거 알아요. 하지만 난 그게 어울리는 사람이 아니에요."

"알아."

"그래서 난 결혼을 할 수가 없어요."

"……."

그는 더는 말하지 않았다. 그녀의 상황을 이해하는 것인지는 알 수 없었다. 그녀의 집에 도착할 때까지 그들은 아무런 말을 하지 않았고 준도 현진 자동차에 관한 이야기는 더는 묻지 않았다.

5.
어떤 그리움

　오전의 전략회의는 준에게는 삶의 활력소 같은 것이었다. 임원 회의와는 다르게 각 부서의 브레인들이 그녀와 직접 토론하면서 하는 회의라서 그런지 새로운 아이디어가 샘솟는 시간이었다.

　"사장님!"

　"어?"

　하늬가 그녀 뒤에 서서 옆구리를 찔렀다.

　"집중하세요."

　"어? 어."

　하늬와는 지난 주말에 유람선 일로 말을 거의 안 하고 있었다. 그리고 문제는 그날 이후 준은 일에 집중하지 못하고 있었다. 회의 시간 내내 집중을 하지 못하는 그녀 때문에 직원들도 눈치를 보느라 바빴다.

회의를 마친 준은 힘없이 사무실로 향했다.

"오늘 점심시간은……."

"그만!"

둘만 있게 되자 준은 하늬에게 화풀이를 했다.

"왜 그러는데?"

"몰라서 물어? 너 때문에 그날 재희 오빠 차를 탔다고. 도대체 어디 간 거야?"

"……."

하늬는 끝까지 말을 하지 않았다. 그게 더 화가 났다.

"왜, 어제까지는 둘러대더니?"

"할 말 없어."

"왜 할 말이 없는데?"

"나중에 이 언니의 깊은 뜻을 알 거다."

"뭐?"

"그래서 더 잘 된 거 아니야? 너도 네 할 말을 할 수 있었고. 현진 자동차 건도 물어볼 수 있었던 거 아니야? 그거 말고 또 무슨 의미가 있었던 거야? 너 이 부회장 좋아해?"

"……."

하늬의 말에 아니라고 말하지 못했다.

"좋아하는구나?"

"……."

"결혼은 하기 싫고 좋아는 하고. 아주 골치 아픈 상황인 거야?"

하늬가 정곡을 찔렀다.

"알려고 하지 마."

"아니, 알아야겠이."

그녀는 답을 하지 않고 자신의 책상 의자에 앉아 버렸다.

"도대체 네 마음은 뭐야?"

"일이나 하자."

"다들 난리셔."

"알아."

"회장님은 너 때문에 완전 머리를 싸매고 계시고 부회장님도 골치 아프신가 보더라고. 세희도 아주 난리야."

세희는 하늬와 대학동기였다. 그녀에겐 오빠의 부인이었지만 하늬에겐 친구였다.

"하늬 넌, 인맥이 아주 끝내주네."

이번에 유람선을 타 보니 그녀가 얼마나 인간관계 관리를 못했는지 절실히 느낄 수 있었다. 하지만 하늬는 은근히 주변에 사람들이 많았다.

"난 쉴 땐 쉬거든."

"너 오늘 왜 이러는 건데?"

오늘은 이상하게 하늬가 까칠했다.

"친구가 잘못된 길을 가려고 하니까 말려야지."

"내가 뭐?"

"넌 네 자신에게 기회조차 주지 않고 있어."

"기회?"

이제는 준도 화가 나기 시작했다.

"생각해 봐, 넌 일만 했지 다른 건 해 보지도 않았잖아. 넌 직장생활만 해 보았지 사랑하는 남자와의 생활이 어떨지 겪어 볼 생각조차 안 했잖아."

아주 기가 막힌 소리를 잘도 하는 하늬였다.

"그리고 이 부회장이 일하는 아내에게 배려를 잘하는 사람일 수도 있잖아. 물어보긴 했어?"

"……."

그걸 묻진 않았다. 준은 언제나처럼 혼자서 생각하고 판단하는 게 효율적이라고 생각했다. 결혼도 마찬가지였다.

"상대방도 너와 같은 생각일 수도 있잖아."

"……그러는 넌 왜 결혼을 안 하는데?"

그렇게 많이 아는 하늬도 결혼을 안 한 건 마찬가지였다.

"사랑하는 사람을 못 만나서 왜?"

"……."

하늬는 솔직했다. 그리고 사무실에서 핏대를 높인 적은 한 번도 없었다. 그래서인지 하늬의 말은 준에게 많은 도움이 되었다.

"그래서 어쩌라고?"

"마음 가는 대로 하라고."

"……."

"그리고 현진그룹에 회장님 비서실장하고 아주 친한데 그분이 이번 주말에 현진 회장님하고 여우 같은 조은빈하고 만난다고 하더라."

"뭐?"

"조은빈 아버지가 현진그룹 회장님을 집으로 초대했대."

"재희 오빠는?"

그 와중에 그가 가는지가 궁금한 준이었다.

"이재희 부회장은 그때 일본 출장이야."

"그런데 왜?"

"몰라서 그러는 거야? 뻔한 거잖아. 미래의 시아버지에게 잘 보이려고 하는 거지."

준은 이 회장에게 어릴 때부터 귀여움을 많이 받았었다. 그건 이 회장의 부인인 김 여사도 마찬가지였다. 그분들이 어릴 때부터 그녀를 얼마나 며느리로 삼고 싶어 했는지 잘 알고 있었다.

"조은빈이 그 집 며느리가 돼도 좋아?"

"……아니."

"그런데 왜?"

"모르겠어. 내 마음이 어떤지."

"이재희 부회장과 있으면 좋다며?"

"응, 그렇다고 그게 결혼을 한다는 말은 아니야."

"나도 모르겠다. 알아서 해라. 하지만 묻지도 않고 포기하기엔 이 부회장은 완전 근사한 남자야."

한숨이 절로 나오는 준이었다.

"오늘 점심은 미국지사 토마스 사장님과 약속이 있습니다."

비서 모드로 전환한 하늬였다.

"알았어."

하늬가 사무실을 나가자 준은 처음으로 재희에게 톡을 보냈다.

"잘 지내냐고 보내는 게 무난할까……."

아무리 생각해도 너무 뜬금없는 문구인 것 같았다. 문장을 지

우려는 순간 하늬가 들어오는 바람에 전송을 눌러 버린 준은 후회하고 또 후회했다. 그런데 다행인지 불행인지, 그에게선 답이 오지 않았다.

"읽었는데 씹혔군."

그녀는 한숨을 쉬고는 산더미같이 쌓인 서류를 검토하기 시작했다.

저녁 시간이 되고 준은 피곤함에 기지개를 켜고 있다가 핸드폰을 다시 보았다.

"답이 없어."

아무리 바빠도 답을 안 하다니 속에서 천불이 난 그녀였다.

"보낸 내가 잘못이지. 성 실장."

그녀가 부르자 뿌루퉁한 표정의 하늬가 들어왔다.

"네, 사장님."

"오늘 저녁 시간 비워 둬."

"왜요?"

토를 다는 걸 보니 아직 화가 안 풀린 모양이었다.

"왜 삐딱선이야?"

"욕을 하도 먹어서 배가 부릅니다."

"성하늬! 욕 더 먹을래?"

"사양하겠습니다."

"그래서 술 안 마신다고?"

"아뇨, 갑니다."

준은 하늬와 저녁에 술을 한잔하기로 하고는 주차장으로 향했다.

"사장님, 요즘 표정 관리가 안 되십니다."

"……기분이 그래."

생각이 많으니 표정이 좋을 리가 없었다.

"아무리 그래도 회의 시간까지 영향이 미칠 정도니까 시정해 주십시오."

"네, 비서님. 오늘은 일식으로 먹자."

"네."

"이런 날 사케 한잔이면 정신 놓고 잘 잘 수 있을 것 같아."

"내일 오전에 자동차 디자인 회의가 있으니까 늦으시면 안 됩니다."

"내가 언제 늦은 적 있어? 일찍 나가면 나갔지."

그녀는 늦은 적이 단 한 번도 없었다. 업무는 곧 그녀의 삶이었다. 이게 다 아버지의 경영방식을 보며 자란 탓이기도 했다.

"어?"

주차장에 낯익은 검은색 벤츠 리무진이 서 있었다. 그리고 창문이 열리더니 재희가 그녀를 보고 손짓했다. 어두웠던 하늬의 표정이 봄눈 녹듯이 녹아내리고 있었다.

"하늬야, 오늘은 안 되겠다."

"그러네요."

그녀는 재희의 차가 있는 곳으로 향했다.

"타."

"네?"

"어서 타. 보는 눈이 많아."

"보는 눈이 많은데 여긴 어쩐 일로?"

"잘 지내냐며?"

그의 말에 그녀는 차에 곧바로 올랐다.

"그걸 그렇게 큰 소리로 말하면 어떻게 해요?"

지나가는 사람이라도 들었을까 봐 준은 열심히 주변을 살폈다. 그러는 사이에 차가 출발했다.

"정말 어쩐 일이세요?"

문자는 무시하더니 이렇게 찾아오는 건 반칙이었다.

"보고 싶어서."

"톡은 왜……?"

"그런 거 안 보내."

"……"

"퇴근길이었어?"

그가 하늬를 지그시 바라보며 말했다.

"네, 하늬하고 밥이나 먹으려고 했어요. 사케 한잔하고 바로 뻗어서 자고도 싶었고."

"왜? 안 좋은 일이라도 있었어?"

너 때문이라고 말할 수는 없었다.

"아뇨."

"우리도 일식집으로 갈까?"

"좋아요."

그들은 그가 단골로 간다는 일식집으로 향했다. 서울에 일식집은 다 안다고 생각했는데 이곳은 아니었다.

"일식집은 좀 안다고 생각했는데, 아니었네요."

"여기는 예약제 손님만 받는 곳이라 조금은 특별한 곳이지."

"왜요?"

"여기서 주로 정치인들하고 만나니까. 방해받지 않고 식사를 하기엔 아주 좋은 곳이야. 일반인들의 출입이 철저하게 제한되는 곳이기도 하고."

하긴 그녀는 바이어들을 접대하지 않았다. 대부분의 접대는 오빠가 다 맡아서 했다. 그녀가 술을 잘하는 것도 아니고 상대방의 비위를 잘 맞추는 것도 아니었기 때문이었다.

"다다미방이네요."

"방음도 잘되는 곳이야."

"아……."

일본의 고급 호텔에 들어온 기분이었다. 방 안에 침구까지 있었다.

"여기서 잠도 자요?"

"때론."

상상이 가는 순간이었다.

"무슨 생각을 하는지 알겠는데, 난 그 상상에서 빼 줘."

그녀의 표정을 보더니 그가 내뜸 말했다.

"왜요?"

"여기선 그런 적이 없으니까."

"흐음, 네."

음식이 다 들어오고, 그는 부를 때까지 들어오지 말라는 말을 종업원에게 했다.

"마실까?"

"좋아요."

그와 사케를 한두 잔 마시다 보니 취기가 올라오고 있었다.

"오늘 왜 온 거예요? 그냥 문자를 해도 되는데."

술기운에 용기가 생긴 준은 궁금했던 걸 물었다.

"내일부터 일본 출장 가."

"언제까지요?"

"2주."

"왜 그렇게 오래 있어요?"

2주는 너무 길었다. 그런데 왜 길다고 느껴지는지 모르겠다. 그동안 그를 보고 싶다는 생각을 한 적이 없었는데, 이제 2주를 못 본다니 생이별을 하는 기분이 들었다.

"그래서 보려고 왔어."

"……왜요?"

"그건 나도 잘 모르겠어. 내가 왜 이러는지……."

그가 사케 한잔을 단숨에 털어 넣었다. 그리고는 준을 끌어안았다.

"오빠……."

"그냥 가지고 싶어. 왜냐고는 묻지 마. 나도 모르겠으니까……."

그의 입술이 그녀의 입술을 삼켰다. 그는 어디서든 그녀를 갖고 싶은 모양이었다. 그들에겐 이젠 장소는 문제가 되지 않았다. 준도 재희를 갖고 싶었다. 왜 그러는지 준도 알지 못했다. 다만 그의 입술이, 그의 손길이 주는 쾌감이 준은 너무나 좋았다.

그의 입안에서 느껴지는 사케 향도 좋았다. 그의 손이 준의 가슴을 쥐었다.

"아아앙……."

입에서 절로 신음이 터졌다.

"오빠……."

"오늘은 그냥 내 여자 해라."

"……."

"아무런 말도 하지 말고 그냥."

그의 말에 준은 고개를 끄덕였다. 그리고 그가 준을 바닥에 눕혔다. 그의 손에 의해 옷이 모두 벗겨졌지만 준은 부끄럽지 않았다. 오히려 그다음이 기대되었다. 왜 재희와 만나기만 하면 이렇게 되는지 몰랐지만 후회되지는 않았다.

"아름다워."

그는 준의 유두에 입을 맞추며 말했다. 재희는 준의 숨은 욕망을 자꾸만 끄집어내고 있었다. 정혼자에서 이제는 섹스파트너가 되어 버린 사람이었다. 왜 연인이란 단어는 생각이 나지 않는 것일까?

아마도 그의 마음을 모르기 때문일 것이다. 그리고 이제는 그의 마음을 알게 될까 두려웠다. 만약에 그가 좋아한단 말이라도 한다면 준은 그에게 넘어가 결혼을 할 수도 있을 것 같았다.

"흡!"

그가 그녀의 유두를 거칠게 빨아들였다.

"헉헉, 넌 날 짐승으로 만들어."

다다미방의 찬 기운이 그녀의 맨살에 닿자 몸이 부르르 떨렸다. 그러자 그가 방구석에 있는 이불을 바닥에 펼치고는 그녀를 안아서 뉘었다. 그리고 그녀에게 잠시도 눈을 떼지 않은 채 그도 옷을 벗기 시작했다.

"내가 멋있다고 말했던가요?"

"아니."

"오빠는 비현실적인 것 같아요."

그의 근육질의 몸은 사업을 하는 사람의 몸이 아니었다. 그만큼 그는 자기 관리도 철저한 사람이었다.

"내가?"

"네, 이 세상에 이런 사람이 존재한다는 게 신기해요."

"하하하."

그가 웃었다. 무표정한 그보다는 웃는 그가 더 섹시하게 느껴졌다.

"마음에 들어?"

"아주."

재희가 준의 옆에 누우며 말했다.

"침대가 아닌 곳에 누운 건 처음이에요."

그녀는 침대보다 이불이 훨씬 더 야릇하다는 생각이 들었다. 그의 입술이 그녀의 입술을 삼키자 준은 더 이상의 생각은 할 수 없었다. 그들의 뜨거운 호흡이 섞이자 준은 몸 안에서 욕망이 서서히 고개를 들고 있음을 느꼈다.

오늘 재희는 그의 여자가 되어 달라고 했다. 그녀는 그의 여자였다. 그건 오래전부터 그랬던 것 같았다. 정혼자…….

그래, 그는 그녀의 정혼자였다. 그는 준의 남자였다. 그런 그를 빼앗길 순 없었다.

"으으음…….."

그녀는 신음을 내뱉으며 그의 눈을 봤다. 재희의 눈 안에 그녀가 가득했다. 조은빈이나 다른 여자가 아닌, 준이 그의 눈 안에 있었다.

"싫어."

"……."

"다른 여자가 오빠 안에 있는 게 싫어요."

그녀의 뜻밖의 고백에 그는 잠깐 그녀의 얼굴을 바라보았다. 생각이 많은 얼굴이었다. 그의 입술이 다시 준의 입술을 삼켰다. 이번엔 준이 더 적극적으로 그의 입술을 빨았다. 오늘은 이상하게 준이 더 그를 원하는 것만 같았다.

"보고 싶을 거예요."

"나도……."

그들은 더 이상의 말을 하지 않았다. 말보다 육체의 언어가
더 빨랐다. 그의 입술이 준의 가슴을 빨기 시작했고 그녀의 몸
은 활처럼 휘었다. 그의 손이 그녀의 허벅지를 따라 올라가 여
성을 감싸자 준의 입에선 강한 신음이 터져 나왔다.

재희는 그녀를 지옥의 쾌락으로 인도했다. 그의 손가락이 젖
은 질 안으로 들어와 휘젓기 시작했다. 준은 이렇게 떨어지지
않고 오랜 시간 동안 같이 있기를 바라고 있었다. 그가 몸을 일
으키더니 그녀의 다리를 벌렸다.

"아악!"

너무나 갑자기 일어난 일이라서 준은 그만 비명을 지르고 말
았다. 그의 입술이 그녀의 여성을 삼켜 버렸다. 그리고는 게걸
스럽게 그녀의 여성을 빨기 시작했다.

츄읍츄읍—

이런 걸 그와 하리라고는 상상도 하지 못한 준이었다.

"아아아……."

그의 혀가 그녀의 여성을 거짓말처럼 가르고 들어와 그녀의
질 안으로 들어가고 있었다.

"오빠……."

그녀는 뭐라고 말을 하기 힘든 쾌락에 빠져 버렸다. 그의 머

리카락을 양손 가득 잡은 준이 할 수 있는 일은 신음뿐이었다. 그의 혀는 거침없이 움직였다. 상상도 할 수 없는 기교로 그는 준의 영혼을 차지하고 있었다.

그녀가 생각했던 섹스에서 선을 훨씬 넘은 일이었다.

"아아악!"

미칠 것 같았다. 축축하게 젖은 그녀의 질을 그가 혀로 녹여 버릴 것만 같았다.

"제발……."

그녀의 말에 그가 고개를 들고는 준을 내려다보았다.

"넣어 줘요."

그의 자극으로 움찔거리는 질을 느끼며 준이 말했다. 스스로 말한 것이라고는 믿어지지 않는 말이었다. 그가 자리를 잡고 있었다. 그녀의 눈에는 굵고 거대한 그의 페니스가 보였다. 다시 봐도 놀라운 크기였다. 그걸 받아들일 수 있다는 게 신기할 정도였다.

순간 준은 2주간 떠나 있을 그를 위해 뭔가를 해 주고 싶다는 생각이 들었다.

"잠깐만요."

그녀가 몸을 일으켰다. 그가 해 준 게 그녀의 혼을 쏙 빼놓을 정돈데 그녀도 그에게 똑같이 해 주고 싶었다. 준은 무릎을 꿇고는 그의 앞으로 갔다. 그리고는 그의 페니스를 손에 쥐었다. 한 손에 담기엔 너무나 커다란 크기였다.

"준……."

그도 놀랐는지 그녀의 손을 잡았다.

"나도 해 보고 싶어요."

하지만 그는 그녀의 손을 풀지 않았다.

"왜? 싫어요?"

"그게 아니라……."

준이 재희의 떨리는 손을 치우고 그의 페니스를 입안에 넣었다.

"으윽!"

그가 준의 머리를 잡았다.

츄읍츄읍!

그의 단단한 페니스가 그녀의 입안에서 움찔거리고 있었다.

"준아……."

그의 반응이 준을 흥분하게 만들고 있었다. 그의 욕망에 들뜬 숨소리가 준의 귀를 즐겁게 했다. 이 남자를 가지고 싶었다. 누구와도 공유하고 싶은 생각이 없는 준이었다.

츄읍츄읍!

그의 페니스가 그녀의 타액으로 젖어 들어가고 있었다.

"준, 더는……."

그가 준을 안아 올리더니 이불에 뉘었다.

"이제 한계야."

그의 말에 준이 미소 지었다. 그녀 때문에 흥분한 그의 얼굴이 너무나 보기 좋았다.

그가 다급하게 준의 다리를 벌리고 그 안에 페니스를 밀어 넣었다.

"으으윽!"

"아악!"

재희의 페니스가 들어가자 준은 또 한 번 쾌락의 소용돌이에 휩쓸렸다.

"미칠 것, 같아……."

"준……."

그의 허리 짓이 빨라지기 시작했다. 흥분한 그가 무섭게 파고들었다. 질척이는 소리가 방 안에 퍼졌다. 이렇게 격렬한 섹스를 하리라고는 생각지도 못한 준이었다. 그는 자꾸만 그녀의 욕망을 깨우고 있었다.

위험한 남자였다. 그의 이마에 땀이 맺혀 있었다. 그의 탄탄한 가슴에도 땀이 맺혀 번들거렸다. 그는 마지막을 향해 이를 악물었다.

"으으윽!"

그리고 그의 분신들을 그녀의 안에 쏟아부었다. 따뜻하게 퍼지는 느낌이 너무나 좋았다.

"헉헉헉."

그녀의 몸 위에 그대로 부서져 내린 그는 여전히 그녀와 연결이 되어 있었다.

"빼기 싫다."

"……."

그가 팔로 몸을 지탱하며 그녀를 내려다보았다.

쪽!

그가 그녀의 입술에 키스가 아닌 뽀뽀를 했다. 느낌이 좀 묘했다. 마치 사랑하는 사이 같다는 착각이 들 정도로 자연스러운 입맞춤이었다.

"다들 우리가 뭘 하는지 알 것 같아요."

"그렇겠지."

"창피해서 어떻게 나가요?"

"다들 그런 거 신경 안 써."

그가 준의 입술에 다시 한 번 입을 맞추었다.

"보고 싶을 것 같아요."

"빨리 올게."

그의 이마에 흘러내린 머리카락을 쓸어 올려 준 준은 그의 얼굴을 양손으로 감쌌다.

"은빈이하고 결혼할 거예요?"

"결혼은 해야겠지? 그게 은빈이가 아니더라도."

"결혼할 마음이 없었잖아요?"

"마음이 바뀌었어. 요즘 쌍둥이 조카들 보면 예쁘기도 하고."

그녀는 더 묻지 않았고 그도 더는 결혼에 대해 말하지 않았다. 그는 그녀가 아니더라도 결혼은 할 생각인 것 같았다. 그가 준을 꼭 끌어안있다.

"날 이렇게 섹스에 미친놈으로 만든 건 너뿐이야."

그가 진심을 말하는 것 같았다.

"나도 그래요."

"일본에 다녀온 후에 만나."

"……네."

"어떻게 참지?"

그는 다시 그녀의 입술에 입을 맞추었다.

"내일 오전 일찍 회의가 있어요. 오빠는 언제 출발해요?"

"오전에."

"그럼 우리 그만 일어나요."

그녀가 자리에서 일어나자 그도 몸을 일으켰다. 그러더니 다시 그녀를 뒤에서 안은 재희였다.

"보내고 싶지 않아."

"저도 가고 싶지 않아요. 하지만……."

"……알았어."

그는 마지못해 그녀를 놓아 주고는 옷을 입었다. 준도 말없이 그에게 등을 돌린 채 옷을 입었다. 남자에게 이렇게 속수무책으로 끌린 적이 없는 그녀였다.

재희는 식당을 나오는 동안 준을 품에 안고 나왔다. 그녀를 다른 사람들이 보지 못하게 잘 가려 주었다.

"고마워요."

"뭐가?"

"다요."

"얌전히 기다리고 있어."

그의 말에 피식 웃음이 나왔다.

"왜?"

"꼭 남편 같은 말투 같네요."

"……."

그는 아무 말 없이 그녀를 바라보기만 했다. 그 후로 그의 리무진을 타고 그녀의 집으로 오는 내내 그들은 말이 없었다. 그렇게 그녀를 내려 준 그는 2주간 연락을 하지 않았다.

탁!

"아우, 열 받아!"

아침부터 준에게 깨진 하늬는 화가 나서 복사실에 테이블을 손으로 내리쳤다. 오늘은 정말 그녀의 실수이긴 했지만 요즘 준이 지나치게 까칠한 건 사실이었다.

"도대체 왜 지랄인데?"

속에서 천불이 났다.

"그렇게 책상을 내리치신다고 책상이 두 동강 나지 않습니다."

하늬가 깜짝 놀라 뒤를 쳐다보니 모르는 얼굴의 남자가 그녀를 보고 말했다. 깜짝 놀란 하늬가 얼른 뒤를 돌았다. 물론 얼굴엔 미소를 가득 머금은 채로 말이다. 너무 흥분해서 여기가 회사란 사실을 깜빡한 그녀였다. 그래도 최대한 아무렇지 않은 표정으로 남자를 보았다. 처음 보는 얼굴이었다.

"누구신지?"

남자가 미소를 지으며 그녀를 보고 있었다. 정말 처음 보는 얼굴이었다. 이렇게 잘생긴 얼굴을 기억하지 못할 리가 없었다. 건망증이 있긴 했지만, 사람의 얼굴은 귀신같이 기억하는 하늬였다.

"서운한데요?"

목소리도 상당한 저음에 매력이 흘러넘쳤다.

"서운?"

가만히 보니 세희의 동생 바람이었다.

"바람아?"

놀랄 만큼 변한 모습에 금방 알아보지 못했지만, 그녀 앞의 멋진 남자는 친한 친구의 동생이었다.

"오랜만입니다."

"언제 돌아온 거야?"

이렇게 보니 아주 반가웠다.

"저 돌아온 지 1년 다 돼 갑니다."

"세희한테 못 들었는데?"

"통화할 시간이나 있어요?"

"하긴, 내가 악덕 업주를 만난 탓이다."

하늬는 바람의 어깨를 토닥거렸다. 하늬보다 세 살이나 어린 녀석이었다.

"언제 이렇게 큰 거야?"

"우리 세 살밖에 차이 안 납니다."

"아이고, 그러세요?"

이렇게 보니 반갑기도 했고 재벌가의 녀석이 밑바닥부터 시작하는 모습이 대견하기도 했다.

"넌 언제 봐도 멋지다."

"오늘 뭐 해요?"

뜬금없이 묻는 바람이었다.

"나?"

"네."

"오늘은 우리 사장과 술 한잔하기로 했다. 너도 갈래? 준이
알잖아."

"좋죠."

그래서 그들은 저녁에 뭉치기로 했다. 까칠한 직장 상사 위로
를 혼자서 안 하게 됐으니 천만다행이었다. 저녁에 그들은 회사
근처의 바에서 만났다.

"이게 누구신가? 사돈총각 아니신가?"

준이도 바람이를 오랜만에 보는 모양이었다.

"누나, 징그러워요."

"좀 그렇지?"

준이 바람의 어깨를 토닥였다. 바람은 어릴 때와는 많이 달라
진 모습이었다. 미국에서 대학을 졸업하고 유인 자동차 미국지
사에서 근무한 바람이었다.

"세희도 부를 걸 그랬나?"

하늬가 세희에게 전화를 하려고 했다.

"놔 둬, 웅이 오빠가 출장에서 돌아온 날은 새언니 붙들고 안 놔 줘."

"뜨거운 부부네."

"인제 그만 식을 때도 됐는데 못 말리는 부부야."

"우리 바람이는 어떻게 지냈어?"

준이 바람을 다정하게 보며 물었다.

"저야 뭐, 항상 잘 지내죠."

바람이 웃으니 주변이 다 환해지는 것 같았다.

"바람이는 잘 생겨서 여자들이 줄을 서 있을 것 같다. 나도 세 살만 어렸어도……."

"전 연상을 좋아해요."

바람이 치고 들어오자 놀란 하늬였다.

"하하하, 맞아. 나도 연하가 좋다."

놀란 마음에 엉뚱한 소리를 하고 말았다.

"뭐야? 너 연하 좋아해?"

눈치라고는 하나도 없는 데다가 사랑은 제 앞가림조차 못하는 준이 끼어들었다.

"아니 말이 그렇다고."

"아닌 것 같은데?"

그냥 차라리 까칠할 때가 난 것 같았다. 준이 이렇게 눈치 없이 구니 아직 결혼도 못한 것이 분명했다.

"너나 나나 결혼 못한 데는 다 이유가 있어."

"무슨 소리야? 근데 바람이는 미국지사에서 인정받았는데 왜 여기 온 거야? 거기 있었으면 더 클 수 있었을 텐데?"

준이 궁금했는지 바람에게 물었다.

"사람 때문에 왔어요. 이번에 놓치면 영영 기회가 없을 것 같아서요."

"여자?"

"네."

"대박! 세희도 알아?"

"누나가 알면 기절하죠."

"왜?"

"연상이거든요."

연상이라는 말에 왠지 실망감이 들었다. 어떤 여잔지 바람이 정도면 땡잡은 거였다.

"준이 누나는 결혼 안 해요?"

"나?"

"준이는 일이랑 결혼했다. 아주 미쳤어."

"성하늬!"

"그래, 네가 성하늬라고 안 해도 내 이름이 성하늬다. 그리고 우리 임바람도."

"하늬바람. 하하하."

준이 뭐가 그리 웃긴지 막 웃어 댔다.

"이거였구나? 내가 왜 몰랐지?"

"누나!"

"연애는 나만 바보가 아니었어."

"뭐가 그렇게 웃긴 거야? 나도 좀 알자."

하늬는 둘의 대화에 화가 났다. 도통 무슨 일인지 알 수 없었다.

와인을 마신 후에 준을 차에 태워 보내고 하늬는 바람과 함께 차에 탔다. 준의 차에 타고 가면 된다고 그렇게 말을 해도 바람의 고집은 꺾을 수가 없었다.

"아저씨, 평창동이요."

"하늬야……."

은근슬쩍 그녀의 이름을 부른 바람이었다.

"취했어? 이러려고 같이 가자고 그렇게 우긴 거야?"

"남자친구가 많이 취했나 봐요?"

대리운전 기사 아저씨가 괜한 참견을 했다.

"남자친구……."

남자친구가 아니란 말을 하려는데 바람이 그녀의 무릎을 베고 누웠다.

"바람아?"

그녀가 먼저 내려야 하는데 아주 골치가 아팠다. 일단 바람이를 내려 주고 택시를 타고 가면 될 것 같았다.

"도착했습니다."

"네, 감사해요."

대리를 부를 때까지 멀쩡하던 녀석이 차에 타자마자 완전히 뻗어 버린 것이었다.

"내가 마음을 곱게 써야 하는 건데."

하늬가 부축을 하려고 하는데 바람이 하늬를 안았다.

"야, 네가 이렇게 취하면 누나는 힘들다."

"하늬야."

"이놈이 어디서 누나를……."

그런데 갑자기 축 늘어져 있던 바람이 멀쩡하게 그녀 앞에 섰다.

"유주얼 서스펙트냐? 장난은……."

"장난 아닌데……."

"장난 아니면 이게 뭐야? 야!"

바람이 그녀의 손을 잡았다.

"아파!"

"집에서 차 한잔하고 가요."

"그냥 갈래."

"아뇨, 오늘 할 얘기가 있어요. 그리고 내일 쉬는 날이잖아
요."

하늬는 바람의 손에 이끌려 그의 집으로 끌려들어 갔다.

"대궐에 사네."

"70평 대궐도 있어요?"

"난 24평에 살 거든?"

"앉아요."

그녀는 소파에 앉아서 집 안을 구경했다. 집은 혼자 살기엔
커 보였고 인테리어도 세련됐다.

"혼자 살아?"

"네, 독립했어요."

"하긴, 너도 재벌이니까."

우리나라 철강산업을 이끄는 기업인 금원철강의 아들이 바
람이었다.

"나한테 할 말은?"

그가 준 재스민차를 받아 든 하늬가 물었다. 하늬가 평소에
즐겨 마시는 차였다.

"우리…… 사귈래요?"

"어?"

하마터면 재스민차를 쏟을 뻔한 하늬였다.

"장난 좀 그만 쳐."

"난 진심이에요. 오늘은 답할 필요 없어요."

"아니, 지금 말할게. 싫어."

바람이 피식 웃었다. 하늬는 순간적으로 바람이 두렵단 생각
이 들었다. 왜냐하면, 그는 진심을 말하고 있기 때문이었다.

"오늘은 이만 갈게."

"택시 불러 줄게요. 차 마시고 천천히 가요."

"아니, 불안해서 못 마시겠다."

"왜요?"

"네가 또 엉뚱한 소리 할까 봐."

바람이 또다시 피식 웃었다.

"다음엔 말이 아니라 행동을 할 거예요."

"야, 갈게."

하늬가 서둘러 바람의 집을 나섰다. 하늬는 바람이 한 말이
빈말이 아니란 걸 알았다. 그래서 더 두려웠다.

6.
너를
향한 불꽃

재희가 일본으로 출장을 간 지 일주일이 흘렀다. 조은빈과 영
성그룹 회장이 현진그룹의 이 회장을 만나는 일은 취소되었다.
속으로 다행이라고 느낄 사이도 없이 다른 그룹의 딸들이 재희
에게 러브콜을 보내고 있었다.

오늘은 일요일 오전이라서 준은 온종일 침대에 몸을 붙이고
있을 생각이었지만 아버지의 눈총과 어머니의 성화에 못 이겨
집을 탈출했다.

"하늬야, 밥 먹자."

"오늘은 너 내 상사 아니거든."

하늬가 삐딱선을 탔다.

"알아, 오늘은 친구로서 부탁인데. 나 배고파."

"야! 쉬는 날까지 이렇게 부려 먹어야겠어?"

"말이야 바른 말이지. 너도 밥 먹어야 하잖아."

"내가 말을 말자."

하늬의 집은 포근하고 좋았다. 그녀의 방보다도 작은 집에 있을 건 다 있었다.

"너희 집 귀여워."

"장난해?"

이런 말을 할 때마다 하늬는 화를 냈다. 재벌이 병민 집에 와서 속을 뒤집어 놓는다고 말이다. 그래도 준은 입이 튀어나와서 투덜대는 하늬가 귀여웠다.

"오늘은 메뉴가 뭐야?"

"라면밖에 없어."

"라면 좋아."

라면 하면 재희가 생각이 났다. 도대체 시간은 왜 이렇게 안 가는지 모르겠다.

딩동!

"누가 왔나 보다."

"내가 나갈게. 택배도 아니고 뭐지?"

준이 현관문을 열자 문밖에는 장미꽃을 든 바람이 서 있었다.

"하하하, 바람아."

"누나가 거기 있으면 어떻게 해요?"

기대한 사람을 보지 못한 바람이 성질을 내고 있었다.

"조그만 게 어디서 신경질이야? 빨리 들어와서 라면이나 먹어."

"네."

"어딜 들어와?"

하늬가 펄펄 뛰었다.

"물 더 부으면 되냐?"

준이 물 한 바가지를 부으려고 하자 하늬가 달려와서 막았다.

"참아라."

그사이에 바람이 집 안으로 들어왔다.

"도대체 뭐야?"

"뭐가?"

"왜 둘 다 나를 괴롭히냐고!"

하늬가 성질을 내는 사이에 바람이 라면 봉지를 뜯고 있었다. 준은 웃음이 터지려는 걸 억지로 참았다. 바람이 어릴 때부터 하늬를 짝사랑하고 있다는 걸 세희에게 들어서 알게 된 준이었다.

세희도 준도 대수롭지 않게 생각했는데 이제 보니 바람은 하늬를 심각하게 좋아했던 것 같았다. 이렇게 보니 둘이 아주 잘 어울렸다. 덩치가 큰 바람이 하늬 뒤에 있자 하늬가 가려서 보이지 않았다.

"둘이 영화 찍어?"

"준!"

"알았으니까 빨리 라면이나 줘. 먹고 사라져 줄게."

"누나 감사해요."

"좋을 때다."

라면이 코로 들어가는지 입으로 들어가는지도 모를 정노로 빠르게 라면을 먹어 치운 준은 하늬의 집에서 나왔다.

본가로 들어가자니 어른들의 눈치가 보였고, 준은 혼자서 차를 끌고 오랜만에 드라이브했다. 도심을 벗어나 과천에 있는 동물원에 도착한 준은 솜사탕을 하나 사 들고 천천히 걷기 시작했다.

동물들도 보고 놀러 온 가족들을 보면서 그녀는 많은 생각에 잠겼다.

"내가 할 수 있을까?"

"저기요, 사진 좀 찍어 주시겠어요?"

"네? 아 네."

어떤 남자가 그녀에게 사진을 찍어 달라고 부탁했다. 엄마와 아빠, 그리고 딸이었다.

"하나, 둘, 셋!"

"언니, 연예인이에요?"

사진을 찍어 주고 나자 유치원생으로 보이는 아이가 그녀에게 다가와 물었다.

"아니."

"너무 예뻐서 엄마한테 물어봤거든요."

"어머, 죄송해요. 낯이 익어서……. 사장님? 혹시 하준 사장님 아니세요?"

"네, 맞아요."

알고 보니 그녀 회사의 직원들이었다.

"어머, 여긴 어떻게?"

"그냥 바람 좀 쐬려고요. 놀러 나오셨나 봐요?"

"네, 맞벌이다 보니 아이랑 놀아 줄 시간이 적어서요."

"힘들지 않으세요?"

"힘들지만 행복해요. 이게 다 사는 맛이죠. 어떻게 마냥 행복하고, 어떻게 마냥 잘하겠어요, 실수도 하고 싸우기도 하고. 그러면서 사는 거죠."

준이 그들을 다시 한 번 보았다. 정말 행복한 웃음이 가득해 보였다.

"즐겁게 놀다 가세요."

"네, 사장님도 다음엔 가족들하고 와 보세요. 어릴 때 생각도 나고 재밌을 겁니다."

그녀가 웃어 보였다. 완벽한 게 행복은 아니란 생각이 들었다. 그녀는 어쩌면 행복보다는 완벽함을 더 생각했는지도 모른다.

"어떤 게 맞는 걸까?"

준의 생각이 복잡해지고 있었다.

2주의 시간은 길고도 길었다. 하루를 앞당기는 것도 힘이 들었지만 준이 보고 싶은 마음에 재희는 하루도 쉬지 않고 빡빡한 일정을 소화했다. 돌아오기 전날 그는 난생처음으로 여자에게 줄 목걸이를 샀다.

준에겐 이상하게 모든 걸 해 주고 싶었다. 준은 그의 여자였다. 다만 준이 그걸 인정하지 못하고 있을 뿐이었다. 어린아이일 때 준은 마냥 귀여운 아이였다. 그녀를 정혼자라고 했을 때 재희는 아버지에게 선우와 결혼시키라고 말했었다.

어렸을 때 5살 차이는 아주 큰 차이였다. 어른이 된 준을 보았을 때 재희는 심장이 두근거렸다. 바쁘게 살았어도 여자들을 많이 만나 본 그로서는 처음으로 느낀 일이었다.

준과 있으면 모든 것이 다 처음이었다. 누군가의 첫경험을 가져 간 것도 처음이었다. 그리고 더 놀라운 건 준은 그와의 결혼을 거절했다.

비행기 안에서 재희는 피식거리며 웃었다.

"괜찮으십니까?"

"어?"

"아니, 그냥 웃으시는 것 같아서 말입니다."

"난 웃으면 안 되나?"

"잘 웃지 않으시니까……."

"내가 웃음이 없긴 하지."

준에겐 그를 웃게 만드는 놀라운 재주가 있었다. 그리고 더 놀라운 건 그녀는 그를 짐승으로 만드는 재주도 가졌다. 공항에 도착한 그는 준에게 연락을 하고 싶었지만, 그녀는 오늘 근무 중이었다.

"일과 사랑에 빠진 여자를 만나는 건 힘든 일이야."

대부분은 그가 일 때문에 바빠서 못 만났지, 여자가 바빠서 못 만난 때는 없었다. 그리고 그는 지금 준을 보고 싶은 마음이 굴뚝같지만, 그녀를 배려해서 퇴근 시간까지 기다릴 작정이었다.

"회사로 가지."

"네."

회사에 도착한 그는 오랜만에 그의 친구이자 준의 오빠인 웅에게 전화를 걸었다.

"바빠?"

[한가하진 않지만, 통화는 가능해.]

"술이나 한잔할까 해서."

[이번 주는 무리야. 그리고 아직 준이 마음도 못 돌리고 무슨 술이야?]

괜히 웅이에게 혼이 나는 기분이 있다.

"그런가?"

[녀석이 쉽진 않지만 그래도 주위에서 이렇게 노력을 하는데, 너무하는 거 아니야?]

"그러게. 내 실력이 모자란가 봐."

[세희가 중간에서 많이 노력한 거 알지?]

"알아."

[나중에 세희한테 인사나 해.]

전화를 끊고 나자 그의 입가에서 웃음이 피어올랐다. 현진 자동차의 인수합병을 생각한 건 세희였다. 자동차라면 자다가도 벌떡 일어나는 준에게 가장 큰 먹잇감이라고 그에게 말해 준 게 세희였다.

현진 자동차의 매각은 오래전부터 생각했던 일이었지만 아버지와 유인그룹의 하 회장은 이미 자동차에 관해 이야기되어 있었던 상황이었다. 그런데 그가 하 회장과 아버지에게 도움을 요청했던 것이었다.

다행히 준이 미끼를 물었고 일이 잘 진척되는 듯 보였지만 아직 결혼은 허락받지 못한 그였다.

"일을 그렇게 하고 싶으면 하면 되지."

그는 조금 답답한 생각이 들었다. 하지만 주변의 이야기를 듣고 나니 준의 마음을 이해할 수 있었다. 재벌가의 아들로 태어나는 것이 축복이라면 재벌가의 며느리가 되는 건 불행 중의 불행이었다.

개인의 생활은 없고 가족을 위해 희생을 강요당하는 게 재벌가 며느리들의 삶이었다. 재희는 그래서 준에게 시간을 주고 싶었다. 그가 그녀를 얼마나 생각하고 있는지를 알게 하고 싶었다.

"순수한 영혼……."

재희에게 비친 준의 모습은 맑은 시냇물 같았다. 그 안의 모든 것이 다 드러나 보였다. 하지만 일에 대한 열정만은 인정하지 않을 수 없었다.

그는 준이 끝나기를 기다리고 있었다. 벌써 준이 보고 싶었다.

준은 오늘 하루 기분이 좋았다. 누가 욕을 해도 웃으며 넘길 수 있을 것 같았다.

"무슨 좋은 일 있으십니까?"

"아니."

"그런데 왜 그렇게 나사 하나가 살짝 빠진 얼굴이십니까?"

예리한 하늬의 눈엔 다 보이는 모양이었다.

"성 실장보다는 나은데?"

"저요?"

"얼이 빠져 있는 건 나만은 아닌 것 같아."

"아닙니다."

"아니긴……."

요즘 하늬는 바람 때문에 정신이 없어 보였다.

"연하라서 적극적이지?"

"여긴 회삽니다. 사적인 얘기는 삼가십시오."

"그러지."

내일이면 재희가 일본에서 돌아온다. 그래서 오늘은 집에 일찍 들어가서 팩이라도 할 생각이었다. 평소에 물 마시는 거 이외에는 피부관리는 전혀 안 하는 준이었기에 오늘은 신경을 써야겠다는 생각이 들었다.

"오늘 늦게까지 하는 마사지샵이 있나?"

"알아볼까요?"

"아니야, 귀찮아."

속으론 가고 싶었지만, 또 꼬치꼬치 물을 하늬 때문에 준은 그냥 집에서 팩이나 붙이기로 마음먹었다.

퇴근하고 주차장으로 내려가려던 준은 하늬의 어깨를 잡았다.

"오늘은 먼저 들어가."

"왜⋯⋯. 알겠습니다."

재희의 차를 알아본 하늬가 말했다. 준은 저도 모르게 재희의 자동차로 달려갔다. 너무나 보고 싶은 마음에 심장이 터질 것 같았다.

"타."

차 문이 열리기가 무섭게 그녀는 차 안으로 뛰어들었다. 그리고는 그의 목을 끌어안았다.

"보고 싶었어요."

차가 출발하는지 어떤지도 모르고 준은 그의 입술을 삼켜 버렸다. 그리운 그의 입술이었다. 누군가를 이토록 그리워한 적은 없었다.

"그런데 오늘 어쩐 일이에요? 내일 오는 날인데?"

"하루를 앞당겨 왔어."

"몇 시에 왔는데요?"

"오전에."

"전화하지 그랬어요. 마중 나갔을 텐데……."

준은 조금 서운한 생각이 들었다. 그가 온다고 말했다면 그녀는 곧바로 공항으로 갔을 것이다. 그만큼 그리운 사람이었다.

"그래?"

"꼭 갔을 기예요."

"고마운데?"

그가 다시 준을 품에 꼭 끌어안았다. 그리고 그녀의 정수리에 코를 박고는 숨을 들이켰다.

"그리운 향이야."

"저도요. 그런데 우리 어디로 가는 거예요?"

"우리 집."

그의 집이 아닌 우리 집이란 표현에 준의 입꼬리가 올라갔다. 그가 '우리'라고 했다.

"그런데 나 배가 고파요."

"밥 먹고 들어갈까?"

"아뇨, 먹고 싶은 게 따로 있어요."

"그게 뭔데?"

"오빠요."

그녀가 속삭이는 말에 그가 웃기 시작했다.

"우리 준이 이렇게 야한 여자였나?"

"누구한테 물들어서 그래요."

"조금만 참아. 차에서 먹히고 싶지만, 거리가 너무 가까워."

"알았어요. 참을게요."

"하하하, 준……."

그가 소리 내며 웃었다. 그의 웃는 모습을 보니 준은 행복했다. 2주 만에 그가 돌아왔다. 더 멋진 모습으로 그녀의 마음을 빼앗고 있었다. 다 빼앗긴 줄 알았는데 오늘은 더 빼앗겼다. 그래도 좋았다. 그와 함께 있을 수 있다는 게 너무 행복했다.

주차장에 덩그러니 남은 하늬는 준의 차를 돌려보내고 자신의 차로 향했다.

"애인이 다 찾아오고. 부러운데?"

"뭐가 그렇게 부러워?"

오랜만에 마주친 명호가 그녀의 말을 들었는지 참견을 했다.

"오늘은 하웅 부회장님 옆에 안 계시네요?"

"응, 집에 일찍 들어가셨어. 사모님이 감기에 걸리셨다고 걱정이 이만저만이 아니시거든."

"아⋯⋯."

"성 실장도 혼자네?"

"오늘 사장님이 약속이 있으셔서요. 저도 오래간만에 일찍 퇴근합니다."

"그럼, 일찍 끝난 비서들끼리 술 한잔할까?"

"사양합니다."

오늘은 쉬고 싶은 생각이 굴뚝같았다. 이상하게 하는 일마다 꼬이는 것이 오늘 일진이 그리 좋지 않았기 때문이었다.

"빼지 말고."

"아닙니다. 선약이 있어서요."

"거짓말."

"성 실장님 저하고 약속이 있으십니다."

"임 대리님."

바람이 세희의 동생인 걸 아는 명호는 바로 꼬리를 내렸다. 바람이 하늬의 옆에 서자 하늬는 괜히 어깨에 힘이 들어갔다. 든든하다는 생각이 절로 들었다.

"그럼, 저희 먼저 가 보겠습니다."

"네."

바람이 하늬의 어깨에 자연스럽게 손을 올리자 명호의 눈이 더 커졌다.

"그럼."

바람이 명호에게 인사를 하고는 그녀의 차가 아닌 자신의 차로 데리고 갔다.

"쉬고 싶어."

"쉬세요."

"내 집에서 쉬고 싶어."

"오늘은 우리 집에서 쉴 겁니다."

"싫어."

그녀의 말은 무시됐고 바람이 차를 출발시켰다.

"어떻게 해야 내 말을 듣겠니?"

"그냥 내 말을 듣는 게 더 편할 거야."

"자꾸 반말한다."

"여자친구한테 존댓말 하는 건 좀 그렇지 않아?"

"누가 여자친군데?"

"성하늬."

"야!"

그녀가 아무리 말을 해도 소귀에 경 읽기였다.

"집에 갈 때까지 좀 조용히 해. 안 그러면 입술로 그 입을 막고 싶어지니까."

"……."

바람의 말에 하늬는 입을 다물었다. 어린 줄만 알았던 녀석이, 아니 존재 자체도 생각하지 않았던 녀석이 자꾸만 그녀의 세계로 들어오고 있었다. 어린애가 아닌 남자로…….

탁!

현관문이 열리자마자 준과 재희는 누가 먼저랄 것도 없이 서로의 입술을 거칠게 탐하고 있었다.

"으으음."

그의 신음인지 그녀의 신음인지 알 수 없는 소리가 간간이 살 부딪치는 소리와 함께 들렸다. 준은 재희가 그녀 속에 감춰진 욕망의 문을 열었다고 생각했다. 준은 그의 키스에 온몸이 뜨거워졌다.

"재희 오빠."

준은 재희의 이름을 부르며 그의 입술을 찾아 뜨겁게 키스했다. 서로의 입술이 부딪치고 각자의 손이 서로의 몸을 거칠게 만지면서 그들은 정신없이 욕망이 세계로 빠져들었다. 재희가 준의 옷을 정신없이 벗겨 냈다.

현관에 신발과 함께 준의 옷이 아무렇게나 던져져 있었지만, 그들은 개의치 않았다. 그들은 아직 집 안으로 들어가지도 못한 상태였다. 복도 한쪽 벽에 기댄 채로 재희의 키스를 받아들이고 있는 준이었다.

그동안은 어떻게 참고 있었을까? 준은 이 뜨거운 욕망이 좋았다. 그의 셔츠 단추를 푸는데 잘 되지 않자 준은 그의 셔츠를 양쪽으로 찢어 버렸다. 단추가 사방으로 튀었고 놀란 그의 눈과 마주하자 묘하게 짜릿한 느낌이었다.

"키스해 줘요."

그녀의 말에 그가 으르렁거리며 키스하기 시작했다. 그는 완전히 통제가 풀린 짐승 같았다. 재희가 준을 안아 들더니 거실의 소파 위에 내려놓았다.

"침실까지 못 가겠어."

그는 솔직하게 말하며 준의 유두를 빨기 시작했다.

"아아아……."

절로 신음이 터져 나왔다.

"더……."

이제는 더 강한 것을 원하는 준이었다. 재희는 그녀의 가슴을 더 강하게 빨며 손으로는 준의 여성을 만지고 있었다. 온몸에 화산이 폭파한 것처럼 강한 쾌감이 스치고 있었다.

그녀의 검은 숲을 그의 손가락이 가르고 들어와 클리토리스를 자극하기 시작했다.

"으으음……."

기분 좋은 쾌감이었다. 그의 손가락은 점점 더 깊숙이 들어와 질 입구를 배회하고 있었다.

"넣어…… 줘요."

"아직 아니야."

헐떡이며 넣어 달라고 말했지만, 그는 손가락을 넣어 주지 않고 그녀를 애태웠다. 준도 그의 페니스를 잡았다.

"윽!"

위아래로 손을 움직이며 그의 입술을 탐하는 준이었다. 그늘은 서로를 어루만지며 점점 더 욕망을 불태우고 있었다. 준은 자신의 손안에서 움찔거리고 있는 그의 페니스가 좋았다. 그녀도 그를 흥분시킬 수 있다는 게 기분 좋았다.

"준아……."

그가 참을 수가 없는지 그녀의 이름을 불렀다. 준은 몸을 일으키고는 소파에 그를 앉히고 그의 앞에 무릎을 꿇었다.

"난 오늘 오빠를 먹어 치울 거예요."

"준……."

"기대해도 좋아요."

준이 무릎을 꿇고는 그의 페니스를 잡았다. 그리고 그의 눈을 보며 그의 페니스를 혀로 핥기 시작했다. 마치 맛있는 막대 사탕을 핥듯이 그녀는 아주 꼼꼼하게 그의 성기를 핥고 있었다.

"준아……. 윽!"

그는 쾌감에 준의 머리를 잡았다. 하지만 준의 동작이 더 빨랐다. 준은 그의 페니스를 입안 가득 삼켰다. 목젖에 그의 페니스가 닿았다. 힘이 들었지만 준은 그녀가 주는 쾌감에 그가 휘둘리는 게 좋아 힘든지도 모르고 계속해서 빨았다.

츄읍츄읍!

"으으윽!"

그가 허리를 들어 올리며 강한 자극을 받은 걸 표하고 있었다. 준은 그의 페니스에 타액을 묻혀 가며 미친 듯이 빨았다.

"더는…… 힘들어."

그의 말에 준은 몸을 일으켜 그대로 그의 위에 올라탔다. 그리고 타액으로 젖은 그의 페니스를 그녀의 질 안으로 밀어 넣었다.

"아악!"

"윽!"

"아……. 미치겠어요."

"오늘 날 죽일 셈이야?"

"재희 오빠……."

그녀가 그의 가슴에 손을 얹고는 허리를 움직이기 시작했다.

"준······."

재희는 거의 숨넘어가는 목소리로 그녀를 불렀다. 준의 허리
가 요염하게 움직이며 그녀의 질이 그의 페니스를 물고는 놓아
주지 않고 있었다.

"이 요물."

그가 이를 악물며 말했다. 그녀와 그는 완전히 일체가 되어
있었다. 재희가 준의 허릴 꼭 끌어안았다.

"매일 이러고 싶어."

"저도요."

"널 놓아 줄 수가 없어······."

재희는 준과의 섹스가 만족스러운 모양이었다.

"일만 하는 커리어우먼인 줄 알았는데 알고 보니 섹시한 마
녀였어."

"저도 닿을 수 없는 곳에 있는 오빠라고 생각했는데, 섹시 대
마왕이었어요."

"준아."

"네."

그들은 한동안 말없이 서로의 눈빛을 바라보았다.

"아아앙!"

먼저 몸을 움직인 건 재희였다. 그가 움직이자 그의 위에 앉

은 준도 허리를 움직이기 시작했다. 그들의 몸은 점점 더 뜨거워지고 있었다.

"못 참을 것 같아."

"아아앙……. 저도요."

재희가 준을 빠르게 소파 위에 눕혔다. 그리고 그녀의 다리를 양쪽으로 벌리고는 움찔거리며 그를 기다리고 있는 여성을 내려다보았다.

"예뻐."

"어서요……."

그녀의 말에 그는 자신의 페니스를 한 손으로 잡고는 여성에 문지르기 시작했다.

"아아앙."

질척이는 소리와 함께 묘한 느낌이 났다. 부드러우면서도 자극적인 느낌이었다.

"으읙!"

"아아악!"

그의 페니스가 그녀의 질 안으로 들어갔다. 꽉 찬 느낌의 페니스는 언제나 그녀를 흥분시키고 있었다. 섹스만으로 사랑을 대신할 수 있을까? 그와 떨어져 있던 2주 동안 준은 그가 아주 그리웠다.

그리고 알게 되었다. 그를 많이 사랑하고 있다는 것을 말이다. 하지만 그는 준을 섹스파트너 이상으로는 생각하지 않는 것 같았다. 그의 진심을 몰라 자신이 없었다.

그가 움직이기 시작했고 준은 생각을 이어갈 수 없었다. 전신에 퍼지는 그의 욕망에 준은 녹아내리고 있었다.

한 차례 섹스 후에 그들은 욕조에서 한가로운 시간을 보냈다. 피곤한 탓에 준은 욕조 안에서 꾸벅꾸벅 졸고 있었다. 그때 목에 차가운 무언가가 걸쳐졌다.

"이건……."

"도쿄에서 샀어. 준에게 아주 잘 어울릴 것 같아서."

청색 다이아몬드 목걸이였다.

"예쁘네요."

"마음에 들어?"

"네."

"다행이야. 빼지 말고 평소에도 하고 다녔으면 좋겠어."

"알았어요."

섹스할 땐 뜨거운 남자가 평소에는 이렇게 더없이 점잖았다.

"어떤 게 오빠의 참모습일까요?"

"뭐가?"

그의 손이 그녀의 가슴을 어루만지고 있었다.

"차가운 것 같으면서도 뜨겁고, 무서운데 다정하기도 하고."

"다 내 모습이겠지. 준은 어떤 모습이 좋은데?"

"이기적으로 들리겠지만 난 나한테 잘해 주는 사람이 좋죠."

"더 잘해야겠군."

그가 유두를 만지자 준은 정신을 차릴 수가 없었다. 손가락 끝으로 그녀의 성이 난 유두를 건드릴 때마다 온몸이 찌릿했다.

"나만 바라보고 나만 사랑해 주는 사람은 이 세상에 없어요."

"있다면?"

"함께하고 싶을 것 같아요."

"결혼?"

"결혼이든 뭐든 어떻게 해서든지 떨어지고 싶지 않을 것 같아요."

그의 입술이 그녀의 목덜미에 닿았다.

"왜 결혼 안 했어요?"

"이미 결혼할 사람이 있었으니까."

"그동안은 왜 말 안 했어요?"

"솔직하게?"

"네, 솔직하게."

그의 진심을 듣고 싶었다.

"아버지가 정혼자가 있다고 말했을 때 난 웃었어. 대학생이었던 나에게 준은 너무 어린아이였으니까."

"하긴……."

"그렇게 세월이 흘렀고 너무 바쁘게 살았어. 난 내 직원들을 챙겨야 했고 현진그룹의 장남으로서 사명감에 불탔지. 그래서 다른 것에 신경 쓸 겨를이 없었어."

그건 그녀도 마찬가지였다.

"그런데 어느 날 훌쩍 커 버린 준을 보니 마음이 달라졌지. 준과 섹스를 했기 때문에 결혼하자고 한 건 아니야. 준이라면 현진가의 며느리가 되기에 적합하다고 생각했기 때문이야."

"……."

그는 진심을 말했지만, 그녀를 좋아한다거나 사랑하는 게 아니었다. 그는 현진가의 며느리로서 그녀가 적합하다고 생각한 것이었다.

"준은 왜 그렇게 결혼을 싫어하지?"

"저도 일에 너무 파묻혀 지내다 보니 다른 걸 생각해 본 적이 없었어요. 다른 것에 몰두하면 일에 방해가 될 것 같았거든요."

"그래서 결혼을 안 한다?"

"전 일을 계속하고 싶고 재벌가의 며느리는 집안일을 해야 하는데, 저하고는 안 맞는 거죠."

"내가 평범한 사람이었다면?"

"그럼 결혼했겠죠. 아무런 망설임 없이."

준도 솔직하게 말했다. 준은 지금 재희에게 흠뻑 빠져 있었다. 그가 말한 모든 게 기쁨이 되기도 상처가 되기도 했다. 그만큼 지금 재희는 준에게 많은 영향을 끼치고 있었다.

"나랑 결혼해도 지금 일 계속해도 돼."

"……."

"어머니도 그렇게 보수적인 분도 아니고, 우리 집엔 지금 아주 살림을 잘하는 재수 씨도 있고."

"……생각해 볼게요."

"시간을 많이 줄 수 없어. 나도 이제 나이가 꽉 찼거든."

"알아요."

그가 준을 꼭 끌어안았다.

"이럴 줄 알았다면, 이렇게 좋을 줄 알았다면 준이 학교를 졸업하자마자 데리고 왔을 텐데."

"농담이죠?"

"아니, 진심이야."

그가 그녀의 귓불을 무는 바람에 더 이상의 생각을 할 수가 없는 준이었다.

7.
욕망과
사랑의 차이

아주 오랜만에 주막에 온 하늬와 준은 서로 말없이 동동주 한 잔씩을 단번에 마셨다.

캬아!

해물파전을 한입 물고 그들은 다시 동동주를 국자로 퍼서 담은 후에 다시 한꺼번에 원샷을 했다. 마치 거울을 보는 것 같은 둘의 행동에 바람은 웃음을 참지 못하고 있었다. 준은 재희 때문이고 하늬는 바람 때문이었다.

결혼이 뭐라고 두 여자는 세상근심을 다 짊어진 것처럼 인상을 쓰면서 술을 마시고 있었다. 하지만 바람은 하늬가 자신 때문에 고민하는 게 아주 마음에 들었다. 바람은 하늬가 순간마다 자신만 생각해 주길 바랐다.

"하하하, 뭐 하는 거예요?"

"뭐가?"

둘이 똑같이 그를 보며 말했다.

"쌍둥이 같아요."

"아니야."

"왜들 그러는지 물어봐도 돼요?"

"……."

둘은 한숨을 똑같이 쉬더니 연신 술을 마시기 시작했다.

"결혼? 그거 때문이죠?"

"닥쳐!"

"암요, 네네."

그는 며칠 전에 하늬에게 프러포즈를 했다. 결혼하자는 그의
말에 하늬는 펄쩍 뛰었고 그 후로 그는 말도 못 붙이고 있었다.

하늬의 얼굴이 술로 인해 점점 붉어지고 있었다. 어쩜 저렇게
귀여운지. 바람의 얼굴에 미소가 절로 걸렸다. 하늬를 본 그날
그는 알았다. 하늬가 그의 운명의 여자임을 말이다. 그리고 이
제까지 그는 단 한 번도 하늬를 마음속에서 지운 적이 없었다.

그가 미국에 가 있을 땐 누나에게 특별한 부탁도 하고 갔었
다. 하늬가 다른 남자를 못 만나게 해 달라고 말이다. 하지만 그

건 세희 누나보다는 준이 누나가 잘하고 있었다. 사람을 어찌나 부려 먹는지 다른 놈에게 눈 돌릴 시간도 주지 않았다.

"원래 이렇게 술 마시러 자주 다녔어요?"

"아니."

여자들은 부어라 마셔라 정신이 없었다. 바람은 운전 때문에 그저 여자들을 지켜볼 수밖에 없었다.

"나도 마시고 싶다."

"너도 마셔."

"아닙니다."

준이 계속해서 핸드폰을 만지작거렸다.

"누나 뭐 해요?"

"재희 오빠 오라고 문자 날렸지."

"잘했어. 친구."

둘 다 술에 만취한 것 같았다. 그래도 바람은 하늬가 한없이 사랑스러워 보였다.

"이제 좀 그만 마셔야 할 것 같아요."

"왜?"

"저기 이 부회장님이 누나를 아주 잡아먹을 듯이 보고 계시니까요."

정말 우리나라 최고기업의 수장이 주막에 어울리지 않게 서 있자 손님들의 시선이 그에게로 쏠려 있었다. 여기저기서 웅성 거리고 아주 난리였다.

"앉아도 될까?"

"네."

"웅이 처남이라고?"

"네, 웅이 형님 처남이자 저기서 술에 취해 있는 여자의 미래 의 신랑이죠."

바람이 손가락으로 하늬를 가리켰다.

"아, 그렇다면 더 반갑군. 나도 저기서 술에 취해 문자를 10 통이나 보낸 여자의 미래의 신랑이지."

"화이팅입니다."

이 부회장이 그에게 손을 내밀어 악수를 청했다. 악수를 나눈 둘은 나란히 앉아서 앞에 있는 여자들을 멍하게 보고 있었다.

"얼마나 마신 거야?"

"동동주 세 항아리요."

"잘했군, 준아 집에 가야지?"

"재희 오빠다. 오빵……."

호빵은 들어 봤어도 오빵은 처음 듣는 말이었다. 온몸이 근질 거려 죽을 것 같았다.

"제가 다 죄송하네요."

갑자기 이 부회장이 짠하단 생각이 들었다.

"우리 먼저 일어나야겠어."

"넵."

"하늬 씨는 잘 부탁해."

"네, 걱정 마세요."

이 부회장이 준을 너무나 가볍게 안아 들었다. 그들이 가고 바람과 하늬만 주막에 남게 되었다.

"아이고, 우리 하늬 완전 꽐라 되셨네."

"아니야."

"아니야?"

"응."

혀가 꼬이고 눈이 풀어진 하늬였다.

"이러니 내가 널 책임질 수밖에."

"안 그러셔도 됩니다."

그 와중에도 튕기는 하늬였다.

"정신은 멀쩡하네?"

"그럼 당연하지."

혀가 완전히 꼬인 하늬였지만 할 말은 또박또박했다.

"너, 요즘 왜 나를 괴롭히는 거야?"

"내가 언제?"

"매일 밤 꿈에도 나오고 불쑥불쑥 회사에서도 튀어나오고……."

그녀의 꿈에 그가 나왔다니 웃음이 감춰지지 않았다. 하늬는 입술을 쭉 내밀고는 특유의 귀여운 표정을 지었다. 남들이 모르는 그만 아는 표정이었다.

"바람아, 이 누나는……. 읍!"

바람은 하늬의 얼굴을 양손으로 잡고는 긴 키스를 했다. 그녀는 저항도 못하고 그대로 얼어붙어 있는 상황이었다.

"그런 표정 짓지 마. 먹고 싶어지니까."

"……."

"내가 남자란 걸 잊지 말았으면 좋겠어."

"딸꾹!"

하늬가 놀랐는지 연속해서 딸꾹질을 했다.

"물 마셔."

"딸꾹!"

물잔을 하늬의 입에 대 준 바람은 물을 벌컥벌컥 마시는 하늬를 보고 있었다.

"참 손이 많이 가는 여자야."

"……."

"물 다 마셨으면 가자."

하늬는 술이 확 깬 모양이었다. 그리고 그들은 바람의 차에 같이 올랐다.

"바람아, 난⋯⋯."

그녀의 입술을 삼켜 버린 바람이었다.

"한마디만 더 하면 여기서 가져 버릴 거야."

"⋯⋯."

집에 도착할 때까지 하늬는 아무런 말도 하지 않았다. 그녀의 집에 도착한 바람은 하늬의 뒤를 쫓아 집 안까지 들어갔다.

"커피 한잔도 안 줄 거야?"

"줄게. 앉아."

하늬가 주방 싱크대 앞에 서 있자 그가 하늬의 뒤로 가서 그녀를 안았다.

"뭐 하는 거야?"

하늬가 앙탈을 부렸다.

"안고 있는 거지."

그녀의 거칠게 뛰는 심장이 손안에서 느껴지고 있었다.

"도대체 왜 이래?"

"몰라서 묻는 건 아니지? 내가 성하늬를 사랑하고 있다는 거."

"난 연하는 싫어."

"왜?"

"아무런 감정도 못 느끼겠거든."

"정말?"

그의 승부욕에 불을 지르는 발언을 한 하늬였다. 하늬는 그의 키스에 분명 반응했다. 그가 하늬의 왼쪽 가슴을 손에 쥐었다.

"이렇게 심장이 두근거리는데?"

"바람아."

"좋아, 날 남자로 못 느낀다면 손 털고 나갈게. 만약에 그렇지 않다면 넌 반드시 나와 결혼하게 될 거야."

"읍!"

하늬의 입술을 삼킨 바람은 그녀를 안아 들었다. 그리고는 그녀의 침실로 향했다. 그녀의 입안은 부드러웠고 바람은 미칠 것 같은 흥분을 느끼고 있었다.

"으으읍!"

하늬가 반항을 했지만, 키스가 깊어지자 그녀도 그의 입안으로 혀를 밀어 넣었다. 그들의 혀가 뜨겁게 얽히고 있었다.

침대에 하늬를 눕히고 그는 하늬가 정신을 못 차리게 그녀의 옷을 모두 벗겨 버렸다. 상상 이상의 아름다운 몸에 바람은 미칠 것만 같았다.

"예뻐."

그녀의 핑크색 유두가 그를 유혹하고 있었다.

츄읍츄읍!

그는 망설임 없이 그녀의 가슴을 빨기 시작했다. 하늬는 몸을 활처럼 휘며 그의 입술을 받아들이고 있었다. 바람은 하늬의 온 몸에 키스를 퍼붓기 시작했다. 오랜 세월 동안 너무나 원했던 일이었다. 그는 빠르게 옷을 벗고는 하늬의 다리를 벌렸다.

"오래 기다렸어."

"……."

"내가 닐 얼마나 많이 사랑하는지 알았으면 좋겠어."

"바람아……."

"사랑해……."

그는 이렇게 말을 하고는 자신의 페니스를 하늬의 질 안으로 밀어 넣었다.

"아악!"

"……."

하늬가 아파하고 있었다. 바람은 깜짝 놀랐다. 하늬가 남자를 사귀지 않은 건 알고 있었지만 처음이라고는 생각조차 하지 않은 바람이었다.

"하늬, 너……."

"아파, 아프다고!"

그는 천천히 움직이기 시작했다.

"이러면 곧 괜찮아질 거야."

그는 허리를 움직이며 하늬를 쾌락의 바다로 인도하고 있었다.

"미칠 것 같아."

그는 하늬를 꼭 끌어안았다. 절대로 놓치지 않을 것처럼 말이다. 그리고 뜨겁게 움직이기 시작했다. 하늬에게 그가 진정한 남자임을 보여 주고 싶었다. 하늬가 그의 몸 아래서 움직이기 시작했다.

"아아앙."

"이제 안 아파?"

"응……."

그는 마지막을 향해 움직였다. 그리고 하늬의 안에 자신의 분신들을 쏟아냈다. 지친 하늬는 그의 품 안에 그대로 안겨 있었다. 바람은 코끝이 찡했다. 이제 그녀는 완전히 그의 사람이 되었다.

밤새 바람은 하늬를 안고 있었다. 너무 떨려서 잠을 이룰 수가 없었다. 깊이 잠든 하늬의 얼굴을 바람은 밤새도록 보고 또 봤다. 믿기지 않는 일이 벌어졌다. 그가 하늬를 자신의 여자로 만들었다.

너무 기뻐서 밖에 대고 소리를 지르고 싶었다. 성하늬는 임바람의 여자라고 말이다.

재희는 어이가 없어 웃었다. 어디냐고 문자를 10통이나 보낸 것도 모자라 지금 그의 무릎을 베개 삼아 자는 준이었다. 덕분에 퇴근 직전에 마지막 회의는 다 망치고 나왔다. 문자가 하도 오는 통에 무슨 일이 있나 싶어서였다.

"널 어떻게 하면 좋지?"

Rrrrrrr—

때마침 하 회장에게 전화가 왔다.

"여보세요?"

[우리 준이는?]

"자고 있습니다."

[자?]

"네, 술을 좀 먹었나 봅니다."

[내가 자네 볼 면목이 없어.]

"아닙니다. 전 아주 좋습니다."

[우리 딸이 그렇게 철이 없는 애가 아닌데 말이야.]

"압니다."

[지금 집으로 오고 있나?]

"아닙니다. 오늘은 제가 데리고 있겠습니다."

[왜?]

"결혼하려면 노력을 해야죠."

[철없는 우리 준이 때문에 자네가 고생이야. 고맙네.]

"아닙니다. 제가 감사하죠. 내일 집에 보내겠습니다."

[알았네. 내 자네만 믿어.]

Rrrrrrr—

끊자마자 바로 웅이에게 전화가 걸려 왔다. 그가 준에게 연락을 해 보라고 전화를 했기 때문이었다.

"여보세요?"

[준이는?]

"잔다."

[자? 왜?]

"술을 너무 많이 드셔서."

[내가 이 녀석을 그냥. 아주 예쁘다, 예쁘다 하니까…….]

"괜찮아."

[괜찮은 녀석이 나한테 전화해서 그 난리를 피워?]

"그야, 하늬 씨와 세희 씨가 친구니까 연락할 방법이 그 방법뿐이었거든."

[……지금 집에 오는 거야?]

"아니, 우리 집으로 간다."

[집에 데리고 와.]

"내 여자야."

[아주 지랄을 한다.]

"아니, 대기업 부회장이 그런 말을 해도 되는 거야?"

[부회장도 사람이다.]

"알았으니까 끊자. 오늘 고마웠다."

[그래. 그리고 빨리 좀 데려가라.]

"알았어."

전화 통화를 하는 내내 준은 계속해서 잠을 자고 있었다. 아주 평화롭게.

집으로 온 재희는 준을 안아 들고 안으로 들어갔다. 평소의 준은 가벼웠지만, 술에 취해 축 늘어진 준은 꽤 무거웠다.

"우리 준이 이렇게 무거울 줄은 몰랐어."

그는 준을 침대에 누이고 그녀의 곁에 앉았다. 그리고 잠들어 있는 준의 얼굴을 손으로 가만히 만져 보았다. 심장이 터질 것 같았다. 보고 있는 것만으로도 좋았다. 어떻게 이럴 수 있을까?

재희는 자신의 놀라운 변화에 웃음이 터질 것 같았다.

"정신 차리자 이재희, 이러다가 결혼하면 완전히 잡혀 살겠어."

생각해 보니 그래도 좋기만 할 것 같았다. 그는 미소를 지으며 준의 옷을 벗기기 시작했다. 처음엔 괜찮았는데 그녀의 옷을 하나씩 벗기면서 그는 솟구치는 욕망에 미칠 것만 같았다. 술에 취해 완전히 뻗어 버린 준이었다.

"참아야 해."

이런 자신의 몸의 반응에 당황스러운 재희였다. 그는 마른침을 삼키며 침대 위에 누워 세상모르고 자는 비너스에게 넋을 잃고 말았다. 아기 같은 얼굴에 마녀의 몸을 가진 준이었다. 볼륨 있는 가슴이 그를 유혹하고 있었다.

분홍색 유두에 그는 홀린 듯이 그녀의 옆에 누웠다.

"이재희!"

이를 악물어 보지만 그의 손은 벌써 준의 가슴에 가 있었다. 이성은 무너지고 본능만이 존재했다. 재희는 준의 유두를 살짝 물었다. 그리고는 준이 깨지 않는 범위에서 빨기 시작했다. 준이 일어나길 바라는 마음이 굴뚝같았지만 그런 일은 없었다.

그녀의 라인을 따라 그의 손이 움직였다.

"으으음."

그의 손길을 느꼈는지 준이 낮게 신음했다.

"준아."

재희는 준을 끌어안았다. 그의 품에 꼭 맞는 준이었다. 그는 준의 검은 숲을 손으로 어루만졌다. 흥분으로 촉촉하게 젖은 그녀의 여성을 상상하자 그의 페니스가 아플 정도로 강하게 반응했다.

여자에게 이렇게 강한 성욕을 느낀 적은 없었다. 이게 다 준이기 때문에 가능한 일이었다. 그녀의 입술에 다시 한 번 입술을 가져다 댄 그는 준을 다시 품에 가두었다.

더는 무리였다. 그는 준이 일어나기를 기다리며 잠을 청했지만 쉽게 잠을 이룰 수 없었다.

포근한 이불이 너무나 마음에 들었다. 여름이라서 까슬까슬한 이불로 바꾼 것 같았는데 또 바꾼 모양이었다. 부드러운 이불에 얼굴을 묻고는 일어나기 싫어 뒤척거린 준이었다. 오늘은 토요일이라서 일이 없었다.

몇 주째 주말에 일하지 않고 있는 준이었다. 예전 같으면 일요일도 쉬지 않고 일했는데 많이 변했다. 이게 다 재희 때문이었다. 종일 그를 생각하느라 일에 효율성이 떨어졌고 주말엔 계속해서 그녀를 불러내는 통에 일을 제대로 할 수가 없었다.

이제는 미쳤는지 그가 금요일에 부르지 않으면 서운할 지경이었다. 어제도 그랬다. 솔직하게 하늬와 술을 마시지 않으려고 했는데 그의 전화가 없어서 하늬와 바람의 사이에 끼어서 술을 마신 것이었다.

"술……."

어제 술을 마시고 기억이 나지 않았다. 동동주가 입에 쩍 붙
는다며 원샷을 했더니 필름이 끊긴 모양이었다.

"아…… 머리야."

머리가 깨질 것처럼 아프고 목이 탔다.

"물……."

물을 마시려고 일어나려는데 침대 속에서 괴물이 나타나 그
녀를 끌고 들어갔다.

"악!"

놀란 나머지 비명을 지르며 허우적거리던 준은 침대 속 괴물
이 재희임을 깨달았다.

"오빠, 내 방에 오빠가 왜……."

눈을 떠 보니 그녀의 방이 아니었다. 여긴 재희의 방이었다.

"내가 왜 여기에 있어요?"

정말 술을 끊어야지 도무지 아무 기억이 없었다.

"집에 안 간다며."

"내가요?"

"오빠하고 같이 살 거라며?"

"정말요?"

그의 말에 준은 얼굴이 붉어졌다. 미친 게 확실했다. 절대로 두 번 다시 술을 마시지 않을 것이다. 술을 다시 마시면 사람이 아니었다.

"내가 미쳤었나 봐요."

"문자 10통 보낸 건 기억나?"

"내가요?"

"어디냐고, 왜 안 오냐고……."

"차라리 절 때리세요. 아주 정신 줄을 산뜻하게 놔 버렸네요."

준은 어디 쥐구멍이라도 숨고 싶은 심정이었다.

"자자, 지금 7시야."

준은 아무리 늦게 자도 일찍 일어나는 버릇이 있었다. 재희가 준을 다시 끌어안았다. 그녀는 아무것도 입고 있지 않았고 재희도 다 벗은 상황이었다. 그런데 어제는 아무 일도 없었다.

"왜?"

"뭐가?"

그의 목소리가 잠겨 더 섹시하게 들였다.

"왜 우리 그냥 잤어요?"

놀란 준이었다. 어쩐 일로 그가 그냥 잤을까? 얼마나 꼴라가 됐으면 그가 손을 대지 않았을까? 준은 자신을 힘껏 때리고 싶었다.

"술 취해서 완전히 축 늘어진 여자와 섹스하는 사람은 아니
야."

"내가 생각해도 매력이 없었네요."

"가관이었지."

"……."

준은 할 말이 없었다.

"그런데 왜 집에 안 데려다줬어요?"

"데려다주기 싫었으니까."

그가 준의 가슴을 주물렀다.

"왜요?"

"섹시한 마녀가 날 항상 유혹하고 있으니까."

"읍!"

그가 준의 입술을 삼켜 버렸다.

"으으음."

"난 이렇게 섹시한 아침이 좋아."

"저도요……."

준도 그의 입술에 살며시 키스했다.

"새벽까지 잠을 못 잤더니 졸려."

"왜요? 내가 코라도 골았어요?"

"아니, 먹고 싶어서 견딜 수가 없었어."

"그럼…… 지금 먹어요."

그가 이불 속으로 들어가서는 준의 유두를 빨기 시작했다.

"아아앙……."

"미치겠어."

그가 가슴을 빨면서 손으로 준의 여성을 감쌌다. 한꺼번에 쾌감이 몰아치고 있었다. 이렇게 해도 될까 싶을 정도로 준은 재희를 뜨겁게 원했다. 그렇게 뜨거운 아침을 보낸 그들은 늦은 아침 식사를 했다.

"심한 운동을 한 것 같아요."

기지개를 켜며 준이 말했다.

"하하하, 그래?"

"네."

그가 가운만 걸친 채로 뭔가를 만들기 시작했다.

"여기 먹을 것도 있어요?"

"간단히 먹을 정도는 있지. 내가 준비해 놓으라고 했어."

그도 본가에서 살았기 때문에 그녀와 이렇게 오지 않으면 이 집에 자주 오지 않았다.

"라면?"

"아니."

"그럼요?"

"오늘은 스파게티하고 스테이크를 먹을 거야."

"오……."

메뉴가 아주 훌륭했다.

"그런데 그거 알아요?"

"뭐?"

"난 요리를 하나도 못해요. 해 본 적도 없고 앞으로 할 마음도 없어요."

그녀는 요리에 소질이 없었다. 할 기회도 없었지만 정말 취미가 하나도 없었다.

"요리는 집 안에 요리사가 하면 되고, 앞으로도 그럴 거야."

"멋진데요?"

일반적인 답은 아니지만, 현진가의 일원이라면 가능한 일이었다.

"사람은 각자 잘하는 걸 하면 돼."

"전 돈 잘 벌어요."

"그건 메리트가 없어."

"왜요? 오빠가 더 많이 버니까?"

"빙고."

"예전엔 몰랐는데 아주 얄미운 캐릭터네요."

"그건 주로 거래처 바이어들에게 듣던 소린데."

장난스레 받아 친 그가 스파게티 면을 끓는 물에 넣고 그 옆에서 스테이크를 구웠다.

"요리사 같은데요?"

"이쯤이야."

그는 준을 위해 평소의 실력을 발휘했다. 둘은 마주 앉아서 아침 식사를 했다.

"으음, 너무 맛있어요."

"다행이네."

"이렇게 매일 같이 아침을 먹는다면 좋을 것 같아요."

그녀의 말에 재희의 얼굴이 굳어지고 있었다.

"이렇게 매일 아침을 먹으려면 결혼이란 걸 해야 해."

"……."

그의 현실적인 말에 준은 뭐라 답을 할 수 없었다.

"난 준이 빨리 결정할 때라고 생각해."

"……난 자신이 없어요."

"나도 자신만만하진 않아."

그의 말에 준도 이젠 결론을 내릴 때가 다가왔음을 직감하고 있었다.

"알았어요. 한 달만 시간을 줘요."

"알았어."

준이 기간을 정한 건 이번이 처음이었다. 그만큼 재희에게 무언의 압박을 받았단 뜻이었다. 아침을 먹는 내내 준은 깊은 생각에 잠겼다.

하지만 그것도 잠시, 그들은 식탁에서 사랑을 나누었다. 눈만 마주치면 재희가 그녀를 원하는 바람에 준과 재희는 대화보다는 섹스가 더 편안했다. 대화의 결론은 결혼이었지만 섹스가 끝난 후에는 깊은 키스가 전부였다.

확실한 건 그들은 정말 속궁합이 잘 맞는다는 것이었다. 늦은 오후가 되어서야 준은 집으로 돌아갈 수 있었다.

8.
뜻밖의 시련

모처럼 울산공장을 찾은 준은 빠르게 돌아가는 공장라인을 보고 흐뭇한 마음이 들었다. 재희에게 답을 주기 위해 한 달의 시간을 달라고 한 준은 그와 조금 떨어져서 생각할 시간을 갖기로 했다.

그와 연락을 하지 않은 지 일주일이 지났다. 준은 머리가 터지게 매일 생각하고 또 생각했다. 결혼이 맞는 것인지 말이다.

"사장님, 이번 신형 차의 선주문만 3만 대가 넘었습니다. 일단은 라인을 풀로 돌리고 추가 생산설비를 만들어야 할 것 같습니다."

"그렇게 하세요."

단점을 보완해서 출시했더니 대박 행진이었다. 대형 SUV를 그동안 국내에서도 많이 원했던 것 같았다. 마치 사람들의 갈증을 해소해 준 기분이었다.

공장 순찰을 끝낸 준은 하늬와 함께 울산에 있는 디자인 하우스로 향했다. 이곳은 본사의 디자인실이 아닌 자유롭게 자동차를 디자인 할 수 있는 곳이었다. 학력도 그 무엇도 제약 없이 뭐든 본인의 기량을 마음껏 발휘할 수 있는 곳이었다.

아이디어 뱅크이기도 한 이곳을 울산에 올 때면 꼭 들렀다.

"오늘 회의는 누가 준비한 거야?"

"소희 씨가 준비한 걸로 알고 있습니다."

"그래?"

직급이 없는 곳이라 서로를 이름으로만 불렀다. 소희는 이곳에서 가장 나이가 많은 사람이다. YS 자동차 디자인 연구실에 있다가 결혼해서 회사를 그만두고 전업주부로 살다가 아이가 큰 다음에 다시 일을 시작한 사람이었다.

실력은 좋지만 경력이 단절된 케이스라 안타까웠다.

"안녕하세요?"

"네, 사장님."

"소희 씨 잘 지냈어요?"

"네."

테이블 하나에 둘러앉은 팀원들은 소희가 준비한 아이디어 자료를 보고 있었다.

"수소차에 관심이 많네요?"

"아무래도 주부다 보니 환경에 대해 더 생각하게 되는 것 같습니다. 그래서 전 움직이는 공기청정기라고 불리는 수소차에 관심이 많습니다."

그녀의 디자인은 훌륭했다. 직원들과 차를 마시며 아이디어에 관한 이야기도 했지만 개인적인 이야기도 나누는 곳이었다.

"결혼하고 일하는 건 어때요?"

준이 소희에게 물었다.

"쉽지는 않지만 행복하니까 극복할 수 있는 것 같아요."

"자연 씨는 싱글맘인데 힘들지 않아요?"

"뭐, 힘들지 않다면 그게 거짓말이죠. 그래도 전 이혼하길 잘했다는 생각이에요. 애 둘은 무리니까. 큰 애랑은 어쩔 수 없이 헤어진 거죠."

웃으며 말하는 자연이었지만 얼굴에 슬픔이 느껴졌다. 뭐든 쉬운 게 없었다. 뭘 선택하든 그건 준이 선택할 문제였다. 디자인 하우스를 나온 준을 하늬가 물끄러미 바라보았다.

"왜?"

"아니 그냥 너의 연애도 힘이 든 것 같아서."

하늬가 솔직하게 말했다.

"나의 연애만 힘든 건 아닌가 봐?"

"준아, 난 요즘 미치겠다."

"바람이랑 싸웠어?"

"걔랑 싸움이 되니? 다 자기 마음대로인데?"

"그래?"

"난 사귄다고 한 적 없어. 자기 혼자 그러고 다니는 거지. 그리고 오늘 저녁에 울산에 내려온데."

"왜?"

"아빠한테 인사한다고."

"대박! 연하가 좋긴 좋네. 아주 추진력이 갑이야."

생각보다 바람이 하늬에게 완전히 빠진 것 같았다.

"난 이런 위기에 봉착했는데, 넌?"

준은 무슨 위기인지 말할 수가 없었다. 결혼이 그녀에겐 위기였지만 남들은 공감할 수 있는 이야기가 아니기 때문이었다.

"사랑하면 결혼인 거야?"

"뭐?"

"하늬 넌 어떻게 생각해? 사랑하면 결혼해야 하는 건가?"

"아니라고 생각했는데, 이제는 잘 모르겠어."

"바람이를 사랑하는구나."

"이렇게 빨리 사랑에 빠질 거라고 생각하지 못했는데, 그런 것 같아. 결혼하기엔 사랑이 기본이 돼야 하지만 사랑하기 때문에 꼭 결혼해야 한다고는 생각하지 않아."

하늬의 말을 곰곰이 생각하게 되는 준이었다.

"그런데 준아, 난 일 때문에 너의 행복한 삶을 포기하는 건 더 아니라고 생각해. 유인그룹 직원들을 행복하게 하려면 너도 행복해야 하는 거 아닐까? 너의 오빠처럼."

웅이 오빠는 일도 사랑도 다 성공한 몇 안 되는 사람이었다.

"세희가 행복하다고 하더라. 진심인 것 같았어."

"그래?"

"응."

세희와 오빠에 대해 생각해 보지 않았다. 둘은 언제나 편안하게 보였고 그게 좋게 느껴진 건 사실이었지만 오빠 부부 때문에 결혼해야겠다는 생각을 한 적은 없었다.

"아 참, 이재희 부회장님 이번 주에 유럽 출장 간다던데? 일주일인가?"

"……."

지난번 일본 출장과는 다르게 그도 준에게 간다는 말을 하지 않았다.

"어디로 간데?"

"프랑스."

생각이 복잡한 준은 더는 말하지 않았다. 어차피 선택은 그녀의 몫이니까 말이다.

프랑스행 비행기에 몸을 실은 재희는 마음이 무거웠다. 준의 마음을 차지한 것까지는 좋았는데 그녀가 결혼을 결정하는 데는 결론을 내리지 못했기 때문이었다.

"내가 그렇게 매력이 없나?"

"네?"

놀란 최 실장이 그를 보았다.

"내가 그렇게 매력이 없냐고."

"다른 사람들이 들었다면 몹시 화를 낼 만한 말씀입니다."

"그런데 왜 그럴까?"

"무슨 말씀이신지……."

"……아니야."

사람들은 그에게 종종 완벽하다는 말을 했지만 그게 아니란 걸 준을 보면서 깨달았다.

"여자 마음 하나 못 돌리는 놈이 완벽은 무슨……."

그는 자신의 전용기 안에서 눈을 감았다. 이번 프랑스 출장은 준에게 알리지 않았다. 일주일간의 일정 동안 그도 생각이란 걸

해야 했다. 어떻게 하면 준과 결혼을 할지……

일정에 쫓기다 보면 이게 프랑스인지 서울인지 헷갈렸다. 보통 공장을 시찰하거나 건설 현장을 답사한다거나 하는 일정이기 때문에 출장을 와서도 관광이란 걸 해 본 적이 없었다.

오늘도 비행기에서 내리면 곧바로 프랑스 방송사와 인터뷰가 있었다. 시간은 언제나 한정되어 있었고 그는 할 일이 정말 많았다.

"내일은 뭘 하지?"

"이번 일정엔 오전부터 미팅이 줄지어 잡혀 있습니다."

"그래?"

"네, 일정이 너무 타이트해서 죄송합니다."

"그게 뭐 최 실장 탓인가?"

그는 이렇게 말을 하고는 다시 검토해야 할 서류를 살폈다. 비행기가 공항에 착륙하자 바로 파리 시내로 이동해서 인터뷰 준비를 했다. 고급 레스토랑 같은 곳에서 편하게 하는 인터뷰였다.

프랑스의 유명 앵커가 나와서 그들과 인터뷰를 준비하고 있었다. 피곤했지만 그래도 참을 만했다. 그쪽의 스타일리스트가 그의 얼굴에 메이크업을 해 주었다. 메이크업을 하지 않으면 조명에 피부가 너무 반사되어 기름기 넘치는 아저씨가 되어 나오기 때문에 이렇게 실내 인터뷰 때는 그도 메이크업을 했다.

그의 얼굴에 메이크업을 하는데 갑자기 아래층에서 웅성거리는 소리와 함께 비명이 들렸다.

팡!

고막이 터질 것 같은 큰 소리가 들리더니 무언가 날아와서 그의 가슴을 강하게 쳤다.

"윽!"

재희는 순간 '이렇게 죽는 건가.'라는 생각이 들었다. 짧은 시간에 그의 머릿속에는 가족이 아닌 준의 얼굴이 떠올랐다가 사라졌다.

「오늘 프랑스 파리의 한 고급 레스토랑에 자살 폭탄 테러가 일어났습니다. 현지 언론에 따르면 경찰은 자살 폭탄 테러는 '외로운 늑대'의 단독 범행으로 추정하고 있습니다.

이번 자살 폭탄 테러로 프랑스의 유명 앵커인 레오가 현장에서 즉사했고 카메라맨과 다수의 스텝들이 지금 병원으로 이송된 상태입니다.

이날 촬영은 현진그룹 이재희 부회장의 인터뷰로 이재희 부회장과 비서가 병원으로 이송됐지만 중태인 걸로 알려졌습니다.」

소식을 듣자마자 준은 아무런 생각도 하지 않고 가장 빠른 프랑스행 비행기 티켓을 끊었다. 하늬는 그녀를 쫓아오지 못했다. 그녀와 연계해서 일해야 하기 때문이었다. 하늬 없이 어딘가를 가는 건 처음이었지만 두렵지 않았다.

지금 가장 두려운 건 그의 상태였다.

"제발……."

공항에 도착한 준은 비행기를 기다리며 하염없이 눈물을 흘리고 있었다. 그녀의 얼굴은 창백했고 몸을 가늘게 떨리고 있었다. 몸을 떨지 않으려고 할수록 몸은 심하게 떨렸다. 너무 놀란 나머지 신체에서 이상한 경련 반응이 일고 있었다.

공황장애는 아니었지만, 증상이 비슷했다. 준은 팔로 자신의 몸을 끌어안았다.

"재희 오빠……."

오빠가 무사하길 준은 모든 신에게 기도하고 있었다.

"준아."

누군가 그녀의 이름을 부르는 환청이 들렸다. 고개를 들어 보니 선우였다.

"선우야!"

그를 보니 참았던 눈물이 왈칵 쏟아져 나왔다.

"너도 가려고?"

"……."

그녀가 고개를 끄덕였다.

"형, 괜찮을 거야. 형은 누구보다 강한 사람이니까."

위로가 되지 않았다. 그가 무사한 게 가장 중요했다.

"내일 유인그룹 전용기로 어른들도 오시기로 했어. 일단 내
가 먼저 가는 거야."

선우가 그녀의 어깨를 토닥였다. 걱정이 되는 건 선우도 마찬
가지겠지만 그녀처럼 불안해 보이지는 않았다. 선우는 형이 무
사할 거리고 절대적으로 믿는 것 같았다. 하지만 준은 불안했
다.

제발 신이 있다면 한 번만 그녀의 소원을 들어주길 바랐다.
비행기에 몸을 싣고 가는 내내 준은 마음을 안정시키기 위해 노
력했다. 그리고 기내에서 한숨도 자지도 못하고 프랑스에 도착
했다. 프랑스 현지에 있는 현진그룹의 사람들이 차를 보내 줘서
병원까지는 편하게 갈 수 있었다.

병원에 도착하자 준은 바로 재희를 볼 수 없었다. 재희가 응
급수술이 들어갔기 때문이었다. 병원엔 당시의 처참한 상황을
알려 주듯이 수십 명의 폭탄테러 환자들이 입원해 있었다.

"최 실장님!"

선우와 같이 간 곳은 재희와 같은 장소에 있었던 최 실장이었

다. 최 실장도 붕대로 곳곳을 감싸고 있었고 한쪽 팔은 깁스를 하고 있었다.

"죄송합니다. 부회장님이……."

최 실장은 미안함과 불안함으로 눈물을 흘리고 있었다.

"최 실장님의 잘못이 아니에요. 형은 지금 수술에 들어갔고 괜찮을 겁니다."

선우가 최 실장을 안심시키는 말을 했다.

최 실장의 얼굴과 몸엔 파편 자국이 가득했다.

"부회장님은 인터뷰 전에 메이크업을 받고 계셨고 전 화장실에 잠깐 간 사이에 일이 벌어진 겁니다. 그래도 다행히 우리는 2층에 있었고 범인은 1층 출입문에서 바로 폭탄을 터트렸다 하더라고요. 1층에 있었다면 정말 죽었을 겁니다."

희생자가 점점 늘어 지금은 10명이나 되었다. 사상자는 20명이 넘었고, 살아남은 사람들의 상태도 그리 좋진 않았다. 최 실장이 경상에 속하는데도 보기엔 심각해 보였다.

"말씀 너무 많이 하시지 마시고 누워서 쉬세요."

"그게……."

재희가 수술실에 들어갔다고 하니 마음이 편하지 않은 모양이었다.

"괜찮으니까 쉬세요."

"네……."

선우와 준은 수술실 앞에서 그가 나오기를 기다리고 있었다.

"좀 쉬어."

"아니야."

"이러다가 너까지 쓰러져."

준의 눈에서 하염없이 눈물이 쏟아지고 있었다.

"내가 너무 늦었을까 봐 겁이 나."

"뭐가?"

"아직 사랑하고 있다고 말도 못했는데……."

"……형은 무사할 거니까 걱정하지 마."

"선우야, 태어나서 이렇게 후회한 거 처음이야. 내가 너무 이
기적이었어."

"아무도 너한테 뭐라고 하지 않아. 네가 이렇게 한 거 아니
야. 형이 운이 없었던 것뿐이야."

그녀는 얼굴을 감싸고 울기 시작했다. 얼마나 시간이 흘렀을
까? 수술실에서 의사가 나왔다. 의사는 일단 수술은 잘됐다고
말했다. 그녀가 불어를 아주 유창하게는 아니어도 조금 할 줄
알아서 의사의 말을 알아들을 수 있었다.

병실에서의 재희는 얼굴을 못 알아볼 정도로 부어 있었다.

"부회장님은 가슴뼈 골절로 인해서 장기손상까지 된 상태라

고 합니다. 콘크리트 조각 같은 강한 물체가 가슴을 친 것 같다고……."

현진그룹 직원이 의사를 만나고 와서 그들에게 재희의 상태를 상세하게 설명해 주었다.

"호텔 예약해 뒀으니까 오늘은 자고 내일 다시 오자."

"오늘은 내가 여기 있을게."

준이 고집을 부렸다. 그녀는 재희를 두고 갈 수 없었다. 재희가 깨어날 때까지 곁을 지키고 싶었다.

"어?"

"그러고 싶어."

"준아……."

"여기서 나가면 내가 미칠 것 같아."

준은 불안했다. 지금 그녀의 눈에 재희가 보이지 않으면 미칠 것 같았다.

"오늘은 네가 먼저 쉬어."

결국 선우가 호텔로 가고 준은 재희와 단둘이 병실에 있었다. 준은 재희의 손을 잡았다. 그의 손에 피딱지가 지워지지 않고 있었다.

"재희 오빠, 들려요?"

"……."

"난 아직 오빠에게 못한 말이 있는데 이렇게 눈 감고 있으면 어떻게 해요? 아직 한 달도 채워지지 않았는데 이러는 게 어딨어요?"

그의 손에 준의 눈물이 떨어졌다.

"난 한 번도 오빠가 병원에 입원할 거라고 생각해 본 적이 없었어요. 어릴 때부터 오빠는 슈퍼맨 같아 보였거든요. 그래서 무서워하면서도 동경했어요."

재희는 여전히 눈을 뜰 생각이 없어 보였다.

"내가…… 오빠를 사랑하는 것 같아요. 오빠는 어떨지 모르지만 말이에요. 자존심 상해서 먼저 고백도 못했어요. 그런데 후회해요. 그냥 할걸……."

준이 그의 손에 입을 맞추었다.

"사랑해요. 내 목숨보다 더."

"……."

하지만 그는 말이 없었다.

"내가 오빠에게 어떤 말을 할지 기대해요. 눈만 떠 봐요. 오빠가 기대하던 말들을 귀가 따가울 정도로 해 줄 테니까."

"……."

"제발, 눈만 떠요."

"……."

"흑흑흑."

그녀가 재희의 손을 잡고 한동안 울기 시작했다. 이렇게 둘이 같은 공간에 있는데 아무런 말도 나눌 수 없다는 게 준은 너무나 슬펐다. 밤을 새우며 그의 얼굴을 바라보았다. 혹시나 의식이 돌아오지 않을까 해서였다.

"다친 곳 없이 가슴이 이렇게 아플 수 있다는 게 신기해요."

심장이 찢어질 것만 같았다. 이렇게 시간이 흐르면 손가락이라도 움직일 법한데 그는 아무런 움직임도 없었다. 준은 밤새 그의 곁을 지켰다.

"준아!"

다음날 아직 깨어나지 않은 재희를 보기 위해 한국에서 가족들이 왔다. 가족 모두 사색이 되어 있었다. 선우가 달래긴 했지만 김 여사는 재희의 모습을 보고는 그 자리에 주저앉아 오열했다.

"그만해, 재희는 지금 잘 견디고 있는데 당신이 왜 그래?"

이 회장은 오열하는 부인을 보며 나무랐다. 하지만 아들을 바라보는 이 회장의 눈에도 이슬이 가득했다.

"흑흑흑, 재희야."

"선우야, 네 엄마 데리고 나가."

"네."

선우가 김 여사를 데리고 나가자 병실엔 이 회장과 준, 그리고 침대에서 깨어날 줄 모르는 재희만 남게 되었다.

"우리 준이가 고생이구나."

"아니에요. 전 오빠만 깨어난다면 이보다 더한 것도 할 수 있어요."

한동안 둘은 말이 없었다. 조용히 재희만 바라보고 있었다.

"준아."

"네, 회장님."

"난 우리 준이 이렇게 재희를 생각하는 줄 몰랐다."

"……어릴 때 오빠는 무서우면서도 멋진 사람이었어요. 저한텐 연예인 같았거든요. 그래서 가까이하기 어려웠고 정혼자라는 말이 그렇게 좋게 느껴지지 않았어요……. 부담스러웠죠."

"그랬구나."

"그러다가 나이가 먹게 되고 오빠란 존재가 얼마나 큰 존재인지 알았을 때부터 좋았던 것 같아요."

"그런데 왜 결혼은 안 하겠다고 했니?"

"전 일을 하고 싶었어요. 인정받는 사장이 되고 싶었거든요. 아버지의 딸이 아닌 하준이란 사람으로 말이에요. 오빠가 재벌이 아닌 그냥 일반 사람이었다면 가능해도, 현진가의 장남이라면 이야기가 달라져서요."

"왜?"

"아주머니도 그렇고 소원 씨도 그렇고……. 다 집안일에 신경을 쓰는데 제가 일한다고 집안일을 내팽개칠 수도 없고, 집안일과 회사 일을 병행하기도 어려울 것 같아서요. 모두에게 민폐인 상황이라서 생각이 많았어요."

"재희는 네가 일을 하는 걸 이해할 거다. 그리고 그건 우리 김 여사나 소원이도 마찬가지고."

"……."

"난 말이다……. 이번 결혼에 전적으로 찬성하지 않았다."

처음 듣는 말이었다. 정혼을 맺은 건 아버지와 이 회장이었다.

"난 하 회장을 존경하고 좋아해서 사돈이 되었으면 좋겠다고 늘 생각했지. 그 생각이 얼마 전까지 유지되었지만, 우리 재희가 변하는 걸 보고는 내가 겁이 났다."

"오빠가 변해요?"

"실수라는 게 용납이 안 될 정도로 완벽주의자인 녀석이 요즘은 아주 넋이 나가서 실수가 잦았어. 도저히 이해가 안 돼서 조사를 해 보니 그게 다 너 때문이더구나."

"저요?"

"아주 넋이 나가 있더구나. 너한테 빠져서 종일 네 생각만 하는 것 같았다. 아비로서 좋은 기분은 아니지. 그래서 여기에 오기 전에 재희를 불러서 물었다. 도대체 왜 그러냐고."

그녀를 좋아하는 줄은 알았지만 일에까지 지장이 있는 줄은 꿈에도 생각하지 못했었다.

"널 너무 사랑하고 있다고 하더구나."

"……."

준의 눈에 회장이 뿌옇게 보이기 시작했다. 눈물이 차올라서 뭐라고 말을 할 수가 없었다.

"결혼할 거라고 하더구나. 결혼해도 얼빠진 짓은 계속할 수도 있다고 아주 당당하게 말하는 우리 재희가 눈에 선해. 그렇게 행복해 보이는 재희는 처음이었다."

"회장님……."

한동안 준은 울기만 했다. 그녀의 옆에 재희는 말없이 누워만 있었다. 의식 불명인 상황은 아니라고 했는데 재희는 깨어나지 않고 있었다.

"준아."

갑자기 이 회장이 준을 불렀다.

"손이……!"

재희의 손이 움직이기 시작했다. 손가락 하나가 조금 움직였지만 분명하게 움직였다. 준은 의사에게로 달려갔고 준이 다녀온 사이에 재희는 눈을 떴다.

"오빠!"

"……."

아직 말은 하지 못했지만, 그는 준을 알아보았다. 분명 그는 준을 보고 있었다. 그의 눈을 보는 순간 준은 깨달았다. 평생을 이 남자와 함께할 수밖에 없음을…….

한국으로 이송된 재희는 우리나라 최고의 의료진의 보살핌을 받으며 하루가 다르게 회복하고 있었다. 준은 매일 그를 찾았지만, 이상하게 준이 올 때마다 그는 잠이 들어 있었다. 그래서 많은 대화를 나누지 못했고 그저 얼굴만 보고 가는 것에 만족해야 했다.

거기다가 어찌나 업무량이 늘었는지 몸이 두 개라도 부족했다. 프랑스에서 일주일을 보내고 온 터라 업무량이 말도 못하게 밀려 있었다.

말없이 무턱대고 프랑스에 간 딸 때문에 하 회장은 화가 머리끝까지 나 있는 상황이었다. 언제 폭탄테러가 또 일어날지도 모르는데 겁 없이 갔다고 말이다. 그것 때문에 화가 나서 일부로 일을 배로 주는 것 같았다.

거기에 준은 지금 몸이 너무나 피곤했다. 이렇게 피곤이 안 풀린 적은 없었다. 그동안의 피로가 누적된 모양이었다.

"얼굴이 창백하십니다."

준에게 사인받을 서류를 주며 하늬가 걱정스레 물었다.

"아니야."

"아니긴요, 병원에서 수액이라도 한 대 맞고 오는 게 좋을 것 같습니다. 아니면 회사 내에 있는 진료소에서라도……."

"욱!"

갑자기 구토가 확 밀려왔다. 오전 중에 먹은 건 커피뿐인데 이상했다.

"안 되겠습니다. 어서 일어나세요."

"괜찮아."

"하준."

하늬가 그녀의 이름을 불렀다.

"알았어. 이것만 하고."

그녀는 서류에 사인을 마무리하고 하늬를 따라 사무실을 나왔다. 그러다가 핑 하고 어지러움을 느낀 준은 복도의 벽에 손을 짚었다.

"사장님!"

"어, 괜찮아……."

어지러움과 함께 눈앞이 깜깜해졌다. 도대체 뭐지? 준은 몸이 검은 수렁 속으로 빠지는 기분이었다.

"준아? 준아!"

하늬의 울음 섞인 목소리에 준은 겨우 정신을 차릴 수가 있었다.

"준아!"

하늬는 펑펑 울며 그녀를 끌어안았다.

"누구 없어요?"

"성 실장님!"

바람이었다. 하늬는 바람의 목소리를 듣는 순간 너무 안심되었다.

"병원……."

바람이 준을 안아 들었다. 준이 바지를 입고 있어서 다행이었다. 그리고 서둘러 주차장으로 향했다.

"바람아, 서둘러!"

"알았어."

하늬는 가는 사이에 준의 운전기사에게 전화를 걸어 차를 대기시키게 했다.

"아저씨, 한국병원이요."

바람도 하늬와 같이 차에 올랐다.

"응급실 앞에 차를 좀 대 주세요."

"네."

"아저씨 빨리요."

비상 깜빡이를 넣고 차는 병원으로 달리기 시작했다.

"준아, 정신 좀 차려 봐."

하늬는 준의 얼굴을 살짝 때리며 깨어나게 하려고 노력했다. 하지만 준은 여전히 눈을 감고 있었다.

"어떻게 된 거야?"

바람이 놀란 하늬를 진정시키면서 상황을 물었다.

"어지럽다고 해서 병원에 데려가려던 중이었는데, 갑자기 쓰러진 거야."

"……별일 아닐 거야. 너무 걱정하지 마."

"어떻게 걱정을 안 해?"

그녀를 위로하다가 한 소리를 들은 바람이었다.

"난, 네가 더 중요해."

기사 아저씨가 그들을 룸미러로 보고 있었다.

"그만해. 난 우리 준이 중요해."

"……."

바람이 하늬의 손을 잡아 주었다. 한국병원 응급실에 도착하자 병원의 의사들이 미리 대기하고 있었다. 가는 길에 전화한 덕분이었다. 준은 응급실로 향했고 하늬와 바람도 응급실로 향했다.

"우리 준이 괜찮겠지?"

"응……."

깨어나지 않는 준을 기다리며 하늬는 피가 마르고 있었다. 눈앞에서 준이 갑자기 쓰러지는 바람에 하늬는 정신을 차릴 수가 없었다. 이렇게 맥없이 쓰러진 준은 처음이었다.

"준아, 제발……."

하늬는 준의 옆에 앉아 기도했다. 제발 무사하기를…….

머리가 아팠다. 깨질 것같이 아픈 건 아니고, 뭔가 자고 일어났는데도 개운하지 않은 그런 느낌이었다. 눈을 떠야 하는데 잘 떠지지 않았다.

"뭐야……?"

눈을 뜨자 토끼 눈을 한 하늬가 그녀를 내려다보고 있었고 주변을 두리번거리니 병원이었다.

"너 지금 얼마 만에 깨어난 줄 알아?"

"어?"

"지금 퇴근 시간이야."

"그래?"

일이 또 밀렸겠다는 생각에 준은 한숨부터 나왔다.

"어서 가서 나머지 사인 좀 하자. 일이 또 밀렸겠네."

"미쳤어?"

"괜찮아. 자고 났더니 개운해진 것도 같고."

머리가 좀 아프고 속이 메스꺼웠지만 하늬가 걱정할 것 같아서 일단 괜찮다고 말한 준이었다.

"여기가 어디야?"

"한국병원."

"이 링거는 또 뭐야? 얼른 빼 달라고 해."

"준아."

"여기 온 김에 재희 오빠 보고 가면 되겠다."

하늬의 표정이 아주 묘했다.

"왜, 나 많이 아프데?"

뭔가가 있는 느낌이 들었다. 하늬는 알 수 없는 표정으로 그녀를 쳐다보았다. 좋은 일도 나쁜 일도 아닌 아주 묘한 표정이었다.

"그게 아니라……."

"그게 아니면 뭔데?"

"그게……."

그때 문이 열리고 세희가 병실 안으로 들어왔다.

"새언니는 또 왜 왔어요? 애들도 있는데…….."

"애들은 유모가 봐 주고 있어요. 그러네 지금 우리 애들이 문제가 아니에요. 하늬야, 아직 몰라?"

"아직 말 안 했어."

"뭐냐고요!"

준이 성질을 냈다. 그러자 머리가 다시 아팠다.

"이제 화 같은 거 내면 안 돼요. 아이한테 안 좋으니까요."

순간 벼락을 맞은 기분이었다.

"뭐요?"

"아기요."

"……."

정신이 멍해진 것 같았다. 하긴 준비가 되어 있지 않은데 이런 이야기를 듣는다면 다들 놀랄 일이었다.

"내가 우리 아진이 때 입덧이 심해서 좀 예민했는데, 지금 아진이 봐요. 아주 예민하잖아요. 태교는 무시 못하는 거라니까요."

"새언니!"

"4주 차라네요."

"……재희 오빠도 알아요?"

"현재는 우리 셋만 아는 비밀이죠. 아가씨가 이재희 부회장님에게 직접 말하는 게 옳다는 생각이 들어서요."

"네……."

세희는 같은 나이라도 결혼을 일찍 해서 그런지 그녀들보다 많은 면에서 성숙했다. 이건 사업하는 것과는 다른 문제였다.

"어쩔 거야?"

"……모르겠어."

"결혼해야지."

"아기가 아니더라도 결혼할 생각이었어."

"다행이다."

"뭐가?"

"이제야 우리 준이 정신을 차린 것 같아서."

하늬와 세희는 안도하는 분위기였다. 그녀가 싱글맘이라도 될까 봐 걱정을 한 모양이었다.

"아이에겐 아빠가 필요해."

"너에겐 이재희 부회장이 필요하고."

"……."

하늬의 말에 할 말이 없었다. 그녀는 정말 재희가 필요했다. 하지만 재희를 사랑하면 할수록 두려운 마음이 더 커져만 갔다.

"확실하게 검사를 받고 싶어."

"안 그래도 준비했어요. 깨어나자마자 바로 해 달라고요."

"고마워요, 새언니. 그런데 제가 재희 오빠에게 말할 때까진 다른 분들에겐 비밀로 해 주세요."

"알았어요."

"좋은 일이지만 걱정하실 거예요. 결혼도 하지 않았는데 임신이라니 말이에요."

"요즘은 그런 세상이 아니잖아요. 조선시대도 아니고. 그러니 걱정하지 말아요. 축복받을 일이에요."

"감사해요."

아이가 그녀의 불안한 마음을 느낄까 봐 걱정되었다. 이세 모성애란 걸까? 준은 그녀의 배에 손을 가만히 올려 보았다. 잠시 후에 간호사가 들어오고 그녀는 검사를 받았다. 그리고 그녀는 확실하게 임신이라는 사실을 알게 되었다.

9.
갑작스러운
동거

검사를 마친 후에 준은 오늘은 재희가 깨어나 있기를 바라며 병실로 향했다. 하지만 여전히 재희는 잠들어 있었고 깁스를 하고 있는 최 실장이 난감한 표정으로 그녀를 보고 있었다. 그녀가 들어서자마자 그가 눈을 감는 게 보였다. 오늘도 그의 잠든 모습만 보게 될 것 같았다. 그는 준을 피하고 있었다.

이유는 알 수 없었지만 말이다.

"조금 전까지는 깨어 있으셨는데……."

"최 실장님 잠시만 자리 좀 비켜 주시겠어요?"

"네."

준이 재희의 옆에 앉아 잠든 척하는 재희의 손을 잡았다.

"오빠, 오늘은 아주 중요한 말을 하려고요."

"……."

"나 임신했어요."

그녀의 담담한 말에 그의 손이 움찔하는가 싶더니 재희가 눈을 뜨고 그녀를 바라보았다. 아마도 놀란 모양이었다. 결혼도 하지 않고 아빠가 된다는데 놀라는 게 당연했다.

"우리 결혼을 해야겠죠?"

"준아……."

"아이기 생겼기 때문에 결혼하려는 긴 아니에요. 아기가 생겼다는 걸 안 건 오늘이에요. 저도 좀 놀랐어요. 하지만…… 기뻐요."

재희의 얼굴은 온통 상처투성이였고 그는 아직 온전히 걷지 못하고 있었다. 그래서인지 그녀를 봐도 재희는 기뻐하지 않았다.

"준아, 우리 결혼은 없었던 거로 하자."

오늘은 놀랄 일로 가득한 것 같았다. 평소의 준 같으면 감당하기 힘이 들었겠지만, 오늘 준은 엄마가 된 날이었다. 배 속의 아기를 지켜야 하는 엄마 말이다. 그리고 사랑하는 남자를 뺏기지 않아야 하는 여인이기도 했다.

"아뇨, 우린 결혼할 거예요."

"준아."

"아기는 어떻게 할 건데요?"

"아이는 내가……."

"어림도 없는 소리는 하지 마요."

"준아."

"나 오늘 오빠 집으로 들어갈 거예요. 물론 본가가 아니라 오빠 집이요. 당분간은 그렇게 살아요. 오빠도 다 낫고 나도 우리 아기를 낳고 나서 그때 우리 식 올려도 늦지 않아요. 난 안 올려도 상관없어요."

"그렇게 하기는 싫어. 난 널 세상에서 가장 아름다운 신부로 데려오고 싶었어."

"나 안 예뻐요?"

"……."

"난 지금 이 자체가 세상에서 가장 아름다운 신부예요."

재희는 준을 물끄러미 볼 뿐 다른 말은 하지 않았다. 하지만 그의 눈은 슬퍼 보였다.

"난 오빠가 다시 건강해지길 바라요."

"……."

"그리고 우리 아기의 자랑스러운 아빠가 되어 줄 거라고 믿어요."

준은 병실을 나왔다. 그리고 밖에서 기다리고 있는 세희, 하늬와 함께 본가로 향했다. 그녀가 도착하기 전에 가족들에게 할 말이 있다고 했고 가족들은 긴장한 표정으로 그녀를 기다리고 있었다.

"아빠, 저 재희 오빠와 결혼할 거예요."

그녀의 말에 하 회장의 얼굴에 안도의 빛이 떠올랐다.

"그래, 잘 생각했어. 엄마도 얼마나 걱정했는지 몰라. 네가 시집 안 가고 일만 한다고 할까 봐."

"그리고 저, 임신했어요."

"……."

집 안에 정적이 흘렀다. 하 회장의 표정이 아주 가관이었다.

"준아."

"기뻐해 주세요. 소중한 아이예요."

"결혼을 결심해 준 건 아주 고마운 일이지만, 아이 때문에 하는 거라면……."

"아니, 오빠. 아이 때문에 하는 건 아니야. 이미 결심한 일이었고 아이를 가진 건 오늘 알았어."

"오빠 우리 준을 존중해. 그리고 난 재희도 좋다."

"고마워, 그리고 저 오늘 짐 챙겨서 오빠 집으로 들어갈 생각이에요."

"준아!"

다들 빠른 전개에 놀라기도 하고 걱정도 되는 모양이었다.

"뭐라고 하지 말아 주세요. 그리고 결혼식은 오빠의 몸이 좋아지고 제가 아기를 낳은 후에 할 거예요."

그녀의 폭탄선언에 집 안이 조용해졌다. 아주 폭탄도 원자폭탄을 투하한 거나 마찬가지였다.

"재희가 병원에서 돌아온 후에……."

"오빠 곧 퇴원해요. 그전에 저도 준비를 해야죠."

"준아."

"집에서 일할 사람하고 간호할 사람을 구해야 할 것 같아요. 환자가 집에 있으니 차질이 생기면 안 되니 집에서 일하시는 세 분 정도는 다른 사람이 구해질 때까지만 절 도와주셨으면 해요."

그녀의 말에 아무도 토를 달지 못하고 있었다.

"재희 오빠가 퇴원하면 조금 더 의논해서 확실하게 어떻게 할지 정하게 될 거예요. 오빠의 본가로 들어갈지 아니면 따로 살림을 차리게 될지 말이에요."

놀란 어른들은 뭐라 답을 하지 못하고 있었다.

"일단 전 본가에 들어가서 사는 것도 좋을 것 같아요."

"준아."

"그리고 전 일을 그만둘 생각이 없어요. 대신에 일은 좀 줄일 거예요."

준은 이렇게 말하고 하늬와 함께 자신의 방으로 가서 우선은 입을 옷만 간단하게 여행용 가방에 옮겼다.

"아주 가관이 아니었어."

"어?"

"회장님 턱이 빠지시는 줄 알았다."

하늬가 조금 전의 상황에 대해 말했다.

"어찌겠어. 방법이 없다."

"네가 추진력이 강한 줄 알았지만 이 정도일지는 몰랐다."

"어차피 할 일이야."

"준아, 네가 오늘따라 대단해 보인다."

"원래 대단했어."

"거기까지."

캐리에 3개에 터질 듯이 짐을 챙긴 준은 하늬와 함께 재희의 집으로 향했다. 그녀가 먼저 찾은 곳은 재희의 집이 아닌 재희의 본가였다. 어른들께 미리 말씀을 드리는 게 맞는 것 같았기 때문이었다.

"괜찮겠어?"

"어, 괜찮아."

"너 갑자기 달라진 것 같아."

"뭐가?"

"여전사 같은 느낌이랄까?"

준은 하늬의 말대로 지금 여전사 같은 심정이었다. 배 속의 아이도 재희도 모두 지켜야 하기 때문이었다. 재희가 그녀와 결혼 하고 싶어 했던 건 확실했고 지금은 무슨 이윤지 몰라도 결혼을 거부했지만, 언젠가는 다시 마음이 돌아올 거라고 믿었다.

아니, 그의 마음을 돌릴 자신이 있었다. 그러기 위해선 그녀를 도와줄 지원군들이 필요했다. 특히 시댁 식구들이라면 좋을 것 같았다.

현진그룹 본가에 들어선 하늬는 놀란 눈으로 준을 보았다.

"이런 곳이 우리나라에도 있었구나. 난 고궁인 줄 알았어."

"멋있지?"

"멋있는 정도가 아니야. 집 안에 팔각정이 있고 연못도 있고, 와……."

하늬는 연신 감탄사를 남발하고 있었다. 저녁의 현진그룹 본가는 고즈넉한 분위기의 고택 같았다. 한옥양식의 집은 옛날 양반집의 분위기였다.

"준아."

선우가 그녀를 반갑게 맞이해 주었다.

"하늬도 왔네. 어서 와. 무슨 일인데 밤에 행차했어? 어른들이 걱정하셔."

갑작스런 그녀의 방문에 모두 놀란 것 같았다.

"준아."

재희와 선우의 어머니인 김 여사가 준을 반갑게 맞이했다.

"왜 이제야 온 거야? 프랑스에서 한국으로 돌아오면 바로 온다고 하더니."

"죄송해요. 너무 바빴어요. 그동안 밀린 일도 있고 해서요."

"우리 준이 힘들게 계속 세워 둘 거야?"

"아니요. 준아, 여기 앉아."

"네."

그녀는 고급 명품 소파에 앉았다. 밖은 한국식인데 집 안은 완전 서양식이었다.

"저, 드릴 말씀이 있어서요."

"말해."

"오늘부터 오빠 집에서 지낼까 합니다."

"뭐?"

아직 그가 말하지 않은 모양이었다. 이 회장과 김 여사, 그리고 선우까지 입을 다물지 못하고 있었다.

"그리고 한 가지 더 말씀드릴 게 있어요."

모두가 준의 입만 보고 있었다.

"저 임신했어요."

"……."

아무런 말이 없었다. 그녀가 보기에 어찌할 바를 모르고 있는 것 같았다.

"하! 우리 준이 아주 핵폭탄을 두 개나 터트리네."

선우가 놀란 표정으로 말했다.

"아니지, 이제 형수님이라고 해야 하나?"

아직 어른들은 충격에서 헤어 나오지 못한 것 같았다.

"준아, 축하한다."

먼저 정신을 차린 건 김 여사였다.

"여보, 뭐 해요?"

"너무 좋아서 그렇지."

"감사해요."

"힘들 텐데 그냥 본가로 들어와서 지내."

"아니에요. 오빠 집에서 당분간 지낼게요. 그리고 결혼식은 천천히 올릴 테니까 너무 걱정하진 마세요."

"그럼, 혼인 신고부터 하자."

"네."

어른들의 급한 마음이 그대로 느껴지고 있었다. 본가에서 축

하를 받은 후에 그녀는 재희의 집으로 향했다. 바쁜 하루였다.

"준아, 확실히 재벌은 다르구나."

재희의 집에 들어선 순간 하늬의 입이 떡 벌어졌다.

"혼자 사는데 이 정도라니……."

"바람이도 잘해 놓고 살지 않아?"

"이 정돈 아니지. 재벌도 같은 재벌이 아니잖아. 그런데 너, 혼자 지낼 수 있어?"

"다음 주에 오빠 퇴원이야."

"일단 집 안부터 정돈해야 하고 간병인에 특히 신경 써야 해."

"넵."

준은 집 안을 살피기 시작했다. 이 집은 그와 준에겐 특별한 장소였다. 그래서인지 이 집에서 신혼을 시작한다면 좋을 것 같았다.

준은 떨림보다는 긴장감이 더 해졌다.

"잘 할 수 있겠지?"

"그럼, 넌 유인그룹 사장 하준이니까."

"고마워."

하늬가 그녀를 응원해 주었다. 모두가 그녀를 지지하고 있는 이때, 정작 그녀의 버팀목이 되어야 하는 재희는 그렇지 않아서 걱정이었다.

병원에 한 달을 입원해 있으니 좀이 쑤셔 죽을 것만 같았다.
준이 올 때마다 일부러 눈을 감아 버렸다. 그가 고의로 벌인 일
은 아니지만 아픈 모습을 보며 슬퍼하는 준의 모습을 보는 게
마음 아팠기 때문이었다.

"그렇게 힘드십니까?"

"아니라고는 못하겠어……."

최 실장의 물음에 그가 답했다.

"전 솔직히 프랑스에서 놀랐습니다. 그렇게 한걸음에 달려오
실 줄은 몰랐거든요. 부회장님 식구들보다도 빨리 오셨습니다.
그리고 얼마나 우시던지……. 마음이 아파서 죽는 줄 알았습니
다."

"벌써 몇 번째 말하는 거야?"

"너무 충격적이라서요."

"뭐가?"

"전 하 사장님이 재벌 집에서 귀하게 자란 분이라서 자기밖
에 모를 줄 알았거든요."

"편견이야."

"인정합니다."

프랑스에서 준이 그에게 얼마나 헌신적이었는지 재희도 알았다. 솔직하게 그도 준이 그 정도로 자신을 생각해 줄지는 몰랐었다.

"진심으로 사랑하시는 것 같습니다."

"……."

"저도 제 아내가 그렇게 절 사랑해 주면 얼마나 좋을까? 라고 생각했습니다. 처음으로 부회장님이 부러웠습니다."

"그만해."

"네."

그때였다. 준이 병실에 들어왔고 그는 다시 눈을 감았다. 그녀의 향이 그의 코끝을 자극하고 있었다.

"최 실장님, 잠시만 자리 좀 비켜 주시겠어요?"

"네."

준이 눈을 감고 있는 재희의 손을 잡았다. 따뜻한 온기가 그의 몸에 퍼지는 것 같았다. 그녀를 사랑한 만큼 지금 이 모습은 그녀에겐 보이고 싶은 모습이 아니었다. 그는 항상 완벽한 모습으로 준의 앞에 서고 싶었다.

"오빠, 오늘은 아주 중요한 말을 하려고요."

"……."

준이 오늘은 단단히 결심한 것 같았다. 다른 날은 그가 잠들어 있는 모습만 보고 가더니 오늘은 자신의 말을 할 것 같았다.

"나 임신했어요."

그녀의 담담한 말에 그가 눈을 떴다. 망치로 머리를 맞아도 이보다는 나을 것 같았다. 물론 준과 섹스를 할 때 일부러 피임하지 않았었다. 그녀를 자신의 것으로 만들기 위해 그는 그런 치사한 방법까지 동원했었다. 그런데 막상 임신이라는 말을 듣고 나니 충격적이었다.

기분이 좋기도 하고 아주 오묘한 느낌이었다. 하지만 준은 상당히 담담한 모습이었다. 이런 준의 모습이 오늘따라 아름답게 느껴지고 있었다. 확실하게 그는 준을 사랑했다. 그래서 요즘 생각이 많아진 그였다.

준이 그를 좋아하는 이유는 섹스 때문이었다. 준에게 판타지를 심어 준 건 그였다. 그래서일까? 섹스가 아닌 다른 면에선 준에게 자신이 없었다. 그런데 그는 지금 평생을 성 기능 장애로 살 수도 있었다.

이제 그와 결혼을 해 봤자 준이 즐거워할 일은 없었다.

"우리 결혼을 해야겠죠?"

"준아……."

아이 때문에 결혼하는 것이라면 그는 싫었다. 준은 오로지 그만 바라봐야 했다. 그게 그의 하나뿐인 욕심이었다. 이제는 좌

273

절됐지만 말이다.

"아이가 생겼기 때문에 결혼하려는 건 아니에요. 아기가 생겼다는 걸 안 건 오늘이에요. 저도 좀 놀랐어요. 하지만…… 기뻐요."

준은 기뻐하지 않고 있었다. 그녀는 담담하게 말하고 있었다.

"준아, 우리 결혼은 없었던 거로 하자."

아이가 생겼다는 이유로 그녀를 잡아 둘 순 없었다.

"아뇨, 우린 결혼할 거예요."

그녀가 고집을 피웠다. 이건 그가 아는 준의 모습이 아니었다.

"준아."

"아기는 어떻게 할 건데요?"

아기라는 말에 재희는 다른 생각은 할 수 없었다.

"아이는 내가……."

"어림도 없는 소리는 하지 마요."

"준아."

"나 오늘 오빠 집으로 들어갈 거예요. 물론 본가가 아니라 오빠 집이요. 당분간은 그렇게 살아요. 오빠도 다 낫고 나도 우리 아기를 낳고 나서 그때 우리 식 올려도 늦지 않아요, 난 식을 안 올려도 상관없어요."

생각보다 준은 단호하게 나왔다. 이런 걸 바라고 결혼을 하자고 한 건 아니었다.

"그렇게 하기는 싫어. 난 널 세상에서 가장 아름다운 신부로 데려오고 싶었어."

"나 안 예뻐요?"

"……."

"난 지금 이 자체가 세상에서 가장 아름다운 신부예요."

재희는 준을 물끄러미 볼 뿐 다른 말은 하지 않았다. 준은 아름다웠다. 준의 말처럼 그녀는 세상에서 가장 아름다운 여자였다. 그런데 그는 그런 준을 안을 수가 없었다. 이상하게 사고 이후에 그의 페니스는 반응이 없었다.

준에게 짐승같이 달려드는 그를 더는 보여 줄 수가 없었다. 그게 재희는 두려웠다.

"난 오빠가 다시 건강해지길 바라요."

"……."

"그리고 우리 아기의 자랑스러운 아빠가 되어 줄 거라고 믿어요."

준이 병실을 나가고 그는 깊은 한숨을 내쉬었다. 두려웠다. 이제 남자로서의 구실을 할 수 없게 된다면 그는 준과 결혼할 수 없었다. 준에게 불행한 삶을 살게 할 순 없었다.

"부회장님."

"……."

최 실장이 아주 난감한 표정으로 들어왔다.

"하준 사장님이 열쇠를 달라고 하셔서 드렸습니다."

"왜 줬어?"

"안 드리려고 했는데 어찌나 화를 내시는지, 그만……."

준은 자신의 고집대로 할 것이다. 그는 준을 모르지 않았다. 누구보다 준을 잘 알았다. 사업가인 준은 그와 비슷했다. 열정적이고 성실한 사람이었다. 그런 준이 이제 그에게 열정적이고 성실한 아내가 되려고 하고 있었다.

"후……."

"죄송합니다."

"아니야, 집에 준비된 게 없는데 최 실장이 좀 도와줘. 준의 고집은 꺾기 어려우니까."

"네, 알겠습니다."

"세상에서 가장 힘이 든 게 사랑인 것 같아."

그는 다시 눈을 감고는 오지 않는 잠을 청했다.

병원엔 식구들이 다 와서 그의 퇴원을 지켜보았다. 여전히 얼굴은 프랑켄슈타인처럼 바늘 자국이 가득했고 몸은 구부정한 상태였다.

병문안을 온 어머니는 그의 얼굴을 제대로 보지도 못하셨다. 건물이 폭파되면서 그의 앞에 있던 메이크업을 받기 위해 설치되어 있던 거울의 파편이 그의 온몸에 박혀 보기 흉한 상처를 남겼다. 성형외과 의사는 다행히 깊이 박힌 게 아니어서 상처가 아물면 괜찮아질 거라고 했지만 그는 괜히 자신이 없어졌다.

특히 장기 파열 수술로 인해 그는 몸을 제대로 펼 수조차 없었다. 이러다가 평생 장애를 안고 사는 건 아닌지 불안했다. 완벽하게 몸이 회복되려면 아직 한 달은 더 있어야 한다고 의사가 말했다. 하지만 재희는 의사들의 말을 믿을 수가 없었다.

재희는 차에 올라 자신의 팔을 내려다보았다. 유리 파편 때문에 그의 팔은 아주 보기 흉했다. 살이 움푹 들어간 곳도 있었고 아물지 않아서 농이 차 있는 곳도 있었다. 그는 한마디로 괴물 같은 모습이었다.

그가 지하주차장으로 가는 내내 사람들의 시선이 그에게로 향해 있었다. 어떤 사람은 놀란 눈으로 멍하게 그가 지나갈 때까지 보았고 어떤 사람은 얼른 눈을 피해 버렸다.

"살면서 처음이야."

"뭐가요?"

"사람들이 날 피하는 거."

"의사 선생님께서 곧 좋아지실 거라고 말씀하셨습니다."

"과연 그런 날이 올까?"

그는 자신의 차에 오르며 다시 한 번 주변을 두리번거리며 살폈다.

"준은?"

"지금 집에 계실 겁니다."

재희는 퇴원하는 날엔 준이 와 주길 바랐다. 하지만 그녀는 보이지 않았다. 그의 외모 때문에 실망했을 수도 있었다. 임신만 아니었어도 마음을 바꾸었을 것이다. 재희는 깊은 한숨을 내쉬었다.

오늘은 재희의 퇴원 날이었다. 준은 일찍 퇴근해서 그가 좀 더 편하게 있을 수 있게 정리하고 체크를 한 후에 병원으로 향했다.

하지만 병원 앞에 도착하자 차에서 내리지 못한 준이었다.

"안 내리십니까?"

"우린 그냥 집으로 가."

"왜요?"

"어른들과 마주치는 게 싫어. 괜히 미안해하시는 거 보고 싶지 않아."

그녀가 결혼을 결심하고 임신까지 해서 그런지 시어른들이 그녀의 눈치를 보는 것 같았다. 얼마나 신경을 써 주시는지 몸 둘 바를 모를 지경이었다. 그래서 준은 될 수 있으면 시어른들을 피하는 중이었다.

그분들의 잘못도 아닌데 괜히 미안해하시는 게 마음에 걸렸다.

"알겠습니다."

다시 집으로 돌아온 준은 그가 오기를 기다렸다. 하늬를 돌려보내고 집에 들어와서 그의 방부터 다시 살폈다.

"잘 부탁드려요."

"네."

간병인은 삼십 대의 건장한 물리치료사였다. 아무래도 그가 거동이 불편하면 안아서 이동할 수 있게 일부러 젊은 간병인을 구했다.

"예민하실 수 있으니까. 배려 좀 부탁드릴게요."

"알겠습니다. 너무 걱정하지 마세요. 환자분들은 원래 예민하십니다."

"고마워요."

서글서글한 얼굴의 간병인은 믿음직스러워 보였다. 일단은 그가 집에 와도 안심이었다.

디리릭—

그가 도착한 모양이었다. 준은 빠르게 현관으로 향했다. 평소엔 집이 커서 들리지도 않는 소리가 다 들렸다. 그와 최 실장은 벌써 집 안으로 들어와 있었다. 그의 표정이 심상치 않았다. 살기가 드러난 표정이었다. 그의 눈길을 따라가자 뒤에 간병인이 있었다. 낯선 사람의 모습에 경계를 하는 것인지 그의 표정이 좋지 않았다.

"어서 오세요. 고생하셨어요. 이쪽은 간병인분이세요."

"……."

준이 인사에 재희는 아무런 말 없이 집 안으로 들어왔다.

"몸은 좀 어때요?"

"……괜찮아."

"간병인분이 상주해서 계실 거예요. 식사부터 하셔야죠."

"준."

"네?"

"너무 애쓰지 마."

그는 이렇게 말을 하며 자신의 방으로 들어갔다. 구부정한 자세인 걸 보니 그는 아직 몸이 안 좋은 듯했다. 당분간 출근도 불가능했다. 간병인과 함께 그의 방으로 들어간 준은 그가 필요한 걸 챙겼다.

"차 한 잔 드릴까요?"

"응."

그녀는 차 한 잔을 재희에게 가져다주고는 자신은 게스트 룸으로 향했다. 같이 지내는 것보다는 따로 있는 게 더 좋을 것 같았다. 그가 건강을 회복하고 그녀도 안정기에 접어들 때까지 말이다.

준은 책을 한 권 꺼내 들고는 읽기 시작했다. 육아에 관한 내용이었다. 한 번도 해 본 적이 없는 일이었기 때문에 많은 공부가 필요할 것 같았다.

"아가야, 엄마가 노력할게."

그녀는 모차르트의 피아노 연주곡을 틀고는 책을 읽기 시작했다. 하지만 머릿속에 들어올 리가 없었다. 그녀는 책을 내려놓고는 그의 방으로 향했다. 하지만 방 안은 조용하기만 했다.

"자?"

[아니.]

하늬에게 전화를 건 준은 테라스로 나와 바람을 맞고 있었다.

[이 부회장님은 좀 어때?]

"괜찮아, 그리고 지금은 자는 것 같아."

[아무래도 몸이 회복되려면 시간이 좀 걸리겠지.]

"그렇겠지?"

[응, 그래도 건강하신 분이니까 금방 회복하실 거야.]

"뭐 해?"

[나? 그러니까······.]

"그래, 뭐 하냐고."

뭔가 자꾸 부스럭거리는 소리가 났다.

"어디야?"

[······바람이 집.]

"어떤 상황인지 알 것 같아."

[아니 넌 몰라.]

"알았으니까 잘 놀다 오고, 내일 보자."

전화를 끊고 준은 처음으로 하늬가 부러웠다. 건강한 남자친구가 있다는 게 이렇게 부러울 수가 없었다. 언젠가 재희도 회복이 되겠지만 두 사람 사이의 골이 깊어질까 봐 준은 두려운 마음이 들었다.

"진짜 이럴 거야?"

"내가 뭐?"

아주 당당한 바람이었다.

"아니, 준의 상태가 어떤지 알면서도 통화할 때 꼭 이래야 해?"

"응."

그가 하늬의 블라우스를 풀어헤치고는 브래지어 안의 유두를 혀로 핥고 있었다.

"바람아."

"아직 철이 덜 들어서 그래. 그리고 넌 너무 맛있어."

아주 못 말리는 인간이었다. 하긴 오늘의 발단은 하늬가 그를 부르면서 시작된 일이었다. 그래서 누굴 원망할 수도 없었다. 차를 가져가지 않아서 준을 데려다주고는 바람에게 데리러 올 것을 부탁했기 때문이었다.

"내가 미쳤지. 왜 데리러 오라고 해서……."

"이걸 바랐잖아."

여전히 바람은 그녀의 가슴을 빨고 있었다. 아무리 생각을 해도 바람은 색마가 속에 있는 게 분명했다.

"아니거든."

"아니긴."

바람은 하늬의 집이 아닌 자신의 집으로 하늬를 데려와서 밥도 안 먹이고는 이러고 있었다.

"배고파."

그의 머리를 밀어내려고 애를 쓰면서 하늬가 말했다.

"너부터 먹고."

"바람아."

"난 네가 고파."

아주 못 말리게 밝히는 남자였다. 그녀의 옷은 순식간에 어디론가 사라진 상황이었다. 그리고 바람도 옷을 완벽하게 벗어 버렸다.

"나 힘들다."

솔직하게 오늘은 피곤한 하늬였다. 준의 임신 사실을 알고부터 준에게 더 신경을 써야 했기 때문이었다.

"빨리 끝낼게."

"밥 먹고 하자."

"배부르면 섹스의 맛이 안 나."

바람은 하늬를 어떻게 자극해야 하는지 잘 알았다. 늑대가 아니라 아주 머리 좋은 여우 같았다.

"도대체 여자를 몇 명이나 만나 본 거야?"

아주 궁금한 부분이었지만 그동안은 묻지 않았었다. 자존심 때문이었다.

"너 하나뿐이야."

입에 침도 바르지 않고 거짓말이었다.

"거짓말."

"사실이야, 내가 여자로 만난 건 하늬 너뿐이야."

"그런데 어쩌면 이렇게 잘해?"

"우리 둘이 잘 맞는 거지."

"아주 바람둥이같이 말하는 것 같아."

"그런가?"

"아, 흐……."

바람이 유두를 강하게 빠는 바람에 하늬는 더는 아무것도 생각할 수 없었다. 바람은 어리지만 하늬를 꼼짝하지 못하게 만드는 힘이 있었다. 바람은 하늬와 결혼할 거라고 집안에 말을 한 상황이었다.

세희의 말에 따르면 거의 통보 형식이었고, 5대 독자의 똥고집을 집안 누구도 꺾을 수 없다고 했다. 사람 하나 살리는 셈 치고 결혼하라고 말이다. 문제는 그녀의 집이었다. 바람이 연하인 것도 모자라 재벌이라고 하면 아빠는 다 때려치우고 울산으로 내려오라고 할 게 뻔했다.

모두가 재벌을 좋아하는 건 아니었다. 그녀의 집안은 비슷한 환경의 사람들끼리 만나는 걸 선호했다. 사돈끼리도 왕래하는 그런 사이 말이다. 하지만 바람과 결혼을 하면 그건 물 건너간 이야기였다.

"딴생각하지 마."

그녀가 반응이 없자 바람이 짜증을 냈다.

"아빠 때문에 걱정이야."

"장인어른이 왜?"

"널 반대하실 거야."

"아닐걸?"

"그 자신만만함에 박수를 보낸다."

바람이 하늬의 가슴에서 배꼽으로 입술을 내리고 있었다.

"장인어른껜 허락받았어."

"뭐?"

그의 한마디에 하늬의 몸이 굳어 버렸다.

"장모님도 좋아하셨고."

"미쳤어?"

"넌 신랑한테 미쳤다는 소리가 나와?"

"언제 갔었는데?"

"2주 전쯤?"

하늬가 준 때문에 정신이 없던 틈을 노린 것이다. 아주 주도
면밀한 인간이었다.

"엄만 아무 소리 없었는데?"

"내가 장모님께 부탁드렸지."

"……거슬려."

"뭐가?"

"장인어른, 장모님 하는 거."

"너도 우리 아버지, 어머니한테 아버님, 어머님 해야지."

하늬는 기가 막혀서 말이 다 나오지 않았다. 도대체 어떻게 엄마, 아빠를 꼬신 건지 궁금했다.

"못 믿겠어. 우리 엄마, 아빠 재벌 싫어해."

"맞아, 처음엔 좋아하지 않으셨지. 그런데 내가 누구야, 2박 3일 동안 매일같이 찾아갔지. 거기에 감동하신 거야. 내 진정성을 보신 거지."

"거짓말."

"약간의 선물도 있었고."

뭔가 불안했다. 바람이 선물하는 건 보통 비싼 고가의 물건이 아니었다. 그래서 하늬도 너무 비싼 건 거절했었다. 물론 결국 그녀의 방에 들어와 있긴 했지만 말이다.

"말해."

하늬가 벌떡 일어나 버렸다.

"왜?"

"말하지 않으면 안 할 거야."

"하늬야……."

그녀가 요지부동이자 바람이 입을 열었다.

"집."

"뭐?"

"집 사드렸어."

"미친놈."

집을 사드렸다는 소리에 미친놈 소리가 절로 나왔다. 바람은 절로 욕을 부르는 일만 골라 했다.

"왜? 널 이렇게 예쁘게 낳아 주시고 키워 주신 분들인데……."

"그걸 엄마, 아빠가 받았다고?"

"물론 네가 사드렸다고 했지. 펌수도 그렇게 안 커."

"몇 평인데?"

"50평."

"야!"

미친 게 분명했다. 이게 알려지면 시댁에서 반대할 게 뻔했다.

"우리 결혼은 물 건너갔어. 임 회장님은 알고 계셔? 아들이 어마 무시한 사고를 치신걸?"

"어, 아버지가 직접 주신 거야."

"뭐? 세희는?"

"누나도 좋아하던데?"

"다들 미쳤어……."

"다들은 아니고 나만 너한테 미친 거야."

그가 갑자기 하늬를 안아 들었다.

"뭐 해?"

"하던 거 계속해야지."

"그만해!"

그녀의 고함소리를 들은 척도 하지 않은 바람이었다. 그는 하늬를 안아 들고는 침실로 향했다. 이제 익숙해져 버린 그의 침실이었다.

"하늬야, 사랑해."

"징그러워."

"까칠하게 왜 이러실까?"

바람이 입고 있던 옷을 벗기 시작했다. 바람은 옷을 벗으면 완전히 다른 남자가 되었다. 평소에는 어리게만 느껴지던 바람이 옷을 벗고 근육질의 몸을 드러낼 때면 솔직히 하늬는 반하고 말았다.

그리고 짐승처럼 그녀를 탐할 때도 마찬가지였다. 연하와 사귀게 될 거라 생각한 적은 한 번도 없었다. 그녀는 나이가 2살 정도 위인 점잖은 스타일의 남자를 좋아했는데 바람은 아니었다.

"으으음."

오늘은 다짜고짜 여성을 먼저 삼켜 버린 바람 때문에 하늬는 연속적으로 신음을 토해냈다. 정신이 아득해지고 몸이 뜨거워졌다. 바람에겐 그녀를 욕망에 빠져들게 만드는 묘한 재주가 있었다.

"우리도 같이 살까?"

"미쳤어."

"왜?"

"진짜 왜 그래?"

"난 준이 누나하고 재희 형이 부러워."

이럴 땐 영락없는 애였다. 하지만 하늬는 다시금 입술을 겹쳐 오는 바람에게 오늘도 무너지고 있었다. 바람은 까칠한 하늬를 다룰 수 있는 유일한 남자였다.

10. 갈증

임신 4개월에 접어들자 준은 피로감을 많이 느꼈다. 말을 하지 않으면 임신 사실조차 모를 정도로 그녀는 날씬했다. 가슴이 점점 부풀어 오르는 걸 빼고는 달라진 게 아무것도 없었다. 하지만 몸은 그녀가 아기를 가졌음을 똑똑히 보여 주고 있었다. 날마다 피곤한 준이었다. 그런데도 그녀의 남편인 재희는 그녀를 챙기지 않았다. 어떤 날은 너무 서러울 때도 있었다. 재희는 여전히 그녀와는 대화를 나누지 않고 있었다.

재희는 지난주부터 출근을 시작했고 준도 여전히 회사에 나가는 중이었다. 그래도 다행인 건 그의 본가에서 그녀를 돕기 위해 많은 애를 쓰고 있다는 것이었다. 선우의 부인인 소원은 특히 더 그녀를 신경 써 주었다.

배우를 해서 그런지 사람들과 금방 친해지는 소원이었다. 그래서인지 요즘은 선우보다 소원과 더 친해진 준이었다.

"형님, 전 선우 씨 종으로 시집 왔나 봐요……."

"왜?"

"아주 사람을 종처럼 부려 먹어요. 다행히 어머님이랑 아버님이 챙겨 주시긴 하지만 이건 해도 해도 너무해요."

귀여운 투정이었다. 선우가 얼마나 소원을 사랑하는지 알고 있었다.

"그리고 요즘은 아기를 또 낳자고 아주 난리예요. 둘이면 됐지."

그녀는 소원에게 아이스티를 건넸다.

"감사해요."

"반찬 잘 먹겠다고 전해 드려."

"네, 저건 임산부 특별식이에요. 집에서 일하시는 주방장님의 솜씨가 아주 끝내주시거든요. 저도 입덧 때문에 고생했는데 덕분에 아주 잘 먹었죠."

"그래?"

"네, 그런데 형님은 임신한 티가 하나도 안 나세요."

"고마워."

"완전 부럽죠. 전 둘째 임심했을 때 굴러다닐 만큼 살이 쪘었 거든요. 아 참, 오늘 퇴근하고 선우 씨랑 아주버님이 같이 온다 고 했어요."

"저녁 준비해야겠다."

"제가 준비할게요. 형님은 쉬세요."

며칠 전부터 선우가 집에서 저녁을 먹고 싶다고 졸라서 그녀 가 오늘 집으로 초대했다. 그동안 고마웠는데 한 번도 저녁을 대접한 적이 없었기 때문이었다.

저녁은 그녀가 준비하려고 했는데 동서가 집에서 다 준비를 해 와서 말 그대로 상만 차리면 됐다.

"뭘 이렇게 많이 준비했어?"

"제가 준비하나요? 주방장님이 하신 거죠."

"그래도 들고 오려면 힘들지."

"역시 형님뿐이에요."

준도 애교가 많은 소원이 싫진 않았다.

디리릭—

"왔나 봐요."

남편이 오는 게 너무 좋은 모양이었다. 결혼한 지 몇 년이 지 났는데도 선우와 소원은 신혼 같았다. 신랑이 왔다는 말에 소원 은 기분 좋게 현관으로 쪼르르 달려갔다.

"왔어요?"

"응, 형수님 저 왔습니다."

둘이 있을 땐 친구라 반말이었지만 식구들이 있을 땐 선우도 그녀에게 예의를 갖추었다.

"다녀오셨어요?"

"……."

"형수님은 더 예뻐지십니다."

분위기가 어색하자 선우가 너스레를 떨었다.

"나는요?"

"당연히 우리 소원이가 제일 예쁘지."

아주 못 말리는 커플이었다.

"손 씻고 저녁 드세요."

다들 식탁에 둘러앉아 식사를 했다. 물론 대화는 선우가 주도를 하고 있었고 그녀는 밥만 먹었다.

"형이 아기 갖은 거 보고 우리도 하나 더 낳을 생각이야."

"안 된다고 했잖아요."

소원이 선우를 째려보며 말했다.

"왜?"

"셋은 무리예요."

"난 넷은 낳고 싶어."

"형님 생각은 어때요?"

뜻밖의 물음에 당황했지만 준은 솔직하게 말했다.

"전 생기는 대로 낳을 생각이에요."

"역시 우리 형수님 대단하십니다."

재희와 잠시 눈이 마주쳤지만 둘은 아무런 말도 하지 않았다.

"아니 우리 형이 이렇게 말이 없다니까."

"내가 뭐?"

"아내들이 삼시세끼 다 차려야 하는 삼식이보다 더 싫어하는 게 재미없는 남자라고요."

"싱거운 소리 그만해."

식사를 하는 내내 선우가 노력했지만, 분위기는 그리 좋지는 않았다. 저녁을 먹고 상을 치우는데 소원이 그녀의 옆구리를 쿡 찔렀다.

"왜?"

"형님, 난 형님이 왜 결혼을 택하셨는지 알았어요."

"어?"

자다가 봉창 두드리는 소리를 하는 소원이었다.

"말은 없으시지만, 형님을 너무 강렬하게 쳐다보시는 거예요. 마치 야릇한 영화에 나오는 남자배우처럼 말이에요. 여자들이 완전 반하게 생기셨잖아요."

"잘못 본 거야."

"한두 번 그렇게 보신 게 아닌데 어떻게 잘못 봐요. 형님은 식사하시느라 못 보셨겠지만요. 그게 더 멋지지 않아요. 몰래, 아주 야릇하게 보는 남편이라니…… 멋져요."

"……."

준은 정리를 하다 말고 뒤를 돌아보았다. 하지만 그는 선우와 이야기를 하느라 그녀 쪽은 보지도 않고 있었다.

"어쨌든 부러워요."

정리하고 차를 마시는 내내 준은 그를 보지도 못했다. 소원이 보았다는 그 눈빛을 볼까 봐 두려웠다. 몇 달 전 그들이 미친 듯이 섹스를 하던 때가 떠오르기 때문이었다.

"오늘 너무 좋은 것 같아요. 형님 우리 이렇게 한 달에 한 번 여기서 볼까요?"

"좋아."

"역시 형님은 쿨하시다니까."

"자주 놀러 와도 돼."

"정말요?"

"소원아, 형수님 직장 다니신다."

"그럼 주말에 집에 계실 때 놀러 올게요. 그래도 되죠?"

"네."

소원은 그녀가 마음에 드는 모양이었다. 그녀도 밝은 소원이 마음에 들었다.

선우네가 집에 돌아가고 그녀는 재희와 둘만 남게 되었다. 간병인은 이제 필요하지 않아서 돌려보냈고 주말엔 상주하는 가정부들도 집에 가고 없었다.

"주무셔야죠."

"그래야지."

그들은 여전히 각방을 쓰고 있었고 서로의 사생활을 존중했다. 이렇게 혼자 지내다 보니 가끔은 결혼했다는 생각이 들지 않을 때도 있었다.

"으으아!"

기지개를 켠 준은 옷을 벗고는 욕실로 향했다. 하루 중에 가장 기분 좋은 시간이었다.

"아가야, 오늘도 수고했어."

그녀는 따뜻한 물에 피로를 풀며 기분 좋게 샤워를 하고 밖으로 나왔다. 수건 한 장만 걸친 그녀는 욕실 앞에서 서서 거울로 전신을 비춰 보았다. 임신했어도 티 하나 나지 않는 몸매였다.

배가 살짝 부른 것 같았지만 가슴이 더 커져서 그런지 볼륨감이 있어 보였다.

"후……."

한숨이 절로 나오는 준이었다. 이제는 이런 그녀의 환상적인 몸매를 봐 줄 사람이 아무도 없었다. 그때였다.

"어머!"

침대 옆에 검은 물체가 서 있어서 화들짝 놀란 준이었다. 얼른 수건으로 몸을 가린 준은 재희란 걸 확인하고는 안심했다.

"무슨 일 있어요? 몸이 안 좋아요?"

준은 걱정이 되어 물었다. 하긴 오늘 사람들이 집에 와서 그렇게 오래 있었으니 피곤할 만도 했다.

"병원에 갈까요? 아니면 주치의 부를까요?"

"……."

그는 아무 말 없이 그녀를 바라보고 있었다. 소원이 말한 대로 뜨거운 눈빛이었다. 그녀가 알몸으로 거울을 보고 있던 걸 본 모양이었다.

"재희 오빠……?"

"아픈 데 없으니까 걱정하지 마."

"다행이에요. 그런데 무슨……."

그가 위험스럽게 한 걸음 다가섰다.

"……."

그리고 다시 한 걸음 그는 점점 더 그녀 가까이 다가왔다.

"오빠……."

"오늘은 참지 않아도 돼."

"읍!"

그가 알 수 없는 말을 하더니 그녀의 입술을 삼켜 버렸다. 몇 개월 만에 하는 키스였다. 그가 얼마나 절실하게 키스를 하는지 준은 울 뻔했다. 프랑스에서 폭탄 사고가 있고 난 뒤에 그는 준에게 손조차 대지 않았다.

처음엔 충격이 커서 그러나 하다가 나중엔 준도 포기한 상황이 되어 버렸다. 아기와 일에만 집중하겠다고 생각했었다. 외로움은 천천히 극복하면 된다고 믿었다. 하지만 그와의 키스를 통해 준은 그가 아주 그리웠음을 느꼈다.

그의 혀가 미친 듯이 그녀의 입속을 휘젓고 있었다. 그의 저돌적인 키스 때문에 준의 목은 뒤로 꺾여 있었고 숨조차 쉬기 힘이 들었다. 서로의 혀가 미친 듯이 얽히고 타액이 오가는 동안 둘은 제정신이 아니었다.

곁에 있으면서도 조심스러웠던 만큼 준은 그에게 더욱더 매달리고 있었다.

"으으음……."

준의 눈에서 눈물이 흘러내리고 있었다.

"준……."

재희가 준을 잠시 떼어냈다. 그리고 그녀의 흐르는 눈물을 손으로 닦아 주었다.

"흑흑흑……."

아무리 멈추려고 해도 눈물이 멈추질 않았다.

"흑흑……. 난 오빠가 이제 날 더는 여자로 보지 않는 줄 알았어요. 아기 때문에 억지로 결혼하는 줄 알았다고요."

"준아……."

"나한테 가까이 오지도 않고 피했잖아요."

서러운 생각이 드는 준이었다.

"그동안 내가 준에게 가까이 가지 못했던 건, 내가 성 기능이 사라진 줄 알았기 때문이야."

"네?"

준은 너무나 놀랐다. 그런데 왜 그는 그런 사실을 숨긴 걸까?

"사고 후에 정신적인 충격으로 일시적인 성 기능 이상이 온 거였어. 그래서 준에게 가까이 가지 못했던 거야."

"내가 그런 거 하나 이해 못할 줄 알았어요? 같이 노력해도 되는데…… 오빠 정말 너무하네요!"

준은 화가 났다.

"미안해……. 난, 자신이 없었어."

"오빠……. 그럼 이제는 괜찮아요?"

"보시다시피."

그가 자신의 가운을 벗어 버렸다. 아무것도 입고 있지 않은 재희였다.

"너무 건강해 보이는데요?"

"다행이야."

그는 웃지 않았다.

"……."

그들은 한동안 말없이 서로를 응시했다. 그의 몸은 아팠던 사람이라고는 믿기 힘들 정도로 탄탄했다. 거기에 묘하게 파편 자국과 수술 자국이 어우러져서 섹시함을 더 높여 주고 있었다.

"여기 이제 괜찮아요?"

상처를 만지는 준의 목소리가 욕망으로 탁해졌다.

"응, 괜찮아."

그의 목소리도 갈라져 있었다.

"여기는요?"

그녀의 손이 점점 위험스럽게 그의 가슴을 지나고 탄탄한 복근을 따라 점점 아래로 내려오고 있었다. 그의 검은 숲에 준의 손길이 닿자 그가 준의 손을 잡았다.

"이렇게 시작하면 끝까지 갈 거야."

"알아요."

"아기는 괜찮은 거야?"

"너무 격하게만 하지 않으면 부부관계는 이제 괜찮다고 했어요."

며칠 전에 병원에서 의사가 그렇게 말했지만 그때 준은 그냥 흘려들었었다.

"읍!"

그가 갑자기 미친 듯이 그녀의 입술을 물었다. 이제 섹스를 해도 된다는 말에 그는 고삐 풀린 망아지가 되어 버렸다. 그의 혀가 미친 듯이 그녀의 입안을 파고들었고 동시에 그녀를 안아 든 그가 침대에 준을 눕혔다.

세상에 그들만이 존재하는 것 같았다. 그녀가 싫어서가 아니었다. 그가 아팠기 때문에 그녀를 안지 못했던 것이었다. 마음이 놓이면서 그동안 힘들었을 그를 생각하니 마음이 아팠다.

"준……."

그의 손이 그녀의 가슴을 거칠게 움켜잡으며 유두를 빨기 시작했다. 유두 끝이 찌릿할 정도로 그는 강하게 그녀의 유두를 빨았다. 혀로 쓸고 빨기를 반복하던 그의 혀가 그녀의 온몸을 핥기 시작했다.

미칠 것 같았다. 그의 혀가 가는 방향으로 그녀의 몸에 소름이 돋았다. 그리고 준은 강한 쾌감에 몸을 부르르 떨었다. 그의 혀가 가슴에서 배 그리고 배꼽으로 이동하며 그녀의 혼을 쏙 빼

놓고 있었다.

다음은 어디가 될지 뻔히 아는 준은 벌써 젖어 들기 시작했다.

~~츄읍츄읍~~

"아아앙."

그녀를 다 마셔 버리기라도 할 것처럼 그는 격하게 그녀의 여성을 빨아들이고 있었다. 오래 참은 만큼 재희는 힘을 조절하기 힘이 든 모양이었다. 그의 혀가 계속해서 준의 여성을 쓸었다.

"아, 훗!"

그녀의 허리가 활처럼 휘었고 침대 시트를 꼭 쥔 준의 손에 힘이 들어갔다. 그가 부르르 떨리는 그녀의 질 안에 혀를 밀어 넣자 준은 신음은 더욱더 커졌다.

"오빠……."

준은 그가 빨리 넣어 주길 바랐지만, 재희는 오래 기다린 만큼 준을 괴롭히고 있었다. 질 안에 혀가 아닌 손가락이 들어오자 준은 더 큰 쾌감을 느꼈다. 손가락이 질 안에서 춤을 추고 있었다. 그의 손가락이 움직일 때마다 준의 엉덩이도 같이 들썩이고 있었다.

"빨리…… 넣어 줘요."

이제 준이 참을 수가 없었다. 그녀의 눈에 보인 재희도 극한의 상황까지 온 것 같았다. 그는 이제는 거칠게 하지 않으려고 애를 쓰는 것 같았다. 그의 이마에 땀방울이 맺혀 있었고 그는 인상을 쓰고 있었다.

준은 손을 들어 그의 땀에 젖은 얼굴을 쓸어내렸다.

"어서요."

그녀의 말에 준의 다리를 벌리고 자리를 잡았다. 그리고 자신의 페니스를 한 손에 쥐고는 준의 여성에 대고 문지르기 시작했다. 그녀의 애액이 닿자 그의 페니스는 미끄러운 윤활유를 바른 것처럼 그녀의 여성을 오르내리고 있었다.

"준, 더는 참기 힘들어."

"넣어 줘요."

그는 기다렸다는 듯이 단번에 그녀의 질 안으로 파고들어 왔다.

"아악!"

"윽!"

오랜만에 그의 페니스를 받아들이니 처음처럼 고통이 따랐다.

"아파……!"

그가 천천히 움직이고 있었다. 아기 때문에 걱정도 되고 그녀가 아파하니 천천히 움직이는 것 같았다. 페니스도 뜻대로 깊이 넣지는 않은 상태였다. 하지만 그는 오랜만에 하는 만족하는 것 같았다.

"헉헉헉."

그의 거친 숨소리가 조용하던 방 안을 가득 채웠다. 준은 그의 등에 손톱을 세우며 그에게 매달렸다. 그녀도 오랜만의 섹스가 만족스러웠다. 심장이 터질 것 같은 준이었다.

그는 강하게 허리를 움직이진 않았지만 그들의 욕구를 풀기엔 아주 좋았다. 그가 마지막을 향해 달리고 있었다.

"으으윽!"

그가 신음을 내뱉으며 자신의 분신을 그녀 안에 쏟아냈다. 그리고 그녀의 옆에 누워 젖은 준의 머리카락을 쓸어 올려 주었다.

"준, 그동안 미안했어."

"아니에요."

"내가 사실대로 말했다면 준이 마음고생 안 했을 텐데. 내가 생각이 짧았어."

"……."

그가 준의 이마에 입술을 댔다.

"우리 오랜만에 같이 씻을까?"

"좋아요."

그들은 욕실로 가서 따뜻한 욕조에 서로를 끌어안고 앉았다. 그가 뒤에서 그녀를 끌어안고 그녀도 그의 팔을 안았다.

"이런 날이 올 줄은 몰랐어요."

"그럼?"

"그냥…… 무덤덤하게 살 줄 알았어요."

"……미안해."

재희는 진심으로 준에게 사과했다.

"다음엔 혹시나 안 좋은 일이 있어도 꼭 얘기해 줘요. 그래야 오해를 안 하죠."

"알았어."

그가 준의 목에 입을 맞추었다. 따뜻한 물과 그의 온기가 준의 마음을 녹이고 있었다.

"그날 일…… 물어도 돼요?"

한 번도 물어본 적이 없는 일이었다.

"그날 우리는 2층에서 방송 준비를 하고 있었어. 메이크업을 받는 걸 싫어했지만 방송이라서 어쩔 수가 없었지."

그는 그날 일을 떠올리는 게 싫은지 깊이 숨을 들이켰다.

"말하기 싫으면 안 해도 돼요."

"아니야, 최 실장이 잠깐 화장실에 간 사이에 1층에서 큰 소리가 나더니 갑자기 펑 하고 폭탄이 터진 거지. 뉴스에서나 보던 자살테러에 희생양이 될 뻔했어."

"오빠……."

"폭탄이 터질 때 가장 먼저 생각난 건 다른 누구도 아닌 준이었어. 못 보면 어쩌나 그 짧은 순간에 공포감이 떠올랐어. 그리고 뭔가 거대한 것이 날아와서 가슴을 쳤어. 그리곤 기억이 없어."

준이 뒤로 돌아앉아 재희를 마주 보고 앉았다.

"뉴스를 듣고 현진그룹 이재희 부회장이란 말이 나왔을 때…… 머릿속이 하얗게 변했어요. 그리고 오빠의 핸드폰으로 전화를 걸었죠. 신호는 가는데 전화를 안 받는 거예요. 그렇게 수십 통을 전화하면서 공항으로 갔어요."

"고마워."

"모두 내가 그렇게 갈 거라고는 생각하지 못한 것 같아요. 난 오빠가 잘못됐으면…… 같이 따라갔을 것 같아요."

"준."

"물론 그때는 우리 아기가 배 속에 있는지도 몰랐고요."

그가 준의 입술에 입을 맞추었다.

"침대에 누워 있는 오빠를 보고 가슴이 무너져 내렸어요. 그리고 알았죠. 내가 이 사람을 많이 사랑하는구나, 라고요. 그리고 후회했어요. 왜 진작 말하지 못했을까?"

준의 눈에서 눈물이 흘러내렸다.

"사랑해."

그가 준의 얼굴에 흘러내리는 눈물을 닦아 주었다.

"저도 사랑해요."

그가 준의 입술에 다시 한 번 키스했다.

"사랑해요."

"나도."

그들은 서로를 끌어안았다. 이렇게 안고 있는데도 그리웠다.

"준, 어쩌지?"

"왜요?"

"이 녀석이 벌써 준을 원하고 있어. 안 되겠지?"

"아뇨, 저도 원해요."

그가 욕조에서 먼저 일어나 수건을 가져와 준을 닦아 주었다. 그리고 부부가 되어 처음으로 사용하는 그의 침대로 인도했다.

"참 묘해요."

"뭐가?"

"이 침대에 눕는 게 새로우니 말이에요."

"우리가 진짜 부부라서 그렇지."

그녀가 이 집에 온 지 한 달 만에 그들은 정식으로 혼인 신고를 했다. 그런데 이제야 첫날밤이라니 믿어지지 않았다.

"아이가 생기는 대로 낳고 싶다고?"

"네."

솔직하게 그랬다.

"우리 아가 태어나고 나면 바로 힘을 써야겠는데?"

"바라는 바예요."

그녀가 웃자 그의 입가에도 미소가 번졌다. 그렇게 그들은 또 한 번의 뜨거운 밤을 보냈다.

휘파람 소리가 사무실 안을 울리고 있었다. 난데없이 사무실 안에서 휘파람 소리라니 어이가 없었다. 최 실장은 저도 모르게 휘파람 소리가 나는 곳을 째려보았다. 그러다가 얼른 눈길을 돌렸다.

부회장실의 열린 문틈 사이로 휘파람 소리가 들리는 것이었다.

"부회장님 좋은 일 있으신가 봐요?"

"……."

직원의 물음에 최 실장은 대답 대신에 회장실 앞으로 가서 조용히 문을 닫았다. 그리고 문을 닫기 전에 이 부회장이 뭘 하는지 빠르게 스캔했다.

"왜 저러시는 거예요?"

"쇼핑."

"네?"

요즘 부회장은 매일같이 아기용품을 사느라 정신이 없었다. 저러다가 유아용품 업체를 인수하는 게 아닌가 하는 생각이 들었다.

"실장님, 부회장님이 찾으십니다."

그는 곧바로 부회장실로 들어갔다. 여전히 휘파람을 부르던 그가 최 실장을 보았다.

"찾으셨습니까?"

"나하고 어디 좀 다녀오면 안 될까?"

"지금요?"

"응, 오후 스케줄은 잠깐 미루고."

"스케줄을 지금 미루란 말씀이십니까?"

"10분 주지."

"네? 네."

부회장이 웃으며 그를 바라보는데 소름이 돋았다. 차라리 욕을 얻어먹는 게 마음 편하지 싶었다. 그는 빠르게 부회장의 일정을 조율했다. 비서실 모든 직원들이 10분 동안 정신없이 부회장의 일정을 조율하느라 고군분투했다.

"가지."

정확하게 10분 후에 부회장실의 문이 열리고 부회장이 밖으로 나왔다.

"도대체 어디를 가시는데 갑자기……."

"가 보면 알아."

"네."

그와 함께 간 곳은 성북동의 한 부동산이었다.

"지금 갑니다. 간다니까요."

약속한 사람과 대화가 원활하게 되지 않는 모양이었다. 부회장이 전화기를 그에게 건넸다. 통화를 해 보라는 뜻이었다.

"여보세요?"

[아니, 현진그룹 부회장 할아버지가 와도 안 된다니까요.]

"어디십니까?"

[여기 성북부동산인데요.]

"지금 부회장님이 가고 계십니다."

[내가 부동산 30년에 그런 거물이 직접 와서 집 사는 거 못 봤어요. 사기 치는 거 아닙니까?]

"10분 후면 성북동에 들어가니 그때 뵙겠습니다."

전화를 끊은 최 실장은 왜 부회장이 자신을 데리고 왔는지 알 것 같았다.

"안 믿지?"

"네."

"왜 안 믿는 거지? 목소리는 모르나?"

정말 몰라서 저러는 건지 최 실장은 알 수가 없었다. 부동산 앞에 도착하고 그가 내리자 부동산 주인은 거의 땅에 머리가 닿게 인사를 했다.

"아이고, 이렇게 귀하신 분이 어떻게……."

"일단 매물부터 봅시다."

"네? 네, 네."

부동산 사장의 입이 귀에 걸렸다. 그가 본 매물의 가격은 100억이 넘으니 소개비만 해도 엄청났다. 부회장이 찍은 집은 새로 리모델링한 집으로 현진그룹 본가만큼이나 넓었고 훨씬 도시적인 세련된 집이었다.

"이 집이 이번에 건축대상을 받은 집입니다. 집 안은 물론이고 정원도 넓고 수영장과 노천탕이 잘 갖춰진 곳이고 지대가 높아서 사생활 침해나 일조권 문제도 없습니다."

집을 한번 둘러본 부회장이 법무팀에 연락을 해서 집을 계약하기로 했다. 한 푼도 깎지 않고 달라는 대로 다 주고 산 집이었다.

"인테리어 시작해."

"네?"

"아기방은 예쁘게 꾸며 주고 싶어. 다른 곳은 손대지 않아도 되겠어."

"네, 그런데 왜 이렇게 급하게 하십니까?"

"우리 아기가 태어나기 전에 옮기고 싶어서."

부회장의 마음을 알 것 같았다.

"여기서 하우스 웨딩을 해도 좋을 것 같고."

"그런데 사모님은 만삭이신데 아직도 출근하십니까?"

"그래, 못 말린다니까. 그래도 좋아하니까 그냥 두는 거야."

부회장 부부를 보면 부러웠다. 그들이 재벌이라서 부러운 게 아니라 그들의 진심 어린 사랑이 부러운 것이었다.

"부럽습니다."

"고마워."

이 부회장은 이제 얼굴의 상처도 아주 엷어져서 예전의 잘생긴 얼굴로 돌아왔다. 그는 여전히 여자들에게 인기가 많았지만, 부인만을 바라보는 남자였다. 그게 신기한 최 실장이었다.

"사모님이 그렇게 좋으십니까?"

"최 실장은 아니야?"

"전 유통기한이 만료되기 전에 냉동실에 넣어 둔 것 같습니다."

"아직 죽진 않았군."

"그래도 해동 단계는 거쳐야 할 것 같습니다."

"미안해서 어쩌지? 난 항상 신선한데."

"부럽습니다."

이런 말을 할 때 이 부회장의 눈이 반짝였다. 그는 지금 진심을 말하고 있었다.

공사가 들어간 지 일주일이 지나고 아기방이 드디어 완성되었다. 재희는 먼저 와서 집을 들러보고는 너무나 만족했다. 이제 준에게만 보이면 되는데 오늘 준과 통화하기가 힘이 들었다.

"준, 바빠?"

다섯 번만에 드디어 통화가 된 준이었다.

[지금은 괜찮아요.]

"우리 저녁같이 먹을까?"

[어디서요?]

"새로 오픈한 아주 근사한 레스토랑이 있거든."

[좋아요. 끝나고 그리로 갈게요. 주소 보내줘요.]

그는 준을 위해 저녁을 준비했다. 특별히 본사 주방장을 불러 주방에서 요리하게 했다. 준이 좋아하는 음식들로 준비한 그였다. 재희는 이렇게 준을 위해 준비하는 모든 게 좋았다.

준이 문 앞에 도착했다는 소리를 듣고 현관까지 나간 재희는 만삭이었지만 여전히 아름다운 준의 손을 잡아 이끌고 집 안으로 들어왔다.

"여기가 레스토랑이에요?"

"응."

"분위기가 아주 좋은데요."

"예뻐?"

"멋져요. 이런 데서 살면 아주 좋을 것 같아요. 어머, 저기 그네도 있고 미끄럼틀도 있어요."

준은 너무나 좋아했다. 그의 손을 꼭 잡으며 말했다.

"우리 이렇게 집 지어요. 애들이 놀기도 좋고 멋져요. 내가 상상하던 집이에요. 그런데 레스토랑을 하기에 좀 아깝다."

"그래? 이런 집에 살고 싶어?"

"네."

준이 화사하게 미소 지었다. 그러다 집 안으로 들어온 준의 표정이 달라지고 있었다. 눈치를 챈 모양이었다.

"오빠, 혹시……."

"그래, 사실 이 집은 준을 위해 내가 준비한 거야."

"너무, 멋져요……. 구경해도 돼요?"

"응."

준은 그의 손을 놓고 이 방 저 방 돌아다니며 구경하기에 바빴다.

"이건 정말 굉장한 선물이에요."

준이 너무 좋아해 주니 기분이 좋은 재희였다. 아기방을 본 준은 눈물을 흘렸다.

"너무 좋아요."

그는 준을 끌어안고는 그녀의 정수리에 입을 맞추었다. 저녁 식사를 마치고 집으로 돌아오는 내내 준은 새처럼 조잘거렸다. 이렇게 좋아할 줄 알았다면 좀 더 일찍 사 줄 걸 하는 생각이 들었다.

집에 돌아오자마자 준이 그의 목에 팔을 두르고 입을 맞추었다.

"아까부터 하고 싶었는데 집에 일하는 사람들이 너무 많아서 못했어요. 고마워요."

그는 그녀의 입에 진한 키스를 했다.

"먹어도 먹어도 질리지 않아."

"저도 그래요."

이제 일주일밖에 남지 않아서 섹스는 못하지만 그 아쉬움을 키스로 달래는 부부였다.

"일주일 남았지? 우리 아기 만나려면?"

"네."

그는 여전히 준의 입술을 빨아들이며 그녀의 풍만한 가슴을 만졌다.

"준, 널 원해."

"저도 그래요."

아쉬움에 또 한 번 깊은 키스를 했다.

"먹어도 먹어도 갈증이 나는 물 같아."

그녀의 입술을 다시 한 번 빨아들이는 순간 준이 인상을 썼다.

"아!"

"왜 그래?"

"배가 아파요."

갑자기 아프다고 말하는 준 때문에 재희는 당황해서 어쩔 줄을 모르고 있었다. 준이 어떻게 되면 어쩌나 하는 생각뿐이었다.

"뭐? 일주일이나 남았다며."

"뭔가, 이상해요. 뭉치는 것도 아니고⋯⋯."

"병원에 가자."

"가 봐야 할 것 같긴 해요. 방에 가면 준비해 둔 가방이 있으니 가지고 와요."

준의 말대로 드레스룸 한쪽에 가방이 준비되어 있었다.

"오빠…… 나 무서워요."

"괜찮아, 내가 있잖아. 그리고 우리 준이는 뭐든 잘 해낼 수 있어."

그는 직접 차를 몰고 그녀가 다니는 산부인과로 향했다.

"아!"

"또 아프기 시작했어?"

"네……."

"조금만 참아."

마음 같아선 내신 아파 주고 싶은 심정이었다. 응급실로 들어가서 의사를 불렀다. 다들 유명한 사람의 행차에 깜짝 놀란 얼굴이었다.

"아기가 나오려고……."

갑자기 목이 멘 재희였다. 아까보다 지금은 준의 표정이 괜찮았지만 그래도 걱정이었다.

"어, 양수!"

병원에 도착하자마자 양수가 터지고 준은 분만실로 바로 들어갔다.

"제발……."

정신이 하나도 없었다. 그의 생각은 오로지 준이 무사한지에 관한 것뿐이었다. 한 시간 정도 시간이 흐르자 가족들이 병원에 도착하기 시작했다.

"재희야."

어머니가 그를 부르며 들어오셨다.

"준이는?"

"지금 분만실에 들어갔어요."

아버지, 어머니와 선우 그리고 소원까지 집안 식구들이 도착하고 처가 식구들이 바로 도착했다. 장모님의 얼굴은 거의 사색이 되어 기도까지 하고 계셨다.

"하준 씨 보호자분, 탯줄을 잘라야 하니까 준비하세요."

그는 수술복으로 갈아입고 손을 소독한 후에야 분만실 안에 들어갈 수 있었다. 이제 그는 아빠가 되는 것이었다. 분만실 안은 충격 그 자체였다. 마지막 사력을 다하는 준이 보였다.

그는 다시는 아기를 가지면 안 되겠다는 생각을 하며 눈물을 흘렸다. 그리고 태어난 아들의 탯줄을 잘랐다.

이제 그는 진정한 가장이 되었다.

11.
재벌가의
결혼

　넓은 잔디밭에서 사람들이 분주하게 움직이고 있었다. 내일
있을 결혼식을 위해 업체에서 나온 사람들이었다. 모두가 입을
떡 벌렸다. 우리나라에 수영장이 있는 집을 가진 사람은 그리
많지 않기 때문이었다.

　"여기가 현진그룹 부회장님 집이라면서요?"

　"네."

　"정말 멋진 곳입니다. 호텔도 이 정도는 아니에요. 웬만한 부
자들의 하우스 웨딩은 다 진행해 봤는데 여기가 최곤 것 같아
요."

　직원들이 감탄에 감탄을 연발하며 50석의 의자와 테이블을

만들기 시작했다. 최대한 적게 초대를 했다지만 각자의 집안이 워낙 대단해서 이렇게 50석으로 만드는 작업도 어려웠다. 각 집안이 25명으로 인원을 줄이면서 정말로 친인척들만 참석하게 된 상황이었다.

최 실장님과 하늬가 이번 일을 같이 맡게 되었다. 하늬도 몇 달 있으며 결혼을 하게 되는데 그녀도 이렇게 하우스 웨딩을 하고 싶다는 생각이 들었다.

"성 실장님."

"네."

최 실장이 그녀를 부르고 있었다. 일하는 스타일이 잘 맞는 둘이었다. 아마도 모시는 상관들이 일에 중독이 된 사람들이다 보니 공통점이 아주 많았다.

"오후에 플로리트스분이 장식하시기로 했어요. 아직 끝난 거 아닙니다."

"지금은 좀 밋밋하긴 하죠."

"조금이 아니고 아주 많이 밋밋하죠. 온통 하얀색이고. 그런데 사모님은 어디 계십니까?"

"답례품 챙기고 계세요."

"직접 만드셨어요?"

"네, 양초는 직접 만드셨고, 아마 다른 것도 준비하시는 것 같았어요."

"마사지 받으러 가셔야 하는 거 아닙니까?"

"그건 어제 끝났어요. 오늘은 일부러 좀 쉬시라고 일정을 비 웠는데, 또 뭔가를 하시네요."

하늬는 이제야 준이 결혼을 한다는 실감이 났다. 그들이 동거 하고 범이를 낳았을 때도 좋은 일이라고만 생각했는데 이렇게 웨딩 준비를 도와주다 보니 친구의 결혼이 실감났다.

"준아."

하늬는 범이 방에서 한바탕 씨름을 하고 있는 준을 불렀다.

"왜?"

"아직 멀었어?"

"쇼핑백에 넣기만 하면 돼."

방에는 50개의 커다란 쇼핑백이 준비되어 있었다.

"이건 답례품이 아닌데? 도대체 이건 무슨 박스야?"

"은으로 된 액자."

"내 것도 있어?"

"당근이지. 넌 여기 따로."

"완전 땡큐. 그런데 답례품의 클래스가 다르다."

"친척들한테 뭔가 의미 있고 오래 쓸 수 있는 걸 주고 싶었 어."

"잘했어. 범이는?"

"유모랑 같이 있어."

하늬는 시간이 없을 것 같아서 준에게 미리 그녀가 준비한 선물을 주었다.

"이게 뭐야?"

"풀어 봐."

준은 하늬의 선물을 보고는 깜짝 놀라더니 금세 눈물을 글썽거렸다.

"네가 직접 준비한 거야?"

"응, 밤을 좀 새웠지."

준을 위해 하늬가 준비한 건 가죽으로 만든 앨범이었다.

"회사 그만두고 장사해도 되겠는데?"

"안을 봐야지."

그 안에는 하늬와 준의 추억이 가득 담긴 사진들이 앞에 들어 있었고 뒤에는 범이 사진을 넣으라고 남겨 두었다.

"이때 하늬 예뻤네……."

"지금도 예뻐."

"맞다."

"돈 많은 친구라서 뭘 해야 하나 고민하다가 추억을 선물하기로 했지."

"아주 아이디어가 좋았어. 고마워."

준이 하늬를 따뜻하게 안아 주었다.

"잘살고 있지만 앞으로 더 잘살아."

"고마워."

둘은 한동안 그렇게 서로를 안고 있었다.

웨딩드레스를 입고 거울 앞에 서니 운동을 좀 더 할 걸 하는 생각이 들었다. 당장 내일이 결혼식인데 준은 한숨을 푹 쉬었다.

아기를 낳아서 그런지 가슴이 너무 커져 버린 상황이었다. 한 사이즈 줄였는데도 여전히 컸다.

"후……."

"너무 예쁘신데 왜요?"

웨딩드레스를 입혀 준 업체 직원이 한숨을 쉬는 그녀를 의아한 눈으로 보았다. 이 웨딩드레스는 영국황실 디자이너의 작품으로, 재희가 직접 영국에 가서 고른 디자인이었다.

"가슴이 너무 커 보이는 거 아니에요? 지나치게 야한 것 같은데……."

"부회장님이 원하신 게 바로 그 섹시함이에요."

"네?"

"최고로 섹시한 신부로 만들어 달라고 하셨어요."

V넥이 깊게 그것도 아주 깊게 파인 디자인이었다. 숨 한번 잘못 쉬면 낭패를 보기 딱 좋게 몸에 딱 맞는 드레스였다.

"그런데 너무 잘 어울리세요."

그때 재희가 방으로 들어왔다. 그는 완전히 충격받은 얼굴을 하고 있었다.

"……."

"이상하죠……?"

살을 뺏어야 했다. 지금도 뚱뚱하지만, 아이를 낳기 전보다 5kg이나 찐 준이었다.

"아니, 너무 예뻐서."

"놀리지 말아요."

"잠깐 자리 좀 비켜 줘."

스텝들이 나가고 준과 그만 방 안에 남게 되었다.

"왜요? 읍!"

순간적으로 그가 그녀의 입술을 삼켜 버렸다. 그리고 혀를 밀어 넣으며 깊은 키스를 했다. 마치 넌 내 거라는 소유욕을 드러내는 것 같았다. 그의 키스는 점점 더 깊어졌고 깊게 파인 가슴은 그의 손안에 있었다.

"으으음, 너무 자극적이야."

"오빠……."

"널 이 자리에서 먹어 치우고 싶어."

서로의 입술이 부딪치며 불꽃을 튀기고 있었다. 결혼은 했지만, 이상하게 점점 더 그에게 끌리는 준이었다. 매일같이 그녀를 원하는 그를 볼 때마다 준은 행복했다.

"웨딩드레스 마음에 들어요?"

"응, 너무 예뻐."

"그럼 벗을까요? 도와줄래요?"

그가 마른침을 삼키며 드레스를 벗는 그녀를 도와주었다.

"드레스보다 이게 더 마음에 들지 않아요?"

"맞아."

그녀는 흰색 레이스 팬티만 입고는 그를 향해 팔을 벌렸다. 이제 준과 재희만이 있는 세상이 되었다. 그들의 입술이 부딪치고 그의 손은 벌써 그녀의 팬티 안으로 들어와 있었다.

"으으읍!"

키스가 격렬해지자 그녀의 질은 촉촉하게 젖어 들기 시작했고 그는 손가락을 밀어 넣어 그녀를 더 자극했다.

"누가 들어오면 어쩌죠?"

"아무도 안 들어와."

밖은 사람들이 다니는 소리로 분주했다.

"불안해요……."

그녀의 말에 재희가 문을 잠갔다.

"이제 아무도 우릴 방해하지 못해."

그가 팔을 뻗어 준의 허리를 강하게 당겨 안았다.

"너무 말랐어."

그녀의 허리 라인을 손으로 쓸어 올리며 그가 말했다.

"내가요?"

"응."

"거짓말이 늘었어요."

"아니야."

"그래도 기분은 좋네요."

"말랐다고 하는 게 좋아?"

"살쪘다고 하는 것보다는 나아요."

"이상하군."

"지금 이상한 건 이거예요. 사람들이 이렇게 많이 왔다 갔다
하는데도 난 당신이 날 안아주길 원하는 거……."

그가 다시 그녀의 입술에 진한 키스를 했다.

"난 이런 당신이 좋아."

시간이 없었다. 아무리 문을 잠갔다고는 하지만 언제 누가 들
이닥칠지 모르는 문제였다. 그가 그녀의 팬티를 거칠게 벗기고

그녀의 검은 숲에 감싸인 여성을 어루만졌다.

"아아아……."

될 수 있으면 소리를 내지 않으려고 노력했지만, 그가 너무 자극적이어서 준은 어쩔 수 없이 신음을 내고 말았다.

"오빠……."

그는 손가락을 깊숙이 넣어 그녀를 자극하고 있었다.

"너무 많이 젖었어."

그만큼 준은 그를 원하고 있었다.

"못 참겠어……."

그가 다급하게 바지를 내렸다. 그리고 준을 벽에 세운 후에 다리를 하나를 들어 올렸다. 그리고 단번에 그녀 안에 자신의 페니스를 밀어 넣었다. 그들은 언제나 이렇게 솔직하게 서로를 원했다.

"준, 너무 조여."

그는 준을 부르며 허리를 거칠게 움직였다. 그의 이런 행위가 준을 더 자극하고 있었다.

"미칠 것…… 같아요."

퍽 퍽 퍽!

방 안 가득 야릇한 소리가 가득했다. 준은 재희의 목에 매달려 더 깊이 넣어 달라고 애원하고 있었다. 이렇게 둘의 다급한 섹스는 방해꾼에 의해 강제 종료가 되었다.

똑똑똑!

"왜?"

재희의 목소리가 차가웠다.

"회장님 전화십니다."

"알았어. 조금 있다가."

"……지금 받으셔야 할 것 같습니다."

역시 눈치 없는 최 실장이었다.

"10분 후에 전화드린다고 말씀드려."

"네."

그는 말을 하면서도 강하게 허리를 움직이고 있었다.

"아아앙……."

"준……. 으윽!"

그가 격하게 몸을 움직이더니 그의 분신들을 쏟아냈다.

"헉헉, 이다음은 밤에……."

그녀가 웃자 그가 사랑스럽다는 듯 그녀의 입술에 입을 살짝 맞추고는 빠르게 옷을 입었다. 준은 미소를 지으면서 옷을 입기 시작했다.

재희는 정신없이 바쁜 일주일을 보내고 있었다. 신혼여행은 바빠서 생략하기로 하고 결혼식 전날과 결혼 당일. 그리고 그다음 날까지 3일간 휴가였다. 물론 그중에 이틀은 주말이지만 말이다.

다음 달이면 회장으로 추대되기 때문에 그는 이달에 할 일이 많았다. 그건 준도 마찬가지였다. 얼마 지나지 않아 웅이 회장이 되고 준이 부회장이 된다고 했다. 부부가 몸이 열 개라도 부족한 상황에서 아버지의 성화에 못 이겨 식을 올리게 되었다.

회장이 되기 전에 정식으로 식을 올리라는 말씀이었다.

"여보세요?"

[나다.]

"네, 아버지."

[반지는 내가 찾았다.]

"아버지……."

[내 며느리에게 해 주고 싶어서 그런 거니까 아무 말 마!]

"그래도 아버지."

[네가 고른 디자인에 다이아만 더 키웠다.]

"도대체 얼마짜리를 사신 거예요?"

[시끄러. 내 며느리한테 주는 거니까, 내가 알아서 해.]

그가 디자인한 반지가 도착한 모양이었다.

"부회장님."

최 실장이 무언가 그에게 내밀었다. 안에 내용물을 보니 반지, 목걸이, 귀걸이 세트였다.

"우리 아버지 과용하셨네."

그가 보기에도 다이아의 사이즈가 아주 컸다.

"집값하고 비슷하겠어."

"너무 좋아 보입니다."

"그래? 아버지의 며느리 사랑이지."

"작은 사모님 것하고는 비교도 안 되는데요."

"봤어?"

"네, 그때는 종류만 많았지. 이것과는 상대가 되지 않는 작은 크기였습니다. 작은 사모님께서 서운하시겠는데요."

최 실장이 보긴 본 모양이었다. 재희는 저녁에 준을 위해 이벤트를 할 생각이었다. 단 한 번도 해 준 적이 없는 이벤트다 보니 좀 부끄럽긴 했다.

"다른 건?"

"다 준비해 두었습니다."

"빨리 마무리하고 퇴근시켜."

"네."

"내일 결혼식 잘 치르려면 다들 빨리 쉬는 게 좋아."

재희는 사람들을 거의 다 쫓아내듯이 몰아냈다. 그러고 나니 시간이 9시가 넘어 버렸다.

"오빠, 배고프지 않아요?"

"조금."

"우리 범이가 걱정되는데 괜찮겠죠?"

"유모가 워낙 잘하잖아."

그의 아들 범은 지금 본가에 유모와 함께 가 있었다. 사람들이 많이 오가는 곳에 있으면 안 좋다고 어머니가 데리고 오라고 했기 때문이었다. 덕분에 3일 동안 그들은 진정한 신혼을 만끽하고 있었다.

"샤워하고 나와. 내가 저녁 준비해 놓을게."

"아니에요."

"아니야, 어서."

준을 억지로 방으로 밀어 넣고 그는 정원으로 향했다. 그리고 최 실장에게 부탁한 것들을 빠르게 준비하기 시작했다.

"이런 건 두 번은 못하겠어."

이벤트가 힘이 든 게 아니라 간질거리는 느낌이 싫었다. 그는 촛불을 켜고 준이 앉을 의자를 준비한 다음에 반지를 주머니에 넣었다. 그리고 나무 뒤에 숨어 준이 나오기를 기다렸다.

"오빠, 어딨어요?"

"……."

가운만 걸친 준이 정원으로 나왔다.

"오빠?"

타이밍을 맞춰 리모컨을 누르자 하늘에서 폭죽이 터졌다.

"와!"

역시 대단한 기술력이었다. 그리고 다음 단추를 누르자 내일 결혼식을 위해 설치되어 있던 대형 모니터에 그의 얼굴이 나왔다. 며칠 전에 업체에서 촬영해 간 것이었다. 나무 뒤에 숨어 있던 재희는 자신의 모습에 손발이 오그라들고 있었다.

[준, 사랑해.]

이건 오그러림의 정점을 찍는 것이었다. 화면이 끝이 나자 다음 단추를 눌렀다. 그러니 이번엔 준비한 의자에 불이 켜졌다. 준은 자연스럽게 그 의자로 향하고 있었고 그는 미리 준비한 꽃다발을 들고 그녀 앞으로 향했다.

"이게 다 뭐예요?"

"마음에 들어?"

그가 꽃다발을 준에게 건넸다.

"너무, 너무요."

기쁘게도 준이 감격스러운 눈물을 흘리고 있었다.

"아직 끝이 아니야."

"네?"

"또 하나, 준을 위해 준비한 게 있지."

그가 준에게 반지를 꺼내 보였다.

"오빠, 그동안 받은 반지도 많은데……."

"이건 아버지가 며느리에게 선물하시는 거야. 그리고 참고로 디자인은 내가 했어."

평소에 반지를 자주 사 준 덕에 준의 사이즈를 알고 있는 재희였다.

"다이아몬드가 너무 커요."

"어른들의 마음이야."

"그래도 이건 너무 부담스러운데요."

"내가 고른 것의 두 배야. 6캐럿 이상 될 것 같아. 이 정도는 받아야 내 아내지."

"호호호, 그런가요? 난 더 듣고 싶은 말이 있는데……."

"사랑해."

그가 그녀의 입술에 키스했다. 그리고 물었다.

"나와 결혼해 주겠어?"

"이미 했지만, 백 번이든 천 번이든 또 할게요. 사랑해요."

둘은 정원에서 깊은 키스를 나누었다. 이렇게 모든 게 좋을 수가 없었다. 그는 준을 안아 들고는 그들의 방으로 가서 저녁 대신에 준을 먹어 버렸다.

그 어떤 날보다 화창한 아침이었다. 준은 밤새 재희에게 시달렸지만 새벽같이 일어나 웨딩 준비를 하고 있었다. 그 후로는 바빠서 재희를 볼 시간조차 없었다.

"신부님."

유명 메이크업 아티스트가 그녀의 얼굴을 아름답게 연출해 주고 있었다.

"웨딩화보 모델 하셔도 될 것 같아요. 어쩜 이렇게 피부도 아기 같은지……. 아주 베리 굿이에요."

"……."

"어쩌면 이렇게 엘레강스할 수 있죠? 평소에도 저희 숍에 들르세요. 제가 아주 이 피부와 미모를 천년만년 유지해 드릴 테니까요."

"네……."

허풍이 심하긴 하지만 실력은 좋은 사람이었다. 거울에 비친 모습이 점점 더 만족스러워지고 있었기 때문이었다.

"액설런트하고 판타스틱하네요. 내 생애 최고의 작품이에요."

왠지 꽃가루라도 뿌려 줘야 할 것 같았다. 하지만 여자의 솜씨는 대단했다. 다음에 한번 가고 싶은 마음이 들 정도로 잘했다. 드레스는 비록 과감했지만, 메이크업과 헤어는 굉장히 고급스러웠다.

"준비 다 됐어요. 부회장님이 또 한 번 반하시겠네요."

"준아."

하늬가 들어오다 말고 멈춰 섰다.

"우리 준이 너무 예쁘다."

"정말 예쁘네요."

세희도 하늬의 뒤를 따라 들어와서는 준을 보고는 감탄했다.

"너무 아름답죠? 이건 제 명함입니다."

메이크업 아티스트가 명함을 주자 다른 때 같으면 안 받을 사람들이 조용히 주머니에 명함을 넣었다. 메이크업이 잘 되긴 한 모양이었다.

"누가 아기 엄마라고 하겠어. 너무 완벽하다."

하늬가 연신 감탄사를 남발하고 있었다.

"예쁘다."

이번엔 웅이 오빠가 신부대기실로 와서 예쁘다고 말해 주었다.

"재희 녀석에게 주기 아까운데?"

"이미 줬으면서."

"그런가? 어디 한번 안아 볼까?"

오빠가 준을 따뜻하게 안아 주었다.

"예쁘게 잘살아."

"고마워."

그녀는 스텝들의 도움을 받아 식장으로 향했다. 가족들이 모두 그녀의 등장에 박수를 보내고 있었다. 모두가 좋은 사람들이었다. 결혼도 중요하지만 이렇게 재벌 간의 결합은 많은 장점이 있었다. 일단 둘이 결혼을 함으로 해서 주식이 많이 오르게 되었다.

그리고 그녀는 현진 자동차를 인수했고 지금 유인 자동차는 업계 1위를 달리고 있었다. 유인보다 큰 현진그룹의 도움으로 그들은 제2의 전성기를 맞이하고 있었다.

그렇게 기업만 승승장구하는 게 아니라, 준은 사랑도 얻게 되었다. 대부분 재벌가에서 하는 정략결혼과는 다른 진실한 사랑을 찾은 준이었다.

준이 재희 옆에 섰다.

"준, 숨이 막힐 정도로 아름다워."

"요즘 부끄러운 말을 너무 많이 하는 거 알아요?"

"나도 하기 싫은데 절로 나와."

그의 말을 들은 하늬가 옆에서 키득거렸다.

"창피하다고요."

"난 안 그래."

"신랑, 신부 입장."

사회자의 말에 준은 그의 팔에 팔짱을 끼었다.

"갈까?"

둘은 나란히 버진로드를 걸어갔다. 하객들의 축복을 받으며 그들은 같은 꿈을 꾸기로 다짐했다. 남들이 보기에 그들은 재벌이고 다른 세상 사람처럼 보이겠지만 준과 재희는 사랑만큼은 다른 사람과 같이 서로를 아끼며 존중했다.

주례 선생님의 좋은 말씀으로 예식이 끝나고 그들은 파티 같은 피로연을 열었다.

결혼 하루 전.

"오랜만입니다."

이 회장이 하 회장을 보며 반갑게 인사를 건넸다. 요즘 들어 두 사람은 웃을 일만 있었다.

"범이는요?"

"안에서 유모하고 잘 놀고 있습니다. 녀석이 어찌나 싱글거리는지, 집에 보내기가 싫습니다."

"이제는 준이나 재희보다는 범이부터 묻게 되지 뭡니까."

"저도 그렇습니다. 이제 재희나 준이는 찬밥 신세가 됐지요, 뭐."

"하하하."

그들은 정자에 앉아서 차를 마셨다.

"이렇게 차를 마시는 것도 참 오랜만이지요?"

"네, 매번 전화 통화만 하고 만나도 밖에서 보았으니, 이런 여유는 오랜만인 것 같습니다."

"우리가 두 녀석 때문에 뭉친 지가 벌써 몇 년쨉니까?"

"우리 안사람이 준이를 보고 마음에 들어 하던 때부터지요. 준이가 중학생 때니까 벌써 20년이 흘렀습니다."

"그렇네요. 전 준이가 대학교를 졸업하자마자 재희에게 시집 갈 줄 알았는데 녀석들이 그렇게 고집이 셀 줄은 몰랐습니다."

그들은 한가로이 앉아서 옛일을 회상했다.

"이번에 회장직에서 물러나신다고요?"

"네, 이제 편히 좀 쉬려고요. 이 회장님께서도 회장직에서 물러나신다는 이야기를 들었습니다."

"이제 젊은 사람들에게 물려줄 때가 됐지요."

"옳으신 말씀입니다."

현진그룹과 유인그룹이 새 시대가 열리는 중요한 시점이었다.

"내일 결혼식이 끝나면 전 제주도에 잠시 내려가 있을 것 같습니다."

하 회장의 말에 이 회장의 표정이 굳었다.

"아니 회장님이 내려가 버리시면 전 어떻게 합니까?"

"이제 아이들도 결혼을 하니 제 역할은 끝이 난 것 같습니다."

하 회장은 며느리인 세희와 아들 웅, 그리고 준의 비서인 하늬까지 이용해서 준의 마음을 흔들었다. 그리고 재희에게 꺼져 가는 사랑의 불씨에 기름을 붓기도 했다.

"저라면 힘들었을 일을 아주 잘 하셨습니다."

"딸을 놓고 거래를 한 것 같아 기분이 좋진 않습니다."

"거래라뇨, 어차피 인연이 될 아이들을 잘 엮어 주신 겁니다."

"그런가요?"

"네."

"이제 진정한 사돈이 된 것 같습니다. 아이들이 결혼식을 안해서 그동안 마음 한쪽이 아팠는데 이제 속이 후련합니다."

"아이들이 이렇게 나이 든 두 노인이 자신들을 맺어 주기 위해 노력한 걸 안다면 아주 놀라겠지요?"

"네, 하지만 끝까지 비밀이었으면 합니다. 그게 아이들에게
도 좋습니다."

"네, 그럼요."

두 사람은 몇 년 전 이렇게 정자에 앉아서 이야기를 나누었었
다. 그런데 이렇게 결실을 맺고 나니 너무 좋았다.

"이제는 죽어도 여한이 없습니다."

"저도 그렇습니다. 제주도에 가게 되면 종종 놀러 가겠습니
다."

"당연히 오셔야죠. 귀한 손님이신데 언제든지 환영합니다."

현진그룹 본가에 새들이 기분 좋게 지저귀고 있었다. 아마도
두 회장의 마음을 아는 것만 같았다. 그렇게 한동안 편안한 웃
음소리가 정자에 가득했다.

에필로그

첫 미팅이었다. 아니 첫 클럽 나들이였다. 어젯밤부터 미리서부터 발끝까지 꾸미느라 정신이 없었는데 막상 나와서 보니 다들 폭탄 중의 폭탄이었다. 세희는 너무 짜증이 나서 주선자인 하늬를 째려보았다.

"야! 이건 아니잖아."

"난들 우리가 폭탄 처리반이 될 줄 알았겠어?"

"쟤는 또 왜 저래?"

폭탄으로 남은 아이들도 모자라 여자 폭탄까지 책임져야 하는 상황이었다.

"준이가 원래 이런 데 관심이 없어."

"그런데 왜 데리고 온 거야?"

첫 미팅에 잘생긴 남자들은 친구들의 차지가 되었고 남은 폭탄을 그녀가 처리하게 되었다. 거기다가 책상에 머리를 계속해서 찧고 있는 준 때문에 더 미칠 것 같았다.

"나 갈래."

"잠깐, 잠깐. 쟤는 데려다줘야지."

"너 혼자 가."

"혼자서 어떻게 데리고 가. 같이 가자."

"싫어."

"너도 집이 성북동이잖아. 다 들러서 가자."

"싫다니까!"

"임세희."

갑자기 하늬가 얼굴을 싹 굳혔다. 평소에는 착한 하늬지만 화가 나면 물불을 안 가리는 친구였다. 둘이 싸우면 세상 창피한 건 다 세희 몫이었다.

"그래, 가자 가."

그들이 클럽에서 나오자마자 갑자기 그들 앞에 검은색 벤츠가 섰다.

"죽었다……."

"어?"

"준이네 오빠야."

"준이네 오빠?"

도대체 오빠가 왜 동생이 미팅하는 곳까지 오는지 알 수 없었지만, 벤츠를 타고 올 정도면 부자임엔 틀림없었다. 준은 학교에서도 유명한 공붓벌레였다. 그녀는 대학교를 수석으로 졸업하는 게 목표였다.

그래서 준과는 그렇게 친하게 지내지 않았다. 준은 도서관에서 찾을 수 있었고 세희는 헤어숍이나 백화점에 가면 찾을 수 있는 그런 친구니 둘이 친할 수가 없었다.

"웅이 오빠……."

씩씩한 하늬의 목소리가 기어들어 가고 있었다.

"오늘도 너야?"

"죄송해요."

"넌 왜 그렇게 우리 준이를 끌고 다니는데?"

"……."

세희에게 등을 돌리고 서 있는 덕에 세희는 웅인지 곰인지 하는 남자의 뒷모습만 보고 있었다. 하지만 친한 친구인 하늬를 마치 하인 다루듯이 하는 남자를 세희는 용서할 수 없었다.

"이봐요, 아저씨!"

그가 세희를 돌아보는 순간 세희는 심장이 멎는 줄 알았다.

그는 완전 세희의 이상형이었다. 시원시원하게 생긴 이목구비는 아주 귀티가 흘렀다. 세희는 눈, 코, 입이 큰 사람이 좋았다. 거기에 부티까지 나니 이건 완전 그녀의 이상형이었다.

차도 좋았는데 대충 스캔해도 엄청난 가격의 옷에 시계까지. 아주 보통이 아니었다. 그런데 동생은 왜 저럴까? 세희는 이해할 수가 없었다.

"왜?"

"아니, 준이 오빠면 오빠지. 하늬한테 왜 그래요?"

"네가 하늬 대변인이야?"

"네? 그렇다면요."

웅이의 날카로운 눈빛에 완전히 꼬리를 내린 세희였다.

"차에 타. 너도."

"저도요?"

"도망갈 생각하지 말고 타. 집에까지 데려다줄 테니."

그녀들은 꼼짝없이 차에 올랐다. 솔직하게 말해서 왜 그녀까지 차에 태웠는지 이해할 수 없었다.

"집이 어디야?"

"성북동이요."

"성북동이 다 너희 집이야?"

웅이 아주 까칠하게 굴었다.

"네, 다 우리 집인데요."

세희도 만만치 않았다. 말을 안 해서 그렇지 그녀는 재벌이었다. 그런데 벤츠 하나 몬다고 남자는 아주 거만했다.

"세희야……."

하늬가 말리 듯 그녀를 불렀지만 세희는 생각보다 더 많이 열이 받아 있었다. 웅이란 남자는 아주 사람을 화나게 만드는 재주가 있었다.

"집에서 공부나 해."

그렇게 말을 하며 세희를 집 앞에 떨궈 준 남자였다.

"아악! 뭐 저런 게 다 있어."

완벽하게 운이 없는 날이었다.

그로부터 몇 년 후에 세희는 아르바이트로 통역을 맡게 되었다. 원래 일은 잘 안 하는데 아버지의 회사에 다니려면 어느 정도 경력이 있어야 할 것 같아서 큰마음 먹고 시작한 일이었고 오늘이 세 번짼데 재미있었다.

어릴 때 스페인에서 자란 탓에 그녀는 스페인어와 영어를 아주 잘했다. 영어야 워낙 통역이 많지만, 스페인어는 드물었다. 오늘은 유인그룹에서 스페인에서 온 바이어 때문에 그녀를 불렀다.

세희는 유인 자동차공장에 바이어와 함께 갔다. 울산은 태어나서 처음 가 보는 세희였다.

"여기서 기다리시면 이사님이 오실 겁니다."

"네."

그녀는 스페인 바이어들과 함께 이야기를 나누고 있었다. 스페인 사람들은 유인 자동차를 아주 긍정적으로 생각하고 있었다.

"안녕하십니까? 저는 유인 자동차 이사 하웅이라고 합니다."

"……."

세희는 너무 놀라서 통역할 타이밍을 놓치고 말았다. 그러자 그가 유창한 스페인어로 자신을 소개했다. 그러자 바이어들의 호감도가 더 상승했다. 하준의 무식한 오빠가 이곳의 이사라니 믿어지지 않았다.

"오랜만이야."

"아, 네."

그녀를 기억하는 웅이었다.

"통역할 줄 알아?"

"그러니까 왔겠죠."

그만 보면 이상하게 까칠해지는 세희였다. 신기할 정도로 무사히 공장 시찰을 끝낸 그들은 저녁 식사를 하기 위해 회사 근처의 식당으로 향했다. 한식당에서 저녁을 먹는 동안 세희는 스페인 바이어들에게만 집중했다.

하지만 그녀도 사람인지라 자꾸 웅을 의식하게 되었다. 왜 그런지 그 이유는 알 수 없었지만 말이다. 식사를 마치고 숙소로 갈 때까지 세희의 신경은 모두 웅에게 가 있었다. 숙소에 도착해서야 안심을 한 세희였다.

Rrrrrrr—

"여보세요?"

모르는 번호였다.

[난데. 잠깐 나와.]

"네가 누구신데요?"

장난 전화인 줄 알고 세희는 끊으려고 했다.

[하웅이야.]

"……."

잠시 멍하게 핸드폰만 본 세희는 어떻게 반응해야 할지 알 수 없었다.

"제 번호는 어떻게 아셨어요?"

[궁금해? 그러면 1층으로 내려와.]

잠시 후 그녀는 어쩔 수 없이 1층으로 내려갔다. 그리고 차 앞에서 담배를 피우며 그녀를 기다리고 있는 웅을 보았다.

"멋있는 척은……."

세희는 툴툴거리면서 그의 앞에 섰다. 세희가 다가오자 그가 담배를 끄고 벤츠의 문을 열었다.

"타."

아주 당연한 듯 문을 연 웅이를 보며 세희는 기가 막혔다. 뭐 이런 인간이 다 있나 라는 생각이 들었다.

"네?"

"울산은 바닷가라서 특전사 모기야. 아주 센 놈들이지."

그의 말에 세희는 어쩔 수 없이 그의 차에 올랐다.

"어딜 가는 거예요?"

"바닷가."

"왜요?"

"바람 쐬러."

아깐 모기 때문에 차에 타라고 해 놓고 바닷가에서 바람을 쐰다니. 이 남자는 도대체 왜 이럴까?

"전 싫어요."

"난 좋은데."

"아주 이상한 성격인 거 알아요?"

"아니."

하나도 지는 것 없이 일일이 대꾸하고 있었다.

"내려 주세요."

"다 왔어."

반바지에 슬리퍼 차림인 게 마음에 걸렸다.

"이거."

그가 무릎 담요를 그녀에게 건넸다.

"이 차에 여자들이 많이 타나 봐요."

"아니, 커피 샀는데 사은품으로 받았어. 뭐든 그렇게 부정적이야? 아니면 나한테만 부정적이야."

"후자에 가깝죠."

그는 바닷가가 보일 때까지 아무런 말을 하지 않았다.

"멋지네요."

아무것도 보이지 않는 깜깜한 바다였다. 대충 멋지다고 하고 가고 싶었다. 세희는 낭만적인 성격이 아니었다. 그리고 부드러운 모래가 아닌 조약돌이 깔린 모래사장은 상당히 발이 아팠다.

"가요."

"1분도 안 지났어."

"후……."

"재미없지?"

"그게 아니라, 왜 나를 데리고 온 거예요? 오늘 준이 있는 것도 아닌데."

"……오늘 다시 봐서 좋았어."

"난 아닌데."

진심이었다. 그가 사람을 숨 멎게 할 정도로 잘생겼다고 해도 이런 성격의 남자는 정말 아니었다.

"왜지?"

"난 강압적인 스타일은 싫어요."

"난 강압적인 스타일은 아니야. 무신경한 스타일이지."

"어련하시겠어요."

"난 마음에 들지 않으면 함께 있지 않아."

설마 그 말은 그녀가 마음에 든다는 말인가? 놀라운 얘기였지만 지금으로서는 달갑지 않았다.

"그 말은 제가 마음에 든다는……?"

"아마도."

"아니 정중히 사양할게요. 어머!"

그가 갑자기 세희를 자신이 품 안에 가두었다.

"뭐, 뭐 하시는 거예요?"

너무 놀라서 말까지 더듬은 세희였다.

"안고 있는 거지."

"그러니까 왜요?"

그의 탄탄하고 따뜻한 몸이 아주 마음에 들었다. 외모는 처음

볼 때부터 그녀의 이상형이었다. 성격이 좀 이상해서 그런 거지.

"좀 놔 줄래요?"

"아니, 너무 오랫동안 기다렸어."

"뭘요?"

"너를."

"저를요?"

"처음 봤을 때부터 그냥 건드리고 싶었어. 마치 어릴 때 좋아하는 애한테 장난치는 것과 같은 마음이라고 해야 하나?"

이 남자 좀 이상했다. 그런데 왜 이렇게 가슴이 뛰는지…….

"난 생각보다 괜찮은 남자야. 다른 여자 쳐다보시도 않을 거고."

"안 그러셔도 되는데…….."

점점 말이 흐려지고 있었다. 세희의 허리를 감고 있는 그의 팔이 조여들어서 그런 건지, 평소 이상형의 남자가 적극적인 행동을 해서 그런 건지 도무지 알 수 없었다.

"그런데 왜 갑자기?"

왜 갑자기 그녀의 인생에 등장했는지 궁금했다. 우연인지 아닌지도 궁금한 세희였다.

"갑자기?"

"네."

"준이를 통해서 연락을 몇 번이나 했는데?"

그러고 보니 준과 하늬가 그녀에게 소개팅할 생각이 없냐고 물은 적이 있었다.

"그게 적극적인 거예요?"

"당시에는 세희가 너무 어렸으니까."

"지금도 어린데?"

"아니, 지금 놓치면 다른 놈이 데려갈 것 같아서."

"그래서요?"

"그래서 도장 찍는 거야."

그녀가 미처 도장의 뜻을 생각하기도 전에 그가 입술 도장을 그녀의 입술에 가차 없이 찍었다.

"뭐, 뭐 하는 거예요?"

"도장. 이제 도장을 찍었으니 내 것인가?"

그가 안고 있는 팔에 힘을 주었다. 싫어야 하는데 싫지 않았다. 오히려 두근거렸다.

"읍!"

그가 세희의 얼굴을 양손으로 감싸고는 키스를 했다. 세희는 키스가 처음이었다. 놀 줄만 알았지 이런 식으로 남자와 야릇한 행동을 한 적이 없었다.

"헉!"

갑자기 입안으로 그의 혀가 들어왔다. 얼마나 놀랐는지 하마터면 그의 혀를 깨물어 버릴 뻔했다.

"입 벌려."

그의 명령조가 기분 나빠야 할 텐데 그녀는 순순히 따랐다. 그리고 아주 묘한 느낌에 사로잡혔다. 그의 혀가 그녀의 입안에서 마음껏 돌아다니고 있었다. 충격적인 느낌에 세희는 기절할 것 같았다. 처음엔 호기심에 그가 하는 대로 두었지만, 한참의 시간이 흐른 지금은 그녀가 그의 목에 팔을 두르고 적극적으로 그의 혀를 받아들이고 있었다.

"으으음!"

처음으로 신음까지 낸 세희였다. 그런데 그가 갑자기 세희를 떼어 놓았다.

"오늘은 여기까지."

"……."

"내일은…… 조금 더."

그가 세희를 다시 안았다. 그의 심장이 미친 듯이 뛰고 있었다.

"내가 상상했던 것보다 몇 천 배 더 좋았어."

그가 그녀를 두고 야릇한 상상을 한 모양이었다.

"우리 매일 만날 거야. 결혼할 때까지."

"……안 바빠요?"

"바빠도 보게 될 거야. 해외 출장을 가지 않는 이상은 말이야."

"누가 만나 준대요?"

"난 내 운명의 여자를 만났고 놓칠 이유가 없어."

"결혼이라도 하게요?"

"응."

처음 만났는데 결혼까지 생각한다는 남자를 세희는 어떻게 생각할지 알 수 없었다. 다만 이상하게 이 남자와 결혼을 할 것 같다는 묘한 생각이 드는 건 사실이었다.

차가운 바닥에 3시간째 누워 있으니 온몸이 사시나무 떨듯이 떨렸다. 아무리 광고 촬영이라고는 하지만 이건 너무했다.

"ㅇㅇㅇㅇㅇ."

이제는 이빨까지 부딪치고 있었다. 하지만 숏이 들어가면 언제 그랬냐는 듯이 웃어야 하는 소원이었다. 그래도 톱 배운데, 이건 해도 해도 너무했다.

"자, 다시 갈게요."

그녀는 차가운 아이스크림을 한 숟가락 떠서 입안에 넣으며 미소 지었다.

"컷! 다시."

감독은 그녀를 엿 먹이고 있었다. 이게 다 그의 술 접대를 거절했기 때문이었다. 아이스크림 광고를 찍는데 배우에 대한 배려가 조금도 없었다. 어렵게 광고를 찍고 나자 감독이 그녀를 보며 아주 고소하다는 듯이 웃어 보였다.

"나쁜 새끼!"

그녀는 옷을 갈아입고 매니저와 자신의 밴으로 향했다.

"소원아."

재수 없는 감독이었다. 밖에서 봐도 재수 없었다. 그녀의 매니저는 여자여서 조폭같이 생긴 감독에게 기가 눌렸다.

"넌 잠깐 빠져."

어쩔 줄을 모르는 매니저에게 밴에 먼저 들어가 있으라고 했다.

"뭔데 그렇게 튕겨?"

"왜 그렇게 저한테 집착하세요. 그냥 감독님 도움 안 받을 테니까. 저한테 추근대지 마세요."

그녀의 말에 감독이 화를 내며 소원의 멱살을 잡았다.

"야, 내가 망가트린 애가 한둘인 줄 알아?"

"이거 안 놔요?"

"얼굴 좀 생기고 잘 나간다고 지랄하지 마."

"지랄 안 할 테니까 그만하라고요."

"뭐야!"

감독의 손이 그녀를 때리기 위해 위로 올라갔다.

"어허, 알 만한 양반이!"

그때였다. 누군가 감독의 손을 잡았다. 옆을 보니 매니저가 어떤 남자에게 도움을 청한 모양이었다.

"넌, 뭐야?"

"나 광고주."

"……."

그의 말에 감독이 바로 그녀를 놓아주었다.

"왜 그러시는 겁니까?"

"군기를 잡느라 그런 겁니다."

"아, 군기를 때리면서 잡으십니까?"

"상관하실 일이 아니니까 가시죠."

감독은 난감한 표정이었다. 젊은 남자가 꽤 힘이 있는 사람인 모양이었다.

"살려 주세요."

소원이 남자의 뒤로 숨었다.

"이리 안 와? 누가 보면 내가 너 죽이려고 하는 줄 알겠다?"

"아니에요?"

"저 사람 잡을 년!"

감독은 이렇게 말하면서 자리를 떴다.

"감사합니다."

"감사하면 밥 한 그릇 사요."

"얼마든지요."

서글서글한 남자의 성격에 좋은 인상이 남은 소원은 남자와 전화번호를 교환하고 다음 날 만날 것을 약속했다.

"소원아, 신짜 괜찮은 사람이다."

운전해서 돌아가는 동안 내내 매니저 언니가 감탄을 연발하며 그 남자 이야기를 했다.

"나도 그렇게 생각해."

사무실에 도착하자 엄마와 아빠가 대치 중이었다. 사무실은 엄마와 아빠가 같이 운영했고 그녀와 동생이 소속 연예인이었다.

"소원이는 잘했고?"

"네."

엄마가 그녀를 보자 오늘 일에 관해 물었다. 감독 일은 부모님이 속상할까 봐 말하지 않았다.

"소야는요?"

"아직 안 왔어."

그녀는 배우라면 소야는 가수였다. 아주 톱스타는 아니었지만, 그들은 나름의 잘나가는 연예인들이었다. 부모님은 전직 연예인들이신데 두 분 다 트로트 가수 출신이셨다. 거기다가 동갑인 두 분은 의견이 맞지 않을 때마다 심각하게 대치했다.

또 싸우는 어른들을 보니 답답한 마음이 든 소원은 조금 전에 전화번호를 교환했던 남자에게 전화를 걸었다.

"여보세요?"

[네.]

다행히 남자가 전화를 받았다.

"혹시 괜찮으면 내일 말고 오늘 먹으면 안 돼요?"

[뭐, 상관없습니다.]

"그럼, 제가 주소 보낼 테니까 그쪽으로 오실 수 있어요?"

[네.]

남자는 의외로 순순히 그녀의 말을 들어 주었다.

Rrrrrrr—

조금 후에 다시 전화가 와서 확인해 보니 방금 통화한 남자였다.

[사무실입니까? 지금 제가 모시러 가겠습니다.]

"이리로요?"

[네, 근처입니다. 10분 정도 걸릴 것 같습니다.]

"네."

답은 했지만 좀 이상했다.

"여길 어떻게 알았지?"

그녀는 사무실 주소를 말해 준 적이 없었다.

정확하게 10분 후에 붉은색 페라리가 그녀 앞에 섰다.

"오……."

아주 멋진 차였다.

"타요."

"네."

차에 오른 그녀를 남자가 힐끗거리며 훔쳐보았다.

"쌩얼이라서 놀라셨죠? 밴에서 다 지워 버렸거든요."

"아뇨, 너무 예뻐서 놀랐습니다."

"그래요? 말이라도 기분 좋네요."

"사실입니다."

남자는 그녀가 말한 곳이 아닌 다른 곳으로 향했다.

"제가 자주 가는 곳입니다. 아주 맛있는 집이죠."

"그래요?"

그들이 간 곳은 놀랍게도 찜질방이었다.

"여기가 맛집이에요?"

"네, 여기 미역국이 아주 끝내줍니다."

놀랍기도 하고 당황스럽기도 했다.

"오늘 너무 추웠죠?"

그 한마디에 모든 설명이 되고 있었다. 그는 자신이 촬영 때 추위에 떨고 있던 걸 본 거였다. 이 남자 뭐지? 라는 생각이 드는 소원이었다.

"선수예요?"

"네? 하하하, 아니라고는 못하겠군요."

"성함도 모르고 아무것도 모르는데 신세를 지는 기분이에요."

"전 이선우입니다. 현진그룹 다니고요."

대기업에 다니는 잘생기고 재치 있는 남자였다.

"오늘 광고 촬영장엔 왜 오신 거예요?"

"제가 광고 분야 일을 맡아서요."

"아, 그럼 현진 핸드폰 광고 이번에 제가 찍는 거 아세요?"

"오늘 그 일 때문에 간 겁니다. 도대체 그 자식은 왜 그런 겁니까?"

"술 한잔하자고 했는데 제가 거절해서요. 전 연예인이지 접대부는 아니거든요."

그가 말없이 그녀를 보고 있었다.

"뭐, 불쌍하게 생각하실 건 없어요."

"그런 생각한 적 없습니다. 전 소원 씨 팬입니다. 어릴 때부터 팬이었죠."

"저보다 어리세요?"

"하하하, 아뇨, 소원 씨가 어릴 때요."

"아……."

그는 대화를 재미있게 잘 이어나가는 재주를 가지고 있었다. 그래서 그와 있으니 아주 즐거웠다.

"전 찜질방에 오는 거 처음이에요. 얼굴이 알려지고는 잘 안 오는데 여긴 좀 다르네요?"

"여기는 회원제라 귀찮은 일은 없을 겁니다."

부자들만 오는 찜질방에 온 것이었다.

"여기 자수정 방이 아주 유명합니다. 다 드셨으면 가시죠."

"네."

그와 함께 자수정 방에 들어갔다. 그런데 여기서 자수정 방은 넓은 방이 아니라 둘이 들어가면 딱 맞는 연인들을 위한 방이었다. 그와 이렇게 있으니 좀 이상한 기분이 들었다.

"제 팬이신 건가요?"

"네, 오늘은 저에게 아주 최고의 날입니다."

"그래요?"

"네, 영광이죠."

그가 웃었다. 그런데 왜 그랬을까? 소원은 저도 모르게 남자의 입술에 자신의 입술을 가져다 댔다.

"오늘 고마웠어요."

"……감사 인사입니까?"

"네."

"전…… 이거보다 더한 걸 원합니다."

그가 갑자기 그녀의 허리를 당겨 안더니 소원의 입술을 삼켜 버렸다. 이렇게 강한 키스는 처음이었다. 키스 경험이 없는 건 아니지만 이건 진해도 너무 진했다. 그의 혀가 그녀의 입안으로 파고들어 와 항복을 명하고 있었다.

짜릿했다. 이런 느낌은 처음이었다. 처음 보는 남자와 이렇게 진한 키스를 하게 될 줄은 몰랐었다.

"으으음."

절로 신음이 터져 나왔다. 뭐에 홀린 것 같은 기분이 들었다.

"헉헉, 여기서 그만."

"하아……."

그가 무슨 말을 하는지 알아들을 수가 없었다.

"내 계획은 이게 아니었지만, 이왕 이렇게 된 거 빠르게 나가 보지 뭐."

그는 다시 한 번 그녀의 입술을 빨아들였다. 소원은 이 남자와 계속해서 만나게 될 거라는 불안한 생각이 들었다.

모처럼 집 안이 북적이고 있었다. 부부동반으로 네 쌍이 모이는 날이었다. 시간이 허락되면 수시로 만나기는 했지만, 이번 모임은 두 달 만이었다.

"준."

재희가 그녀의 뒤로 와서 목 뒤에 입을 맞추었다.

"아빠, 부끄러워요."

요즘 한참 말이 느는 범이가 손으로 눈을 가리며 말했다.

"아빠가 엄마 사랑해서 그러는 거야. 범이도 유빈이 사랑하잖아."

"그럼 이따가 유빈이 오면 목에 뽀뽀해요?"

"아니!"

재희가 화들짝 놀라 범이를 안아 들었다.

"뽀뽀는 큰 다음에 해야지."

"어, 했는데……."

"넌 누굴 닮아서 이렇게 조숙하니?"

"아빠."

할 말이 없었다.

"범아, 우리 선이랑 놀아 줄까? 엄마 바쁜데."

"네!"

둘째 선이를 낳고 100일이 지났다. 그 후로 재희는 준의 껌딱지가 되어 있었다. 조만간에 셋째가 생기지 않을까 걱정이었다.

딩동!

손님이 온 모양이었다.

"안녕하십니까?"

처음으로 도착한 커플은 하늬와 바람 커플이었다. 회사에서 매일 본 얼굴이지만 언제나 반가웠다.

"유빈인?"

"시댁에."

"우리 범이가 실망하겠는데?"

"왜?"

"둘이 뽀뽀한 사이란 거 아는지 모르겠다."

"뭐? 도둑놈이, 어디 남의 집 귀한 딸을……."

"애석하게도 유빈이가 먼저 했단다."

"진실은 규명해야지. 범아!"

하늬와 바람이 범이를 만나러 들어간 사이에 웅이와 세희도 도착했다.

"아가씨, 이거 받으세요."

"이게 다 뭐예요?"

"어머님이 가져다주라고 해서요. 홍삼인가 봐요."

"안녕."

뒤를 이어 선우와 소원도 도착했다. 모두가 모이니 식탁이 가득 찼다.

"다음엔 우리 차롄가?"

웅이 오빠가 말했다.

"그냥 우리 집에서 해. 본가에 계신 분들 차례에는 우리 집에서 하십시오."

준의 말에 모두 고개를 끄덕였다. 세희와 소원이 본가에 있으니 아무래도 이런 모임을 갖기는 불편했다.

"난 이래서 우리 언니가 좋아요."

소원이 또 애교를 부렸다.

"우리도 여기서 하면 안 돼?"

하늬가 끼어들었다.

"해라 해."

"땡큐."

식사를 마친 그들은 소파에 앉아서 와인을 마시며 애정 행각 중이었다. 각자 아내들의 입술에 키스하느라 정신이 없었다. 하지만 누구 하나 신경 쓰는 사람이 없었다. 각자의 짝에 너무 열

중해 있기 때문이었다.

"와인이 아주 좋은데?"

"이번에 특별히 준을 위해 준비한 거야."

"어련하시겠어요."

"부럽습니다."

준은 저절로 미소가 지어졌다. 재희는 아직도 그녀를 뜨겁게 사랑했다. 남들이 아무리 팔불출이라고 흉을 봐도 재희의 아내 사랑은 끝이 없었다. 준은 행복한 미소를 지으며 모임의 회원들을 보았다.

하나같이 시선이 아내에게 향해 있었다.

"자, 우리 아내 바보 클럽회원들 건배 한번 할까요?"

막내인 바람이 잔을 들자 모두가 잔을 들었다.

"사랑하는 아내를 위하여!"

"위하여!"

모두가 하나가 되는 날이었다. 준은 재희의 어깨에 기대서 그를 올려다보았다.

"왜?"

"사랑해요."

"나도."

결혼을 안 했다면 이렇게 행복한 시간을 갖지 못하고 일에 파묻혀 살았을 것이다. 그 생각을 하자 몸서리가 쳐졌다. 준은 재희를 만나게 해 준 신께 감사했다. 그리고 행복한 표정으로 사랑하는 남편을 바라보았다.

그들의 사랑이 영원하길 바라며.

『재벌가의 결혼』 완결.